Jules Verne
Reise um die Erde in 80 Tagen

In neuer Rechtschreibung

1. Auflage 1999
1999 by Arena Verlag GmbH, Würzburg
Originaltitel: »Le tour du monde en quatre-vingt jours«
Neu bearbeitet von Sonja Hartl
Alle Rechte vorbehalten
Einband und Illustrationen von Robert Ingpen
Abdruck des Zitats von Hans Küfner auf der Umschlagklappe
mit freundlicher Genehmigung der Büchergilde Gutenberg, Frankfurt/Main
Gesamtherstellung: Westermann Druck Zwickau GmbH
ISBN 3-401-04720-5

Jules Verne

Reise um die Erde in 80 Tagen

Mit Illustrationen von
Robert Ingpen

DAS ERSTE KAPITEL

in welchem Phileas Fogg Passepartouts Herr und Passepartout Phileas Foggs Diener wird

Im Jahre 1872 wurde das Haus Nr. 7 der Saville Row, Burlington Gardens – dasselbe Haus, in welchem Sheridan, eines der größten Rednertalente Englands, im Jahre 1816 verstorben war – von einem Herrn namens Phileas Fogg Esquire bewohnt. Obwohl er stets darum bemüht war, auf keinerlei Weise die Aufmerksamkeit seiner Mitmenschen auf sich zu ziehen, war er doch eines der charaktervollsten und bedeutendsten Mitglieder des Londoner Reform Clubs. Phileas Fogg war eine rätselhafte Persönlichkeit; so gut wie nichts wusste man über ihn, außer dass er durch und durch ein Gentleman war und zudem eine der elegantesten Erscheinungen in der englischen vornehmen Gesellschaft.
Es hieß, er habe Ähnlichkeit mit Lord Byron – natürlich nur was Kopfform und Gesichtszüge betraf, denn seine Füße waren tadellos –, zudem trug er Schnauz- und Backenbart; doch erschien er ebenso unantastbar, als ob er 1 000 Jahre werden könnte, ohne zu altern.
Phileas Fogg war Engländer, das zweifellos, aber Londoner war er nicht. Nie sah man

ihn an der Börse, in der Bank von England oder in einem der Handelskontore der Stadt. Weder im Hafen noch in den Docks hatte je ein Schiff gelegen, dessen Reeder Phileas Fogg hieß. Jener Gentleman gehörte auch keinem Ausschuss an. Niemals vernahm man seine Stimme in einem Anwaltskollegium, nicht im Tempel und auch nicht im Lincoln's oder im Gray's Inn. Niemals führte er einen Prozess, weder am Obersten Gerichtshof noch beim Kanzleigericht, beim Appellationsgericht oder beim Gerichtshof für geistliche Angelegenheiten. Er war weder Industrieller noch Händler, Kaufmann oder Landwirt. Er zählte nicht zu den Mitgliedern des Königlichen Instituts von Großbritannien, des Londoner Instituts, der Kunstakademie oder des Russell-Instituts, ebenso wenig wie der Literarischen Gesellschaft des Westens, der Vereinigung der Rechtsanwälte, ja nicht einmal der Gesellschaft der Wissenschaft und Künste, die unter der Schirmherrschaft der Königin selbst stand. Er gehörte auch keiner jener zahlreichen Gesellschaften und Vereine an, die nahezu alle Bereiche des öffentlichen Lebens berührten, angefangen beim Verein der Harmonika-Freunde bis hin zur Entomologischen Gesellschaft, die sich dem Kampf gegen schädliche Insekten verschrieben hatte. Phileas Fogg war Mitglied des Reform Clubs und das war alles.

Wen es erstaunen mochte, dass ein so geheimnisvoller Herr Aufnahme in jene ehrenwerte Gesellschaft gefunden hatte, der erhielt zur Auskunft, dass er auf Empfehlung der Herren Baring eingeführt worden war, seinen Bankiers, bei welchen er uneingeschränkten Kredit genoss, denn seine Schecks waren stets gedeckt, ohne dass sich sein Kontostand jemals wesentlich verminderte.

War Phileas Fogg ein reicher Mann? Das war er unbestritten. Wie er zu seinem Vermögen gelangt war, das wusste allerdings niemand; ihn selbst danach zu fragen verbot sich. Jedenfalls war er weder verschwenderisch noch geizig, und wenn er um eine Spende für einen wohltätigen Zweck gebeten wurde, gab er ohne große Worte und nicht selten sogar ungenannt.

Phileas Fogg war, alles in allem, ein wenig mitteilsamer Herr. Es sprach so wenig wie möglich und erschien dadurch nur umso geheimnisvoller. Und doch war nichts Undurchsichtiges an seiner Lebensweise, sein Tagesablauf war gleichförmig und auf das Genaueste geregelt. Doch war es ebendies, was argwöhnische Naturen zu allerlei Mutmaßungen reizte.

Hatte Phileas Fogg die Welt bereist? Das war anzunehmen, denn er besaß unübertroffene geografische Kenntnisse. Selbst die entferntesten Gegenden vermochte er genau zu beschreiben. Und wenn das Gespräch im Club auf das Schicksal so manches verschollenen Weltreisenden kam, war es Phileas Fogg, der mit wenigen klaren Worten die verworrenen Vorstellungen der Herren zurechtrückte. Er gab an, wie sich die Sachlage tatsächlich verhielt, und oft genug wurden seine Worte durch den Ausgang des Unternehmens so genau bestätigt, als hätte er die Gabe des Hellsehens. Dieser Mann musste weit gereist sein – zumindest im Geiste.

Eines stand jedenfalls fest: Phileas Fogg hatte London seit Jahren nicht mehr verlassen. Selbst jene, die ihn ein wenig näher kannten, bestätigten, dass man Phileas Fogg lediglich auf dem kürzesten Wege zwischen seinem Haus und dem Club antreffen konnte und sonst nirgends. Sein einziger Zeitvertreib bestand in der Lektüre der Zeitungen und in einer gelegentlichen Whist-Partie. Er gewann oft bei diesem stillen Spiel, das seiner schweigsamen Natur so sehr entsprach, doch niemals verbrauchte er den Gewinn; die Gelder flossen in seine Stiftung für wohltätige Zwecke. Es muss angemerkt werden, dass Phileas Fogg niemals spielte, um zu gewinnen, sondern einzig um des Spielens willen. Er sah im Spiel die Möglichkeit sich einer Aufgabe zu stellen oder eine Schwierigkeit zu meistern, ohne dabei Ortsveränderungen oder Anstrengungen in Kauf nehmen zu müssen, was ihm sehr zupass kam.

Phileas Fogg schien weder Frau noch Kinder zu haben – das war in vornehmen Kreisen nicht ungewöhnlich –, aber auch von Verwandten oder Freunden wusste man nichts – was wiederum seltsam war. Er wohnte ganz allein in seinem Haus in der Saville Row, das kein Mensch sonst je betrat. Niemand vermochte zu sagen, wie es darin aussah. Ein einziger Diener genügte, denn Mr Fogg speiste im Club. Mit äußerster Pünktlichkeit nahm er dort seine Mahlzeiten ein, stets am selben Tisch im selben Saal und immer ohne Begleitung. Punkt Mitternacht betrat er dann wieder sein Haus, um zu Bett zu gehen. Die eigens für Club-Mitglieder zur Verfügung stehenden komfortablen Schlafräume benutzte er nie. Zehn von 24 Stunden verbrachte er zu Hause, mit Schlaf oder dem Herrichten seiner Kleidung beschäftigt. Spaziergänge erledigte er mit gleichmäßig abgemessenen Schritten auf dem Parkett in der Eingangshalle oder in der Rundgalerie des Clubs, über der sich eine blaue Glaskuppel wölbte, die von 20 ionischen Säulen aus rotem Porphyr getragen wurde. Seine Mahlzeiten wurden aus den köstlichen Beständen zusammengestellt, welche Küche, Speisekammer, Fischbehälter und Milchkammer des Clubs bereithielten. Die Diener des Clubs, ernste, schwarz gewandete Persönlichkeiten, bewegten sich auf Filzsohlen geräuschlos; sie servierten ihm die Speisen auf erlesenem Porzellan und an damastgedecktem Tisch. Mr Fogg benutzte die kostbarsten Gläser, um seinen Sherry, seinen Portwein oder auch Bordeaux zu genießen, der für ihn mit Zimt, Farnkraut und Kaneel gewürzt wurde. Eis – jenes Eis, das der Club mit hohem Kostenaufwand aus amerikanischen Seen herbeischaffen ließ – gewährleistete eine stets angenehme Temperierung seiner Getränke.

Wenn solche Lebensart bedeutet exzentrisch zu sein, dann hat es unbestritten sein Gutes, Exzentriker zu sein!

Das Haus in der Saville Row war nicht verschwenderisch, aber äußerst komfortabel eingerichtet. Mr Foggs Zuverlässigkeit in seinen Gewohnheiten machte es aber einfach, die Räume zu pflegen. Jedoch erwartete Phileas Fogg von seinem Diener absolute Pünktlichkeit ebenso wie penibelste Genauigkeit.

Und eben an jenem 2. Oktober, dem Tag, an dem die Geschichte beginnt, hatte Phileas Fogg seinen bisherigen Diener, James Foster, entlassen müssen – er hatte sich des Vergehens schuldig gemacht, seinem Herrn nur auf 84 statt auf 86 Grad Fahrenheit erhitztes Wasser für die Rasur zu bringen. Er erwartete nun dessen Nachfolger, der zwischen elf Uhr und 11 Uhr 30 bei ihm vorstellig werden sollte.

Phileas Fogg saß kerzengerade in seinem Sessel, die Füße auf dem Boden im rechten Winkel wie ein Paradesoldat, die Hände auf die Knie gelegt. In dieser Haltung verfolgte er den Zeiger der Uhr, einer übrigens recht komplizierten Apparatur, die sowohl Stunden, Minuten und Sekunden als auch Wochentag, Tagesdatum und Jahreszahl angab. Punkt 11 Uhr 30 würde Phileas Fogg, seiner täglichen Gewohnheit nach, das Haus verlassen, um sich zum Reform Club zu begeben.

In diesem Augenblick klopfte es an der Tür des kleinen Salons, in welchem Phileas Fogg sich befand. Der verabschiedete James Foster erschien.

»Der neue Diener«, meldete er.

Ein Bursche von etwa 30 Jahren trat in die Tür und grüßte.

»Sie sind Franzose und heißen John?«, fragte Phileas Fogg.

»Jean, wenn es dem Herren beliebt«, entgegnete der soeben Eingetretene. »Jean Passepartout. Dieser Beiname ist mir geblieben. Er belegt die Geschicklichkeit, mit der ich mich aus unangenehmen Situationen zu entfernen vermag. Ich kann von mir behaupten ein zuverlässiger Bursche zu sein, wenngleich ich einräumen muss, bereits in zahlreichen Berufen tätig gewesen zu sein. Ich war fahrender Sänger, Zureiter im Zirkus – das Voltigieren beherrsche ich wie Léotard und Seiltanzen wie Blondin! –, dann wurde ich Lehrer für Leibesübungen, um mein Können besser zu verwerten, zuletzt habe ich als Spritzenmeister bei der Pariser Feuerwehr Dienst getan. Zu meinen Einsätzen gehörten einige ganz bemerkenswerte Brände. Vor fünf Jahren aber habe ich Frankreich den Rücken gekehrt, um ein häuslicheres Leben kennen zu lernen. So wurde ich Kammerdiener in England. Da ich im Augenblick beschäftigungslos bin und erfahren habe, dass Monsieur Phileas Fogg der korrekteste und sesshafteste Herr im ganzen Königreich ist, möchte ich ihm meine Dienste antragen. Mich leitet die Hoffnung in seinem Hause Ruhe zu finden und das Vergangene vergessen zu können, auch jenen Beinamen ›Passepartout‹...«

»›Passepartout‹ ist mir aber genehm«, sagte Phileas Fogg. »Man hat Sie mir empfohlen. Meine Erkundungen über Ihre Person haben nichts Nachteiliges ergeben. Sie kennen meine Bedingungen?«

»Jawohl, gnädiger Herr.«

»Gut. Welche Zeit haben wir jetzt?«

Passepartout förderte eine Silberuhr enormen Ausmaßes aus seiner Westentasche hervor.

»11 Uhr und 25 Minuten«, versetzte er.

»Ihre Uhr geht nach«, sagte Mr Fogg.

»Verzeihung, gnädiger Herr, aber das kann nicht sein.«

»Sie geht um vier Minuten nach. Aber gut. Es genügt, die Differenz einmal festgestellt zu haben. Von diesem Moment an, 11 Uhr und 29 Minuten vormittags an diesem Mittwoch, dem zweiten Oktober 1872, stehen Sie in meinen Diensten.«

Als er den Satz beendet hatte, erhob sich Phileas Fogg, ergriff mit der linken Hand den Hut, setzte ihn mit eckiger Bewegung auf den Kopf und entfernte sich ohne ein weiteres Wort.

Passepartout hörte die Haustür einmal ins Schloss fallen: Sein neuer Herr ging aus; dann hörte er die Tür ein zweites Mal: James Foster, sein Vorgänger, verließ das Haus.

Passepartout befand sich allein in dem Haus in der Saville Row.

DAS ZWEITE KAPITEL

in welchem Passepartout überzeugt ist, endlich am Ziel seiner Wünsche zu sein

Meiner Treu«, sagte sich Passepartout, er war nun doch ein wenig verdutzt, »bei Madame Tussaud habe ich Leutchen gesehen, die ungefähr genauso lebendig waren wie mein neuer Herr.«

Es sei angemerkt, dass diese »Leutchen« in Mme Tussauds Wachsfigurenkabinett in London stehen, das gerne besucht wird, denn sie wirken so vollkommen echt, dass ihnen tatsächlich nur noch die Sprache fehlt.

In der kurzen Zeit des Gesprächs mit Phileas Fogg hatte Passepartout seinen künftigen Herren sorgfältig gemustert. Er mochte vielleicht 40 Jahre alt sein, sah vornehm und edel aus und war hoch gewachsen; dass er etwas zur Fülligkeit neigte, gereichte der vorteilhaften Erscheinung nicht zum Nachteil. Haare und Backenbart waren blond, die Stirne frei und glatt, seine Gesichtsfarbe eher blass, die Zähne makellos. Seine Gesichtszüge schienen in höchstem Maße das zu besitzen, was die Physiognomiker als »Ruhe in der Beweglichkeit« bezeichnen. Sie wird solchen Menschen zugeschrieben, die lieber handeln statt große Worte zu machen. Ruhe, ein phlegmatisches Wesen, ein offener, fester Blick – das sind die Eigenschaften, die jenen typischen, mit nichts aus der Ruhe zu bringenden Engländer bezeichnen, wie er so oft im Königreich anzutreffen ist. Die Malerin Angelika Kauffmann hat seine etwas steife Haltung vollendet auf die Leinwand gebannt.

In allem bot Phileas Fogg das Bild eines durch und durch exakten und gemäßigten Menschen, der jedwede Tätigkeit oder Bewegung präzise wie ein Chronometer von Leroy oder Earnshaw abwog. Er war die Genauigkeit in Person, was man allein seiner Hand- und Fußhaltung entnehmen konnte, denn wie beim Tiere gibt auch beim Menschen die Haltung der Gliedmaßen Aufschluss über dessen Emotionen.

Phileas Fogg war einer jener Menschen, die stets mit mathematischer Genauigkeit handeln, es niemals eilig haben, jede unnötige Bewegung vermeiden und trotzdem immer pünktlich sind.

Niemals schlenderte er herum, stets wählte er den kürzesten Weg. Niemals machte er eine nutzlose Bewegung und sei es ein Blick zur Decke. Nie sah man ihn aufgeregt oder in Sorge. So mag es nicht weiter verwundern, dass er alleine und frei von jeglicher Bindung lebte. Er wusste, dass menschlicher Umgang Reibung und Reibung Hemmung bedeutet, und deshalb rieb er sich an niemandem.

Jean, genannt Passepartout, war ein echter Pariser. Schon fünf Jahre lebte er in England und als Kammerdiener in London, doch den rechten Herrn hatte er noch nicht gefunden.

Er entsprach in nichts dem klassischen Diener, der hochmütig, näselnd und steif eher komisch wirkt und doch ein rechter Schurke ist. Oh nein! Passepartout war ein beherzter Bursche, freundlich und hilfsbereit und ein erfreulicher Anblick obendrein. Auf seinen Schultern saß ein runder Lockenkopf, er hatte Lippen voll und aufgeworfen, die stets bereit waren zu poussieren oder zu kosten, seine Augen waren blau, die Wangen rot und prall, wie es der ganzen kräftigen Statur entsprach; sein breiter Brustkorb ließ auf herkulische Leibeskräfte schließen, die den Turnübungen in seiner Jugend zu verdanken waren. Das braune Haar war wild. Kannte man in der Antike 18 Arten, um Minervas Haar zu arrangieren – Passepartout kannte für das seine nur eine: drei Striche mit dem Kamm und die Sache war geschehen.

Ob dieser ausgesprochen offenherzige Bursche und Phileas Fogg zueinander passen würden – das vermöchte der Klügste nicht zu sagen. Konnte Passepartout den Anforderungen seines Herrn in puncto Genauigkeit genügen? Es würde sich zeigen. Er sehnte sich ja nach Ruhe, da sein Vorleben so unstet gewesen war. Er war ja nach England gekommen, weil er in seiner Heimat den englischen Sinn für Korrektheit und die beinahe sprichwörtliche Unterkühltheit des englischen Gentleman hatte rühmen hören. Bisher war ihm das Glück aber nicht hold gewesen und er hatte nirgendwo Wurzeln schlagen können. Zehnmal hatte er die Stellung gewechselt und immer wieder war er an einen launenhaften Herrn geraten, der nichts als Abenteuer und Reiselust im Sinne hatte – Dinge, die Passepartout nunmehr zutiefst widerstrebten. Sein letzter Herr, der junge Lord Longsferry, war nichts weniger als Mitglied des Parlaments. Und doch verbrachte er seine Nächte in den Austern-Stuben am Haymarket und immer wieder kam es vor, dass er den Heimweg zu beiden Seiten von Polizisten gestützt zurücklegen musste. Passepartout aber wollte seinen Herrn achten können. Er wagte einige respektvolle Bemerkungen in dieser Richtung; sie wurden übel aufgenommen und er musste gehen. Unterdessen hörte er, dass Phileas Fogg Esquire einen neuen Diener suchte. Er holte Erkundigungen ein und kam zu dem Schluss, dass ein Herr, der ein äußerst geregeltes Leben führte, sich keinen Ausschweifungen ergab, nächtens stets zu Hause blieb

und niemals reiste, genau das war, was er suchte. Er bewarb sich um die Stellung und das Weitere ist uns bekannt.

Als es 11 Uhr 30 geschlagen hatte, war Passepartout also allein in dem Haus Nr. 7 in der Saville Row. Sogleich machte er einen Rundgang vom Keller bis zum Speicher und stellte fest, dass es sauber, ordentlich, streng und ohne überflüssigen Schnickschnack war. Dieses Haus, das leicht zu pflegen war, sagte ihm außerordentlich zu. Es glich ein wenig einem Schneckenhaus – freilich einem Schneckenhaus mit Gasbeleuchtung und -heizung. Ohne Mühe fand Passepartout sein Zimmer im zweiten Stock und auch dieses gefiel ihm. Durch elektrische Klingeln und ein Sprachrohr war es mit den unteren Räumen verbunden. Auf dem Kaminsims befand sich eine elektrische Uhr, die genau auf die Uhr in Phileas Foggs Schlafzimmer abgestimmt war; die beiden Uhren schlugen exakt zur selben Sekunde.

Das ist es! Das ist es!, dachte sich Passepartout.

Unter der Uhr bemerkte er einen Plan für den täglichen Dienst. Dort war minuziös alles verzeichnet, was Passepartout zwischen acht Uhr morgens – wenn Phileas Fogg sich zu erheben pflegte – bis 11 Uhr 30 – wenn Phileas Fogg also das Haus verließ, um sich zum Reform Club zu begeben – zu tun hatte: das Servieren von Tee und Toast um 8 Uhr 23, Rasierwasser um 9 Uhr 37, Frisieren um 9 Uhr 40 und so fort. Und für die Zeit zwischen 11 Uhr 30 und Mitternacht – zu dieser Stunde ging Phileas Fogg zu Bett – war desgleichen alles beschrieben, vermerkt und geregelt. Mit größtem Vergnügen studierte Passepartout diesen Plan und ging sogleich daran, sich dessen Einzelheiten einzuprägen.

Die Garderobe von Monsieur war umfangreich und sorgfältig ausgewählt. Beinkleider, Röcke und Westen hatte man durchnummeriert und in einem Register verzeichnet, das genauestens angab, zu welcher Jahreszeit und Gelegenheit ein bestimmtes Kleidungsstück zu tragen wäre. Mit Schuhwerk und Strümpfen verhielt es sich ebenso.

Dieses komfortable Haus, das zu Sheridans Zeiten ein Tempel der Unordnung gewesen sein mag – denn jener war so zerstreut wie berühmt –, verhieß auf jeden Fall die größte Bequemlichkeit. Es gab auch keine Bibliothek, geschweige denn einzelne Bücher. Wozu! Der Reform Club stellte zwei Bibliotheken zur Verfügung, wobei die eine mit literarischen Werken bestückt war, die andere mit Schriften über Recht und Politik. Im Schlafzimmer des Herrn befand sich ein sowohl feuerfester wie einbruchssicherer Tresor mittlerer Größe. Doch gab es keinerlei Waffen und Jagd- oder Kriegsgerät im ganzen Haus. Alles zeugte von reinster Friedfertigkeit.

Als Passepartout sich alles genaustens besehen hatte, rieb er die Hände, holte tief Luft und rief noch einmal gut gelaunt: »Das ist es! Besser hätte ich's gar nicht treffen können. Mr Fogg und ich werden uns prächtig verstehen! Ein so häuslicher, ordentlicher Herr! Das reinste Uhrwerk! Aber was soll's, mir macht es nichts aus, ein Uhrwerk zu bedienen!«

DAS DRITTE KAPITEL

in welchem ein Gespräch Phileas Fogg teuer zu stehen kommen könnte

Phileas Fogg hatte sein Haus um 11 Uhr 30 verlassen, dann 575-mal den rechten Fuß vor den linken gesetzt und 576-mal den linken Fuß vor den rechten. Nun stand er vor dem Reform Club, einem imposanten Gebäude in der Pall Mall, dessen Errichtung nicht weniger als drei Millionen gekostet hatte.
Unverzüglich begab sich Phileas Fogg in den Speisesaal. Die neun Fenster des Raumes lagen zum Garten hin und gaben den Blick auf einen hübschen Garten frei, dessen Bäume schon die ersten goldenen Herbstfarben zeigten. Der reservierte Tisch war bereits für Phileas Fogg gedeckt. Phileas Fogg wählte eine Vorspeise, als ersten Gang gedünsteten Fisch in vorzüglicher Reading Sauce, als zweiten Gang kurz gebratenes Roastbeef mit Pilzen und eine Rhabarber-Stachelbeer-Pastete sowie etwas Chester-Käse zum Dessert. Auf jene Köstlichkeiten folgten einige Tassen des hervorragenden Tees, welchen der Club in eigenen Pflanzungen ernten ließ.
Um 12 Uhr und 47 Minuten erhob sich Phileas Fogg, um sich in den großen Salon zu begeben, einen prächtig ausgestatteten Saal, den prunkvoll gerahmte Gemälde zierten. Ein Diener überreichte Phileas Fogg ein druckfrisches, noch unaufgeschnittenes Exemplar der *Times*, deren Blätter er sogleich mit größtem Geschick voneinander löste. Die Lektüre dieser Zeitung beschäftigte Phileas Fogg bis 3 Uhr und 45 Minuten, die anschließende Durchsicht des *Standard* nahm ihn bis zum Dinner in Anspruch. Diese Mahlzeit war ähnlich zusammengestellt wie das Frühstück, nur trat an die Stelle der Reading Sauce die Royal British Sauce.
Um 5 Uhr 40 erschien der Gentleman von neuem im Salon, um sich nunmehr in die Lektüre des *Morning Chronicle* zu vertiefen.
Eine halbe Stunde später betraten verschiedene Clubmitglieder den Salon und nahmen Platz am Kamin, in dem ein Steinkohlefeuer brannte. Es handelte sich hierbei um passionierte Whist-Spieler, ebenjene Herren, mit welchen Phileas Fogg seine Partien zu spielen pflegte: der Ingenieur Andrew Stewart, die Bankiers John Sullivan und Samuel

Fallentin, der Brauereibesitzer Thomas Flanagan und Gauthier Ralph, Mitglied des Direktoriums der Bank von England – allesamt wohlhabende und hoch geachtete Herrschaften – selbst in diesem Club, der zu seinen Mitgliedern die Spitzen von Industrie und Finanz zählen durfte.

»Nun, Ralph«, eröffnete Thomas Flanagan das Gespräch, »was gibt es Neues von unserer Diebstahlgeschichte?«

»Nun«, versetzte Andrew Stewart, »die Bank wird das Geld wohl niemals wieder sehen!«

»Ich hoffe doch«, entgegnete Gauthier Ralph, »dass im Gegenteil der Dieb in Bälde gefasst wird. Immerhin sind unsere besten Polizeikommissare angewiesen, sämtliche wichtigen Häfen in Europa und Übersee unter Beobachtung zu nehmen. Unter diesen Bedingungen wird es für diesen Herren nicht leicht sein zu entwischen!«

»Hat man denn die Beschreibung des Diebs?«, fragte Andrew Stewart.

»Zunächst einmal handelt es sich gar nicht um einen Dieb«, antwortete Gauthier Ralph mit großem Ernst.

»Sie belieben zu scherzen! Dieser Kerl, der 55 000 Pfund einkassiert hat, soll kein Dieb sein?«

»Nein«, versetzte Gauthier Ralph.

»Ist es vielleicht ein Industrieller?«, fragte John Sullivan.

»Der *Morning Chronicle* versichert, dass es sich um einen Gentleman handelt.«

Diese Äußerung stammte von keinem Geringeren als Phileas Fogg, dessen Kopf nunmehr hinter einem umfangreichen Bündel Zeitungspapier zum Vorschein kam. Zugleich begrüßte er seine Mitspieler.

Die fragliche Begebenheit, welche in verschiedenen Zeitungen des Königreiches heftig besprochen wurde, hatte sich drei Tage zuvor, nämlich am 29. September, ereignet. Ein Bündel Banknoten im Wert von immerhin 55 000 Pfund war vom Kassentisch des Hauptkassierers der Bank von England entwendet worden.

Wenn sich jemand wundern wollte, wie es möglich war, dass eine derart hohe Summe so ganz ohne weiteres gestohlen werden konnte, so begnügte sich Gauthier Ralph als Vizedirektor der Bank mit der Erklärung, der Kassier sei gerade damit beschäftigt gewesen, eine Einzahlung über drei Shilling und ein Sixpence einzutragen. Schließlich konnte man die Augen ja nicht überall haben!

Wir sollten, zur leichteren Verständlichkeit der Sache, hinzufügen, dass jenes hoch angesehene Geldinstitut uneingeschränktes Vertrauen in die Ehrwürdigkeit seiner Kunden setzte. Es gab kein Wachpersonal und keine Gitter vor den Schaltern. Gold, Silber und Banknoten lagen offen da, gleichsam dem Erstbesten ausgeliefert. Doch hätte man niemals die Ehrlichkeit der Kunden in Zweifel ziehen wollen. Ein guter Kenner der englischen Wesensart berichtete sogar folgende kleine Geschichte: In einem der Schalterräume der Bank, die er eines Tages betreten hatte, lag vor ihm auf dem Zahltisch ein Goldbarren von etwa sieben Pfund Gewicht. Ihn packte die Neugier. Um ihn genauer betrachten zu können, nahm er ihn in die Hand, gab ihn sogar weiter an seinen Nachbarn, welcher ihn wiederum weiterreichte, und so fort, bis der Barren schließlich in einen der dunklen Korridore gelangt war, von wo er binnen einer halben Stunde wieder auf den Zahltisch des Kassierers zurückwanderte. Während der ganzen Zeit hatte der Kassierer nicht einmal aufgeblickt.

An diesem 29. September jedoch hatte die Sache einen anderen Verlauf genommen. Das Bündel Banknoten fand nicht wieder an Ort und Stelle zurück, und als die prachtvolle Uhr im Kassenraum um fünf Uhr zur Schalterschließung schlug, hatte die Bank von England einen Verlust von 55 000 Pfund zu verbuchen.

Als man sich endgültig deren Diebstahl eingestehen musste, wurden die besten Agenten und Detektive über die wichtigsten Häfen der Welt verteilt. Man sandte sie nach Liverpool, Glasgow, Le Havre, Suez, Brindisi, New York und andernorts, wobei für die Ergreifung des Diebes eine Belohnung von 2 000 Pfund nebst fünf Prozent der wieder gefundenen Geldsumme in Aussicht gestellt wurde. Die Detektive sollten alle ankommenden und abreisenden Schifffahrtspassagiere schärfstens beobachten, bis genauere Anweisungen erlassen würden, wofür man aber erst die Ermittlungen abwarten musste.

Wie der *Morning Chronicle* berichtete, hatte man tatsächlich Anlass zu vermuten, dass der Dieb nicht unter den in England hinlänglich bekannten Diebesbanden zu suchen sei. Am 29. September hatte man im Kassenraum, also am Schauplatz des Geschehens, einen vornehmen Herrn bemerkt, der durch mehrmaliges Hinundhergehen auf sich aufmerksam machte. Anhand von Untersuchungen war es gelungen, eine recht genaue Personenbeschreibung des Herrn zu erstellen, die unverzüglich an sämtliche Detektive im Königreich und auf dem Kontinent übermittelt wurde. Einige zuversichtliche Naturen – und Gauthier Ralph war eine zuversichtliche Natur – sahen also Grund zu der Hoffnung, dass der Dieb binnen kurzem gestellt werden würde.

Es mag wohl nicht verwundern, dass diese Begebenheit zum Tagesgespräch in London, ja in ganz England wurde. Man diskutierte heftig über die Erfolgsaussichten dieser Aktion. So liegt es auf der Hand, dass selbst die Mitglieder des Reform Clubs sich mit jenem Thema beschäftigten, zumal einer von ihnen der Vizedirektor des fraglichen Bankinstituts war.

Der ehrenwerte Gauthier Ralph hegte keinen Zweifel am Erfolg der Aktion, denn die Höhe der ausgesetzten Belohnung musste Fleiß und Geschicklichkeit der Agenten zu wahren Höchstleistungen antreiben. Sein Kollege Andrew Stewart hingegen betrachtete die Sache in weit weniger günstigem Licht. Selbst als sich die Herren, in gewohnter Ordnung, an den Whist-Tisch setzten – nämlich Stewart gegenüber Flanagan und Fallentin gegenüber Phileas Fogg –, war das Gespräch noch im Gange. Während des Spiels schwiegen sie, doch in den Pausen flammte die unterbrochene Unterhaltung sogleich wieder auf.

»Und ich möchte noch einmal behaupten«, versetzte Andrew Stewart, »dass die Chancen für den Dieb nicht schlecht stehen. Er scheint mir ein äußerst gewandter Mann!«

»Aber ich bitte Sie!«, entgegnete Ralph. »Wohin sollte er denn noch flüchten!«

»Da wird es doch Möglichkeiten geben!«

»Und wohin könnte er, Ihrer Meinung nach, entkommen?«

»Wer weiß«, meinte Andrew Stewart, »die Erde ist groß!«

»Sie war einmal groß«, warf Phileas Fogg halblaut ein. »Bitte heben Sie ab«, fügte er hinzu, indem er Thomas Flanagan die Karten reichte.

Die Diskusson wurde abgebrochen, solange die Partie dauerte. Dann griff Andrew Stewart Phileas Foggs Bemerkung sofort wieder auf.

»Was meinen Sie mit ›Die Erde war einmal groß‹? Wollen Sie etwa behaupten, dass die Erde geschrumpft sei?«

»Zweifelsohne hat Mr Fogg Recht«, warf Gauthier Ralph ein. »Die Erde ist kleiner geworden, denn für ihre Umrundung benötigt man heutzutage zehnmal weniger Zeit als noch vor 100 Jahren. In unserem Fall wird dies die Untersuchungen begünstigen!«

»Aber dem Dieb auch die Flucht erleichtern!«

»Sie spielen aus, Mr Stewart«, sagte Phileas Fogg.

Andrew Stewart war nicht überzeugt. Als auch dieses Spiel beendet war, begann er von neuem: »Ich gebe zu, dass sie die Schrumpfung der Erde auf das Anschaulichste beschrieben haben, Mr Ralph. Weil man also heute die Erde in drei Monaten zu umrunden vermag…«

»In 80 Tagen«, präzisierte Phileas Fogg.

»In der Tat!«, bemerkte John Sullivan. »Jetzt, da die Great-Indian-Peninsular-Eisenbahn auch die Linie Rothal – Allahabad eröffnet hat, schafft man die Reise um die Erde in 80 Tagen. Der *Morning Chronicle* legt hier den Reiseplan vor:

London – Suez über den Mont Cenis und über Brindisi.

Eisenbahn und Dampfschiff	7 Tage
Suez – Bombay, Dampfschiff	13 Tage
Bombay – Kalkutta, Eisenbahn	3 Tage
Kalkutta – Hongkong (China), Dampfschiff	13 Tage
Hongkong – Yokohama (Japan), Dampfschiff	6 Tage
Yokohama – San Francisco (Amerika), Dampfschiff	22 Tage
San Fancisco – New York, Eisenbahn	7 Tage
New York – London, Dampfschiff und Eisenbahn	9 Tage
	insgesamt 80 Tage

»Nun gut, 80 Tage«, rief Andrew Stewart und stach versehentlich einen Trumpf, denn er war vollkommen aufgebracht, »aber nicht bei Unwetter, Gegenwind, Schiffbruch oder gar Entgleisung!«

»Alles eingerechnet«, entgegnete Phileas Fogg und spielte weiter, denn nun drohte das Spiel der Diskussion doch zum Opfer zu fallen.

»In 80 Tagen«, zweifelte Andrew Stewart, »auch wenn Inder oder Indianer die Schienen aufreißen, Züge anhalten, Gepäckwagen plündern und die Fahrgäste skalpieren?«

»Alles eingerechnet«, versetzte noch einmal Phileas Fogg, legte seine Karten auf den Tisch und verkündete: »Zweifacher Trumpf.«

Andrew Stewart, der nun mit Geben an der Reihe war, nahm die Karten auf und sprach: »In der Theorie mögen sie Recht haben, Mr Fogg, aber in der Praxis…«

»In der Praxis desgleichen, Mr Stewart.«

»Das möchte ich sehen!«

»Ganz wie Sie wünschen. Reisen wir also!«

»Der Himmel bewahre mich!«, rief Mr Stewart. »Ich wette 4 000 Pfund, dass der Reiseplan so nicht durchführbar ist.«

»Er ist im Gegenteil sehr wohl durchführbar.«

»Dann führen Sie ihn durch!«

»Um die Erde in 80 Tagen?«

»Jawohl.«

»Einverstanden.«

»Wann?«

»Sofort.«

»Aber das ist doch heller Wahnsinn!«, rief Andrew Stewart, nunmehr aufrichtig erbost über solche Hartnäckigkeit. »Lassen wir das lieber. Spielen wir weiter.«

»Dann geben Sie bitte noch einmal, Sie haben vorhin gegeben.«

Andrew Stewart nahm die Karten auf, wobei seine Hand leicht zitterte. Dann schmiss er die Karten plötzlich hin und sagte entschlossen: »Es bleibt dabei, Mr Fogg. Ich wette 4 000 Pfund.«

Nun ging Fallentin dazwischen.

»Aber lieber Mr Stewart, so beruhigen Sie sich. Das Ganze ist doch nicht ernst gemeint.«

»Wenn ich eine Wette biete, dann ist das sehr wohl ernst gemeint«, antwortete Andrew Stewart.

»Also gut«, sprach Mr Fogg und wandte sich an alle Herren zugleich. »Ich verfüge über eine Bankeinlage von 20 000 Pfund bei den Gebrüdern Baring. Mit dem größten Vergnügen will ich diese Summe riskieren.«

»20 000 Pfund!«, rief John Sullivan. »20 000 Pfund, die eine unvorhergesehene Verzögerung Sie kosten kann!«

»Es gibt nichts Unvorhergesehenes«, entgegnete Phileas Fogg bestimmt.

»Aber Mr Fogg, diese 80 Tage sind doch nur als Mindestzeit bemessen!«

»Bei richtiger Anwendung ist die Mindestzeit immer genug.«

»Um den Reiseplan einzuhalten, müssten Sie das Umsteigen von Schiff zu Bahn und von Bahn zu Schiff geradezu springend erledigen.«

»Dann springe ich eben.«

»Sie belieben zu scherzen!«

»Ein Engländer scherzt nie, wenn es um etwas so Ernstes wie eine Wette geht«, antworte Phileas Fogg. »Ich wette 20 000 Pfund gegen jeden, der sich zu stellen bereit ist, und ich behaupte hiermit, dass ich die Reise um die Welt in 80 Tagen oder noch weniger, beziehungsweise in 1 920 Stunden oder 115 200 Minuten, zurücklegen werde. Nehmen Sie die Wette an?«

»Wir nehmen die Wette an«, antworteten die Herren Stewart, Fallentin, Sullivan, Flanagan und Ralph nach kurzer Unterredung.

»Gut«, sagte Mr Fogg. »Der Zug nach Dover fährt um 8 Uhr und 45 Minuten. Diesen Zug werde ich nehmen.«

»Schon heute Abend?«

»Schon heute Abend«, antwortete Phileas Fogg. Dann konsultierte er seinen Taschenkalender und fügte hinzu: »Wir haben heute Mittwoch, den 2. Oktober. Ich müsste also am Sonnabend, dem 21. Dezember, um 8 Uhr und 45 Minuten wieder hier in diesem Salon des Reform Clubs zu London erscheinen. Sollte dies nicht der Fall sein, sind Sie berechtigt, über die Summe von 20 000 Pfund auf meinem Konto bei den Gebrüdern Baring zu verfügen. Ich überreiche Ihnen einen Scheck über die nämliche Summe.«

Ein Protokoll wurde abgefasst, das von allen sechs an der Wette Beteiligten unterzeichnet wurde. Phileas Fogg war keine Regung anzusehen. Ihm ging es bei der Wette durchaus nicht um den Gewinn. Und 20 000 Pfund, exakt die Hälfte seines Vermögens, hatte er gesetzt, weil er davon ausging, dass er die anderen 20 000 Pfund dazu benötigen würde, dieses schwierige, ja geradezu unmögliche Unternehmen zu einem erfolgreichen Abschluss zu führen. Seine Gegner jedoch schienen aufs Höchste erregt zu sein; nicht um des hohen Einsatzes willen, aber weil sie die Bedingungen für ungerecht hielten.

Es schlug nun sieben Uhr. Man erklärte sich bereit die Whist-Partie abzubrechen, damit Mr Fogg die nötigen Reisevorbereitungen treffen könnte.

»Ich bin immer vorbereitet«, entgegnete Phileas Fogg ungerührt, gab und sagte: »Karo ist Trumpf. Sie spielen aus, Mr Stewart.«

DAS VIERTE KAPITEL

in welchem Phileas Fogg seinen Diener Passepartout in arge Verwirrung stürzt

Um 7 Uhr 25 Minuten verabschiedete sich Phileas Fogg von seinen ehrenwerten Kollegen im Reform Club. Zuvor hatte er noch etwa 21 Pfund beim Whist gewonnen. Um 7 Uhr 50 traf er zu Hause ein.

Passepartout, der seinen Stundenplan sorgfältig memoriert hatte, war aufrichtig erstaunt Mr Fogg derart unpünktlich zu sehen. Der Zeitplan sah seine Rückkehr erst Schlag Mitternacht vor.

Phileas Fogg hatte sich unverzüglich in sein Schlafzimmer begeben und rief nun den Diener.

»Passepartout.«

Passepartout ließ sich nicht blicken, denn er konnte wohl schwerlich gemeint sein. Dem Plan zufolge war sein Herr gar nicht da.

»Passepartout«, rief Phileas Fogg abermals, allerdings ebenso leise wie vorher.

Passepartout erschien.

»Ich rufe schon zum zweiten Mal«, sagte Phileas Fogg.

»Es ist noch nicht Mitternacht!«, entgegnete Passepartout, die Uhr in der Hand.

»Ich weiß«, antwortete Phileas Fogg, »das ist kein Vorwurf. In zehn Minuten verlassen wir das Haus und nehmen den Zug nach Dover. Von dort geht es weiter nach Calais.«

Passepartouts Kinn sank nach unten. Er konnte sich nur verhört haben.

»Monsieur gedenken zu reisen?«, fragte er.

»So ist es«, antwortete Phileas Fogg. »Wir machen eine Reise um die Erde.«

Passepartout erstarrte. Seine Augen weiteten sich, er breitete die Arme aus und knickte beinah in die Knie. Die Bestürzung stand ihm im Gesicht geschrieben.

»Eine Reise um die Erde«, murmelte er.

»Und zwar in 80 Tagen«, erklärte Phileas Fogg. »Wir dürfen also keine Zeit verlieren.«

»Aber die Koffer...«, sagte Passepartout, wobei sein Kopf immer noch schwankte.

»Wir brauchen keine Koffer. Eine Tasche für die Nachtwäsche genügt. Legen Sie noch zwei wollene Hemden und drei Paar Socken hinein. Desgleichen für Sie. Das Übrige besorgen wir unterwegs. Nehmen Sie meinen Regenmantel und die Reisedecke und ziehen Sie feste Schuhe an. Allerdings werden wir wenig zu Fuß gehen.«

Passepartout wollte noch etwas erwidern. Allein er konnte nicht. Er verließ Phileas Foggs Schlafzimmer, stieg in das seine hinauf und ließ sich auf einen Stuhl fallen. In seiner Muttersprache machte er sich Luft.

»Das ist doch... Ein ruhiges Leben – foutu!«

Mechanisch ging er an die angeordneten Reisevorbereitungen. In 80 Tagen um die Erde! Hatte er es mit einem Wahnsinnigen zu tun? Nein... Es war nur ein Scherz. Sie fuhren nach Dover, gut. Und dann nach Calais, auch gut. Und überhaupt, nach fünf Jahren mal wieder auf Heimaterde zu stehen war ja nichts Schlechtes. Wer weiß, vielleicht ging die Reise sogar nach Paris. Paris! Er würde die Stadt recht gerne wieder sehen. Ja, ganz gewiss würde ein Gentleman wie Phileas Fogg, der nicht einfach so in der Gegend herumfuhr, dort bleiben. Bestimmt. Andererseits... dass dieser so sesshafte Herr überhaupt zu verreisen gedachte...

Um acht Uhr war die leichte Reisetasche fertig. Passepartout verließ sein Zimmer, verriegelte sorgfältig die Tür und stieg, noch immer beunruhigt, zu seinem Herrn hinunter.

Mr Fogg war schon fertig. Unter den Arm geklemmt trug er Bradshaw's Kursbuch und Reiseführer für den Kontinent, der ihn mit allen notwendigen Informationen über Abfahrtszeiten und dergleichen versorgen sollte. Er nahm Passepartout die Reisetasche aus der Hand, öffnete sie und steckte ein ansehnliches Bündel jener Banknoten hinein, die in der ganzen Welt Gültigkeit besitzen.

»Nichts vergessen?«

»Nichts, Monsieur.«

»Regenmantel und Decke?«

»Hier.«

»Gut. Tragen Sie die Tasche.« Mr Fogg reichte die Tasche Passepartout. »Und passen Sie gut darauf auf«, fügte er hinzu. »Sie enthält 20 000 Pfund.«

Passepartout wäre die Tasche fast aus der Hand geglitten, als wären die 20 000 Pfund aus schwergewichtigen Goldstücken.

Herr und Diener verließen nun das Haus und die Eingangstür wurde zweifach verriegelt.

Ein paar Schritte entfernt befand sich ein Droschkenstand. Phileas Fogg und sein Diener nahmen eine Kutsche, die sie sogleich auf direktem Wege zur Charing Cross Station brachte, wo eine der Süd-Ost-Eisenbahnlinien endete.

Um 8 Uhr 20 hielt die Kutsche vor der Schalterhalle. Passepartout sprang heraus. Sein Herr zahlte den Kutscher und folgte ihm.

Im selben Moment kam eine Bettlerin auf Mr Fogg zu. An der Hand führte sie ein Kind. Sie hatte nackte Füße und trug auf dem Kopf einen zerlumpten Hut, an dem eine jämmerliche Feder stak, und um die Schultern lag ein durchlöchertes Tuch.

Mr Fogg zog die 20 Pfund aus der Tasche, die er am Abend beim Whist gewonnen hatte, und reichte sie ihr mit den Worten »Nehmen Sie das, gute Frau. Ich freue mich Ihnen helfen zu können«.

Dann ging er weiter. Passepartout merkte, wie ihm die Augen feucht wurden. Sein Herr hatte sein Herz gerührt.

Unverzüglich betraten Herr und Diener die Bahnhofshalle. Phileas Fogg erteilte Passepartout den Auftrag zwei Fahrkarten erster Klasse nach Paris zu lösen. Als er sich umschaute, entdeckte Mr Fogg seine fünf Wettgegner aus dem Reform Club.

»Meine Herren, ich reise ab«, sagte er. »Anhand der Visa in meinem Reisepass wird es Ihnen möglich sein, meine Reiseroute nach meiner Rückkehr zu überprüfen.«

»Aber Mr Fogg«, wies Gauthier Ralph den Vorschlag höflich zurück, »dergleichen ist durchaus nicht vonnöten. Wir zählen auf Ihr Ehrenwort als Gentleman.«

»Ich halte dies dennoch für korrekter«, bemerkte Mr Fogg.

»Sie haben nicht vergessen, wann Sie wieder hier sein müssen?«, fragte Andrew Stewart.

»In 80 Tagen, also am Samstag, den 21. Dezember 1872 um 8 Uhr und 45 Minuten abends«, antwortete Phileas Fogg. »Meine Herren, leben Sie wohl.«

Um 8 Uhr und 40 Minuten belegten Mr Fogg und sein Diener ihre Plätze in ihrem Abteil. Fünf Minuten später pfiff der Schaffner zur Abfahrt und der Zug fuhr an.

Der Himmel war schwarz. Es nieselte. Phileas Fogg, in seine Ecke gelehnt, sprach kein Wort. Passepartout, der seine Fassung noch immer nicht wieder erlangt hatte, hielt die Reisetasche mit den Banknoten fest an seinen Leib gepresst.

Kurz vor der Station Sydenham schrie er plötzlich verzweifelt auf.

»Was haben Sie denn?«, fragte Phileas Fogg.

»Ich habe... na ja... in der Eile... Ich vergaß...«

»Was denn nun?«

»...die Gasheizung in meinem Zimmer abzustellen.«

»Der Verbrauch, mein Lieber, wird Ihnen in Rechnung gestellt«, bemerkte Mr Fogg kühl.

DAS FÜNFTE KAPITEL

in welchem ein neues Wertpapier an der Londoner Börse erscheint

Phileas Fogg hätte nicht im Traum daran gedacht, welches Aufsehen seine Abreise erregen würde. Zunächst verbreitete sich die Nachricht von der Wette im Reform Club, wo sie bei dessen ehrenwerten Mitgliedern für nicht geringe Aufregung sorgte. Vom Club schwappte die Woge der Erregung über auf die Presse, um sich schließlich von den Zeitungen aus über ganz London, ja das ganze Königreich zu ergießen.
Das »Unternehmen Weltreise« wurde mit so viel Leidenschaft und Eifer diskutiert, erörtert und kritisiert wie seinerzeit der Alabama-Skandal. Die einen schlugen sich auf die Seite von Phileas Fogg, die anderen – und das war bei weitem die Mehrzahl – stellten sich gegen ihn. Denn wer versuchen wollte tatsächlich mit den gegenwärtig zur Verfügung stehenden Verkehrsmitteln eine Weltreise innerhalb des gegebenen Zeitlimits zu unternehmen – der konnte nur unzurechnungsfähig sein.
Die *Times*, der *Standard*, der *Evening Star*, der *Morning Chronicle* und 20 weitere auflagenstarke Blätter sprachen sich gegen Phileas Fogg aus. Allein der *Daily Telegraph* unterstützte ihn, wenn auch mit verhaltener Vorsicht. Phileas Fogg galt schlichtweg als geisteskrank und man sparte nicht mit Vorwürfen gegen jene Mitglieder des Reform Clubs, welche auf diese Wette eingegangen waren, die doch eindeutig auf eine Geistesschwäche ihres Urhebers hinwies.

Leidenschaftliche, doch wohl durchdachte Artikel über das nämliche Thema erschienen zuhauf. Man weiß, dass geografischen Themen in England stets das größte Interesse gilt. Und so gab es kaum einen Leser, egal, welcher Schicht, der die Artikel über Phileas Fogg nicht verschlungen hätte.

Anfangs gab es noch kühne Gemüter – Damen zumeist –, die ihm die Stange hielten, zumal als die *Illustrated London News* seine Fotografie veröffentlicht hatte. Ab und an ließ sich auch der eine oder andere Herr zu seinen Gunsten vernehmen: »Warum eigentlich nicht? Man hat schon Ungewöhnlicheres erlebt!« – dies waren Leser des *Daily Telegraph*. Doch selbst dieses Blatt begann bald schon zu wanken.

Am 7. Oktober erschien nämlich ein ausführlicher Artikel im Bulletin der Königlichen Geografischen Gesellschaft, welcher das Thema von allen nur möglichen Seiten beleuchtete. Man kam darin zu dem unumstößlichen Schluss, dass ein solches Unternehmen eine reine Torheit sei. Alles sprach gegen Phileas Foggs Erfolg: Sowohl Mensch wie Natur boten unüberwindliche Hindernisse für den reibungslosen Verlauf der Reise. Zudem musste eine an Wunder grenzende Genauigkeit der Fahrpläne und Anschlüsse gewährleistet sein, was sicherlich nicht der Fall war. Allenfalls war so etwas in Europa noch denkbar, wo die Streckenlängen überschaubar waren. Wenn man aber drei Tage benötigte, um allein Indien zu durchqueren, und sieben Tage für die Vereinigten Staaten – wie sollte das möglich sein? Dazu Maschinenschäden, Entgleisungen, Zusammenstöße, Unwetter, Schneeverwehungen – sprach dies nicht alles gegen Phileas Fogg? War man im Winter auf dem Dampfschiff nicht Wind und Nebel preisgegeben? Und kam es nicht immer wieder vor, dass ein Ozeandampfer mit mehrtägiger Verspätung reiste? Und so, wie die Dinge lagen, konnte nur ein einziger unvorhergesehener Aufenthalt die gesamte Planung zunichte machen. Wenn Phileas Fogg nur einmal um wenige Stunden zu spät kam, war seine Wette unwiederbringlich dahin.

Der Artikel erregte großes Aufsehen. Nahezu alle Zeitungen gaben ihn wieder und die Phileas-Fogg-Aktie verlor erdrutschartig an Wert.

In den ersten Tagen nach seiner Abreise waren bedeutende Aktivitäten um den Ausgang dieser prickelnden Sache entbrannt. Wie jedermann weiß, ist England das Land der Wetten. Ein Anhänger des Wettens genießt dort weit höheres Ansehen als ein Freund des Glücksspiels. Zunächst hatten verschiedene Mitglieder des Reform Clubs ihrerseits Wetten über beträchtliche Summen für oder wider Phileas Fogg abgeschlossen, aber schon bald zog dies weitere Kreise. ›Phileas Fogg‹ wurde wie ein Rennpferd gehandelt, eingetragene Wetten wurden gebucht. Und an der Börse entstand ein neues Wertpapier, die Phileas-Fogg-Aktie, welche umgehend notiert, fest verzinst oder als Prämienpapier gekauft und wieder abgestoßen wurde. Die ›Phileas Fogg‹ erbrachte beträchtliche Summen. Doch dann war fünf Tage nach seiner Abreise jener Artikel des Bulletins der Königlichen Geografischen Gesellschaft erschienen. Die Angebote gingen zurück. Die ›Phileas Fogg‹ fiel. Man handelte sie nun in Paketen von zehn, 20 ja 100 Stück, während anfangs höchstens fünf zu haben waren.

Ein Einziger blieb Phileas Fogg treu, und das war der alte gelähmte Lord Albermale. Jener ehrenwerte Gentleman war an seinen Sessel gefesselt und hätte sein ganzes Vermögen für eine Reise um die Erde gegeben, und wenn sie zehn Jahre gedauert hätte. Er wettete 5 000 Pfund für Phileas Fogg. Wollte man ihm seine wie auch Phileas Foggs

Torheit vor Augen führen, pflegte er zu erwidern: »Wenn die Sache tatsächlich machbar ist, dann sollten wir froh sein, dass ein Engländer sie macht.«
Die Zahl seiner Anhänger schrumpfte also beträchtlich. Jedermann stellte sich gegen ihn und nicht ohne Grund. Phileas Fogg wurde nur noch in Paketen zu 100 oder 150 gekauft, dann zu 200 und schließlich, als ein unvorhergesehenes Ereignis eintrat, überhaupt nicht mehr.
Am 7. Oktober um neun Uhr abends erhielt der Londoner Polizeipräsident folgende Depesche:

Suez an London
Polizeipräsident Rowan, Scotland Place
Verfolge Bankräuber Phileas Fogg. Sofort Haftbefehl nach Bombay (Britisch-Indien) schicken.
Detektiv Fix

Das Telegramm schlug ein wie der Blitz. Vorbei war es mit dem ehrenwerten Gentleman; er war als der Banknotendieb der Bank von England entlarvt. Seine Fotografie, die er in der für Mitglieder üblichen Weise im Reform Club hinterlegt hatte, wurde geprüft. Sie passte Strich für Strich zu der Personenbeschreibung, welche die Ermittlungen erbracht hatten. Die Sache lag klar auf der Hand: die geheimnisvolle, zurückgezogene Lebensweise des Herren sowie sein plötzlicher Aufbruch – ganz offensichtlich hatte dieser Mann die Reise um die Erde, und die irrsinnige Wette dazu, nur inszeniert, um die Polizei in die Irre zu führen.

DAS SECHSTE KAPITEL

in welchem Detektiv Fix nicht ohne Grund beinah der Geduldsfaden reißt

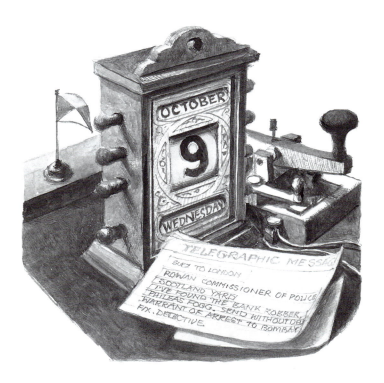

Wie kam diese Depesche also zu Stande? Am Mittwoch, dem 9. Oktober, erwartete man im Hafen von Suez die Ankunft des Dampfschiffes *Mongolia* der Ostindischen Handelsgesellschaft, das um elf Uhr anlegen sollte. Die *Mongolia* war ein Schraubendampfer mit Oberdeck, hatte 2 800 Bruttoregistertonnen und 500 PS. Der Dampfer versah den Post- und Fahrdienst auf der Linie Brindisi – Bombay und passierte unterwegs den Suez-Kanal. Die *Mongolia* zählte zu den schnellsten Schiffen der Gesellschaft und es kam nicht selten vor, dass es die Regelgeschwindigkeit von zehn Meilen pro Stunde zwischen Brindisi und Suez, beziehungsweise 9,35 Meilen pro Stunde auf der Strecke Suez – Bombay sogar noch unterbot.

Inmitten des Gedränges von Eingeborenen und Fremden, die die Einfahrt der *Mongolia* erwarteten, schritten am Kai zwei Herren auf und ab – ehemals nur ein verschlafenes Nest, hatte der Ort durch das bedeutende Werk von Lesseps inzwischen erheblichen Aufschwung genommen.

Der eine dieser beiden Herren war der britische Konsul in Suez, der – den ängstlichen Voraussagen der britischen Regierung und den düsteren Prognosen des Ingenieurs Stephenson zum Trotz – täglich Zeuge der Kanaldurchquerung britischer Schiffe wurde, welche die Reisezeit von England nach Indien um die Hälfte verkürzten.

Der andere Herr war klein und mager, seine Gesichtszüge waren von Intelligenz und einer gewissen Nervosität geprägt, denn seine Augenbrauen zuckten in einem fort. Unter dichten Wimpern blickten lebhafte Augen in die Welt, welche aber auch ebenso unbeteiligt scheinen konnten, falls eine Situation dies verlangte. Im Augenblick verriet seine Haltung eine gewisse Ungeduld, denn es hielt ihn nicht auf der Stelle.

Der Name dieses Herrn war Fix und er war einer jener englischen Detektive und Polizeiagenten, welche man nach dem Diebstahl in der Bank von England in die Hafenstädte verschickt hatte. Seine Aufgabe war es, sämtliche Reisende in Suez scharf zu beobachten und verdächtige Personen hartnäckig zu beschatten, bis der Haftbefehl eintreffen würde.

Vor genau zwei Tagen hatte Fix die Personenbeschreibung des mutmaßlichen Diebes vom Polizeipräsidenten in London erhalten, nämlich jene über den fraglichen distinguierten Herrn, den man in der Bank von England beobachtet hatte.

Die Höhe der in Aussicht gestellten Belohnung trug ohne Zweifel noch das ihre dazu bei, dass Mr Fix die Ankunft der *Mongolia* mit gesteigerter Ungeduld erwartete.

»Und Sie sind wirklich sicher, dass das Schiff nicht verspätet ist?«, fragte er den Konsul schon zum zehnten Mal.

»Ja, Mr Fix. Die *Mongolia* ist gestern absolut planmäßig in Port Said eingelaufen und die 160 Kanal-Kilometer sind für ein Schiff dieser Art eine Kleinigkeit. Ich kann nur wiederholen, dass die *Mongolia* stets jene 25 Pfund Belohnung kassiert, welche die Regierung für jedes Unterschreiten der Fahrzeit um 24 Stunden ausgesetzt hat.«

»Kommt dieses Dampfschiff direkt aus Brindisi?«, fragte Fix.

»Jawohl. Dort hat es die Postsäcke für Indien an Bord genommen und Samstagabend, um fünf Uhr, abgelegt. Haben Sie doch Geduld! Es muss jeden Augenblick kommen. Mir ist im Übrigen schleierhaft, wie Sie diesen Mann, so er überhaupt an Bord ist, anhand dieser Personenbeschreibung erkennen wollen.«

»Nun, Herr Konsul, solche Personen entdeckt unsereins intuitiv. Man braucht dafür ein gewisses Gespür, gleichsam wie Nase, Auge und Ohr. Ich habe während meiner Laufbahn schon einige solcher Gentlemen dingfest gemacht, und sollte jener an Bord sein, wird er mir schwerlich entwischen.«

»Das wünsche ich Ihnen, Mr Fix, denn es geht um eine wahrhaft beträchtliche Summe.«

»Eine unglaubliche Summe!«, schwärmte Mr Fix. »55 000 Pfund! Dergleichen fette Beute gibt es nicht alle Tage! Die Diebe werden immer kleinkarierter, Leute von Format, wie Sheppard seinerzeit, sterben allmählich aus. Heutzutage lässt man sich schon wegen ein paar Shilling fangen.«

»Mr Fix«, entgegnete der Konsul, »ich wünsche Ihnen von Herzen Erfolg! Aber ich muss noch einmal wiederholen: Unter den gegebenen Umständen halte ich die Sache für ausgesprochen schwierig. Laut Beschreibung sieht der Dieb doch wie ein Gentleman aus.«

»Herr Konsul«, entgegnete der Detektiv lehrerhaft, »ein großer Dieb sieht immer wie ein Gentleman aus. Leute mit Verbrecherphysiognomien haben keine Chance und tun gut daran, ehrlich zu sein, sonst werden sie sofort geschnappt. Ehrliche Gesichter, die muss man im Auge behalten! Keine leichte Sache, das gebe ich zu. Aber schließlich ist mein Beruf eine Kunst und kein Handwerk.«

Mr Fix verfügte offensichtlich über ein gesundes Selbstvertrauen.

Unterdessen wurde das Gedränge am Kai immer dichter. Matrosen aus aller Herren Länder, Händler, Geldwechsler, Lastenträger und Fellachen strömten herbei. Die Ankunft des Dampfschiffes schien unmittelbar bevorzustehen.

Zwar schien die Sonne, doch der Ostwind war kühl. Über der Stadt erhoben sich die Silhouetten einiger Minarette im Sonnenlicht. Wie ein ausgestreckter Arm zog sich der Hafendamm zwei Kilometer nach Süden. Und auf dem Roten Meer schaukelten Fischerboote und Küstenschiffe, von denen manche den eleganten Schnitt antiker Galeeren bewahrt hatten.

Seiner Gewohnheit gemäß, unterzog Mr Fix die ihn umgebenden Passanten einer raschen, aber darum nicht weniger scharfen Überprüfung.

Inzwischen war es 10 Uhr 30.

Als die Hafenuhr schlug, rief Mr Fix: »Das Schiff kommt doch nicht!«

»Es kann nicht mehr weit sein«, entgegnete der Konsul.

»Wie lange bleibt es in Suez?«, fragte Fix.

»Vier Stunden. Diese Zeit wird benötigt, um genügend Kohle für die Weiterfahrt zu laden. Die Strecke Suez – Aden, am unteren Ende des Roten Meeres, beläuft sich allein schon auf 1 310 Meilen.«

»Aber der Dampfer hält direkten Kurs auf Bombay?«, erkundigte sich Fix.

»Soviel ich weiß, gibt es keinen Zwischenstopp.«

»Gut«, nahm Fix den Faden wieder auf, »wenn sich der Dieb also an Bord befindet, dann müsste er hier an Land gehen, um auf anderem Wege holländisches oder französisches Herrschaftsgebiet in Asien zu erreichen. Denn in Indien als britischem Hoheitsbereich wäre er nicht sicher.«

»Es sei denn, der Mann wäre sehr dreist. Denn Sie wissen doch: Ein englischer Verbrecher ist in London immer noch am besten aufgehoben.«

Nach diesen Worten, die dem Detektiv doch ziemlich zu denken gaben, kehrte der Konsul in seine Amtsräume zurück, die nahe am Hafen gelegen waren. Fix blieb allein am Kai und wurde zunehmend nervöser, denn er hatte das untrügliche Gefühl, dass sich der Dieb tatsächlich an Bord der *Mongolia* befand. Wenn dieser wirklich die Absicht hatte sich in die Neue Welt abzusetzen, dann musste er die Route über Indien gewählt haben, weil diese weit weniger einfach zu überwachen war als der direkte Weg über den Atlantik.

Schon bald wurde Fix aus seinen Gedanken gerissen, denn schrille Signale kündigten die Ankunft des Dampfschiffs an. Die ganze Schar von Lastenträgern und Fellachen stürzte sogleich zum Kai und entfachte dort einen solchen Tumult, dass man um Leib und Leben fürchten musste. Etwa ein Dutzend kleinere Boote wurde zu Wasser gelassen und holte die *Mongolia* ein.

Der gewaltige Schiffsrumpf tauchte zwischen den Kanalmauern auf. Schlag elf legte der riesige Dampfer an, wobei er aus seinen Schornsteinen gewaltige Dampfwolken entweichen ließ.

Das Schiff war gut besetzt. Ein Teil der Passagiere hatte sich auf dem Oberdeck eingefunden, um von dort das malerische Panorama der Stadt zu genießen; die meisten jedoch bestiegen die kleinen Boote und ließen sich an Land rudern.

Fix musterte eindringlich einen jeden, der ausstieg. Da trat einer der Reisenden an ihn heran – nachdem er zuvor all die diensteifrigen Fellachen in einem kräftigen Handstreich von sich geschoben hatte – und fragte sehr höflich nach dem britischen Konsulat. In der Hand hielt er einen Pass, den er offensichtlich mit Visa versehen lassen wollte.

Instinktiv griff der Agent nach dem Pass und überflog die darin eingetragene Personenbeschreibung.

Um ein Haar wäre er zusammengezuckt. Die Blätter zitterten in seiner Hand. Die Personenbeschreibung in diesem Pass war bis ins Kleinste identisch mit jener, die der Polizeipräsident ausgegeben hatte.

»Dieser Pass gehört doch nicht Ihnen?«, fragte er den Reisenden.

»Nein«, entgegnete der, »er gehört meinem Herrn.«

»Und Ihr Herr?«

»Der ist an Bord.«

»Nun«, versetzte der Detektiv, »zur Feststellung seiner Person muss Ihr Herr selbst im Konsulat vorsprechen.«

»Das ist tatsächlich nötig?«

»Sogar unerlässlich.«

»Und wo sind diese Amtsräume?«

»Dort drüben, an der Ecke des Platzes«, erklärte der Detektiv und wies auf ein Haus, das vielleicht 200 Schritte entfernt lag.

»Na gut, dann werde ich meinen Herrn eben holen. Ich fürchte nur, er wird über die Störung wenig erfreut sein.«

Der Reisende grüßte und ging wieder an Bord.

DAS SIEBTE KAPITEL

in welchem sich der Polizei einmal mehr erweist, wie nutzlos Pässe doch sind

Der Detektiv begab sich unverzüglich zum Konsulat. Auf sein Drängen hin wurde er sogleich beim Konsul vorgelassen.
»Herr Konsul«, sagte er geradeheraus, »ich habe allen Grund zu der Vermutung, dass sich der Dieb unter den Passagieren der *Mongolia* befindet.«
Und Fix berichtete, was sich zwischen ihm und dem Diener zugetragen hatte.
»Also gut, Mr Fix«, sagte der Konsul, »dann soll der Bursche nur kommen – wenn er denn kommt. Ein Dieb hinterlässt nicht allzu gern Spuren. Die Passformalitäten sind ohnehin aufgehoben.«
»Herr Konsul«, entgegnete Fix, »wenn der Mann so kaltschnäuzig ist, wie wir meinen, dann wird er auch erscheinen.«
»Um seinen Pass stempeln zu lassen?«
»Jawohl. Pässe haben keinen anderen Zweck als anständigen Menschen Ärger zu bereiten und Übeltätern die Flucht zu erleichtern. Ich bin sicher, dass seine Papiere in Ordnung sind, aber ich möchte Sie bitten den Pass nicht zu stempeln.«
»Wie stellen Sie sich das vor?«, entgegnete der Konsul. »Wenn der Pass gültig ist, muss ich ihn stempeln.«

»Aber irgendwie muss ich den Mann doch hier festhalten, bis der Haftbefehl eintrifft!«

»Das, mein lieber Mr Fix, ist allerdings Ihr Problem. Ich habe damit nichts...«

Es klopfte an der Tür. Der Sekretär des Konsuls führte zwei Herren herein. Einer der Herren war in der Tat jener Diener, mit welchem Mr Fix gesprochen hatte. Der andere war ganz gewiss dessen Herr. Er legte den Pass auf den Tisch und bat kurz und knapp um den Eintrag des Visums.

Der Konsul studierte den Pass, während Fix, der sich in eine Ecke zurückgezogen hatte, den Fremden mit Blicken geradezu verschlang.

»Sie sind Phileas Fogg?«, fragte der Konsul.

»In der Tat«, antwortete der Gentleman.

»Der andere Herr hier ist Ihr Diener?«

»So ist es. Er ist Franzose und heißt Passepartout.«

»Sie kommen aus London?«

»Ja.«

»Und reisen nach...?«

»Bombay.«

»Gut. Sie wissen, dass der Visumzwang aufgehoben ist?«

»Durchaus«, antwortete Phileas Fogg. »Das Visum soll meinen Aufenthalt in Suez belegen.«

»Wie Sie wünschen, mein Herr.«

Der Konsul setzte Datum und Unterschrift in den Pass und versah ihn mit dem amtlichen Siegel. Mr Fogg entrichtete die Gebühr, grüßte gemessen und gefolgt von seinem Diener verließ er den Raum.

»Und?«, fragte der Detektiv.

»›Und‹ was? Er sieht wie ein durch und durch ehrlicher Herr aus«, sagte der Konsul.

»Schon möglich«, entgegnete Fix, »aber das hat nichts zu sagen. Sie müssen doch zugeben, dass dieser kühle Herr haargenau der Personenbeschreibung aus London entspricht.«

»Das will ich ja gar nicht bestreiten, aber Personenbeschreibungen, das weiß man doch...«

»Ich bin mir jedenfalls sicher«, entgegnete Fix. »Der Diener scheint mir übrigens zugänglicher zu sein als sein Herr. Und er ist Franzose; über kurz oder lang wird er sich verplappern. Herr Konsul, ich darf mich empfehlen.«

Der Detektiv verließ das Konsulat und begab sich auf die Suche nach Passepartout.

Mr Fogg hatte sich unterdessen wieder am Kai eingefunden. Er erteilte seinem Diener einige Aufträge, dann bestieg er eines der Boote, ging wieder an Bord der *Mongolia* und begab sich unverzüglich in seine Kabine. Dort nahm er sein Reisetagebuch zur Hand, das bereits folgende Eintragungen enthielt:

Abfahrt London
Mittwoch, den 2. Oktober   8 Uhr 45 abends
Ankunft Paris
Donnerstag, den 3. Oktober   7 Uhr 20 morgens

Abfahrt Paris
Donnerstag, den 3. Oktober   8 Uhr 40 morgens
Ankunft Turin (via Mont Cenis)
Freitag, den 4. Oktober   6 Uhr 35 morgens
Abfahrt Turin
Freitag, den 4. Oktober   7 Uhr 20 morgens
Ankunft Brindisi
Sonnabend, den 5. Oktober   4 Uhr nachmittags
Einschiffung auf der »Mongolia«
Sonnabend, den 5. Oktober   5 Uhr nachmittags
Ankunft Suez
Mittwoch, den 9. Oktober   11 Uhr morgens

---

insgesamt   *158 ½ Stunden* oder 6 ½ Tage

Mr Fogg notierte diese Angaben zudem in einen mehrspaltigen Reiseplan, der für den Zeitraum zwischen dem 2. Oktober und dem 21. Dezember angelegt war und Monate, Tage, Daten und die genauen Ankunfts- und Abfahrtszeiten der Züge und Schiffe beinhaltete. Vermerkt waren die wichtigsten Stationen: Paris, Brindisi, Suez, Bombay, Kalkutta, Singapur, Hongkong, Yokohama, San Francisco, New York, Liverpool und London. Auf diese Weise wurden Phileas Fogg etwaige Zeitgewinne oder -verluste auf einen Blick ersichtlich und er war über den Verlauf seiner Reise zu jeder Zeit genau unterrichtet.

An jenem Tag, dem 9. Oktober, konnte er also die fahrplanmäßige Ankunft in Suez verbuchen.

Dies getan, ließ er sich das Frühstück auf die Kabine servieren. Er beabsichtigte nicht die Stadt zu besichtigen. Phileas Fogg gehörte zu jener Sorte Engländer, die dergleichen Dinge ihren Diener erledigen lassen.

DAS ACHTE KAPITEL

in welchem Passepartout vielleicht ein wenig zu redselig ist

Fix hatte Passepartout im Nu eingeholt, denn er spazierte auf dem Kai umher. Im Gegensatz zu seinem Herrn hielt ihn nämlich nichts davon ab, sich in aller Ruhe umzusehen.
Fix trat auf ihn zu.
»Nun, mein Freund, haben Sie Ihren Pass stempeln lassen?«
»Ach, Sie sind's, Monsieur«, entgegnete der Franzose. »Alles in bester Ordnung. Verbindlichen Dank noch mal!«
»Und nun sehen Sie sich die Stadt ein wenig an?«
»Ich versuch's. Aber wir reisen so schnell, dass ich alles wie im Traum erlebe. Und das wäre also Suez?«
»So ist es, Suez.«
»In Ägypten?«
»In Ägypten.«
»Und auch in Afrika?«
»In Afrika.«
»In Afrika!«, rief Passepartout. »Ich kann's gar nicht fassen. Stellen Sie sich einmal vor, Monsieur: Ich dachte zuerst, wir führen vielleicht nach Paris. Und wir waren dann auch in Paris. Und zwar genau von 7 Uhr 20 bis 8 Uhr 40 morgens. Das Einzige, was ich von der wunderbaren Stadt gesehen habe, war der Weg von der Gare du Nord zur Gare de Lyon. Außerdem goss es in Strömen und durch das Fenster der Droschke sah man so gut wie überhaupt nichts. Dabei hätte ich so gerne den Friedhof Père Lachaise und die Reitbahn an den Champs-Elysées wieder gesehen!«
»Sie sind wohl recht in Eile?«, fragte der Detektiv.
»Ich nicht, aber mein Herr. Ach, ich muss ja noch Socken und Hemden besorgen. Wir haben nämlich fast gar nichts dabei!«
»Ich zeige Ihnen einen Basar, wo Sie alles finden werden.«
»Monsieur, Sie sind wirklich sehr freundlich.«
Dann machten sie sich auf den Weg. Passepartout schwatzte in einem fort.
»Ich darf um Himmels willen das Schiff nicht verpassen!«, sagte er.
»Es ist schon noch Zeit«, entgegnete der Detektiv. »Wir haben ja erst Mittag.«
»Mittag?«, fragte Passepartout und zog seine riesige Taschenuhr hervor. »Es ist 9 Uhr und 52 Minuten!«
»Ihre Uhr geht nach«, erklärte Fix.
»Meine Uhr und nachgehen! Niemals! Sie ist ein Familienerbstück, noch von meinem Urgroßvater. Noch nie ist sie mehr als fünf Minuten im Jahr zurückgeblieben! Sie ist ein wahrer Chronometer!«

»Ich weiß schon, woran es liegt«, meinte Fix. »Sie haben noch Londoner Uhrzeit. In Suez ist es zwei Stunden später. Sie müssen Ihre Uhr in jedem Land entsprechend umstellen.«

»An meiner Uhr herumdrehen! Kommt überhaupt nicht in Frage!«, rief Passepartout entrüstet.

»Dann stimmt sie mit dem Sonnenstand aber nicht mehr überein.«

»Umso bedauerlicher für die Sonne, Monsieur, dann geht sie nämlich falsch!«

Und mit entschiedener Geste beförderte der gute Bursche seine Uhr in die Tasche zurück.

Nach einer Weile kam Fix auf die Reise zurück.

»Sie sind wohl recht überstürzt von London aufgebrochen?«

»Und wie! Letzten Mittwochabend kam Mr Fogg völlig außerplanmäßigerweise schon um acht aus dem Club zurück. Eine Dreiviertelstunde später waren wir schon unterwegs.«

»Wo geht denn die Reise eigentlich hin?«

»Immer der Nase nach. Mr Fogg macht eine Reise um die Erde!«

»Eine Reise um die Erde?«, rief Fix.

»Jawohl. Und zwar in 80 Tagen. Er sagt, es ginge um eine Wette, aber – ganz unter uns – ich glaube das nicht. Das wäre doch viel zu verrückt. Bestimmt steckt etwas anderes dahinter.«

»Soso. Ihr guter Mr Fogg ist wohl ein bisschen exzentrisch?«

»Ich denke schon.«

»Und wohlhabend auch?«

»Sieht ganz danach aus. Er hat ein hübsches Bündel nagelneuer Banknoten dabei und er geht nicht gerade sparsam damit um. Im Gegenteil! Er hat sogar dem Maschinisten der *Mongolia* ein nettes Sümmchen versprochen, falls er uns schneller nach Bombay bringt als vorgesehen.«

»Und Sie sind schon lange bei Ihrem Herrn?«

»Ach was!«, rief Passepartout. »Erst am Tag unserer Abreise bin ich in seine Dienste getreten.«

Man kann sich vorstellen, wie der ohnehin schon arg erregte Detektiv all diese Antworten aufnahm. Der überstürzte Aufbruch aus London so kurze Zeit nach dem Diebstahl, die enorme Summe Geldes, die Phileas Fogg bei sich führte, dazu die Eile, möglichst schnell möglichst weit weg zu kommen, und die vorgeschobene Wette – dies alles passte hervorragend zusammen und untermauerte Fix' Verdacht zwingend. Er entlockte dem Franzosen noch so manche Aussage und erfuhr, dass der seinen Herrn wirklich kaum kannte, dass dieser vollkommen zurückgezogen in London lebte, reich war, aber niemand zu sagen vermochte, wie er zu seinem Vermögen gekommen war, dass er ein sehr unzugänglicher Mensch war und dergleichen interessante Dinge mehr. Zugleich erfuhr Mr Fix aber auch, dass Phileas Fogg das Schiff nicht in Suez verließ, sondern gedachte nach Bombay weiterzureisen.

»Ist es weit bis nach Bombay?«, fragte Passepartout.

»Ziemlich weit«, antwortete der Detektiv. »Die Überfahrt dauert ganze zehn Tage.«

»Und wo soll dieses Bombay liegen?«

»In Indien.«

»Etwa in Asien?«

»Selbstverständlich.«

»Teufel aber auch! Dann muss ich Ihnen etwas anvertrauen. Es gibt da etwas, was mir keine Ruhe lässt. Nämlich, mein Hahn…«

»Was für ein Hahn?«

»Mein Gashahn. Ich habe in der Eile vergessen den Gashahn abzudrehen und jetzt brennt die Heizung die ganze Zeit auf meine Kosten. Wenn 24 Stunden zwei Shilling kosten, also Sixpence mehr, als ich überhaupt verdiene, wissen Sie, und je länger die Reise nun dauert…«

Ob Fix das ganze Ausmaß der Gastragödie begriffen hatte? Wohl kaum. Er hörte gar nicht mehr zu. Stattdessen überlegte er, wie er weiter vorgehen sollte. Inzwischen hatten sie den Basar erreicht. Fix ließ Passepartout allein, damit er seine Einkäufe erledigen konnte, und ermahnte ihn noch einmal, nur ja nicht das Schiff zu verpassen, dann begab er sich eilig ins Konsulat zurück.

Jetzt, da er unumstößlich überzeugt war, trat er sehr entschieden auf.

»Herr Konsul«, sprach er, »ich bin nunmehr absolut sicher. Ich habe ihn. Er tarnt sich als Exzentriker, der in 80 Tagen um die Welt reisen will.«

»Ein ganz ausgekochter Bursche also«, entgegnete der Konsul, »und wenn er sämtliche Polizisten der Welt an der Nase herumgeführt hat, kehrt er in aller Ruhe nach London zurück.«

»Das werden wir ja sehen«, sagte Fix.

»Sie irren sich auch ganz gewiss nicht?«, fragte der Konsul noch einmal.

»Ausgeschlossen.«

»Und wozu, meinen Sie, ließ er hier seinen Pass stempeln?«

»Den Pass? Nun, das weiß der Himmel! Aber hören Sie, was ich ermittelt habe.«

Und in knappen Worten referierte er die wichtigsten Punkte, die sein Gespräch mit dem Diener des fraglichen Fogg ergeben hatte.

»In der Tat, dies alles spricht gegen diesen Mann«, sagte der Konsul. »Was gedenken Sie nun zu tun?«

Mr Fix antwortete kühl: »Ich schicke ein Telegramm nach London und fordere einen Haftbefehl nach Bombay an, sodann schiffe ich mich auf der *Mongolia* ein und bleibe unserem Dieb bis Indien auf den Fersen. Dort auf englischem Hoheitsgebiet werde ich ihm freundlich die Hand auf die Schulter legen und ihm meinen Haftbefehl präsentieren.«

Der Detektiv verabschiedete sich und begab sich zum Telegrafenamt. Dort sandte er dem Londoner Polizeipräsidenten die bewusste Depesche.

Eine Viertelstunde später ging Fix, versehen mit leichtem Gepäck und ausreichend Bargeld, an Bord der *Mongolia*, und nur kurze Zeit später pflügte das mächtige Schiff unter Volldampf durch die Wellen des Roten Meeres.

DAS NEUNTE KAPITEL

in welchem das Rote Meer und der Indische Ozean auf Phileas Foggs Seite sind

Die Entfernung zwischen Suez und Aden beträgt exakt 1 310 Meilen und die Geschäftsbedingungen der Schifffahrtsgesellschaft räumten Dampfern einen Zeitraum von 138 Stunden ein, um sie zurückzulegen. Die Maschinen der *Mongolia* aber standen so unter Dampf, dass das Schiff noch vor der fahrplanmäßigen Ankunftszeit anlegen musste.

Die Mehrzahl der Passagiere, die sich in Brindisi eingeschifft hatten, war unterwegs nach Indien. Manche wollten nach Bombay, andere nach Kalkutta, aber auch jene verließen das Dampfschiff in Bombay, denn seit es möglich war, die gesamte indische Halbinsel per Bahn zu durchqueren, war die weitere Schiffsreise über Ceylon nicht mehr vonnöten.

Unter den Passagieren der *Mongolia* befanden sich einige Zivilbeamte, aber auch zahlreiche Offiziere aller militärischer Ränge, derer manche der eigentlichen britischen Armee angehörten, andere wiederum befehligten die indischen Sepoy-Einheiten. Sie alle genossen ein hohes Einkommen, selbst jetzt, da die britische Regierung die ehemalige Indische Handelsgesellschaft übernommen hatte: Ein Leutnant wurde mit 280 Pfund besoldet, ein Brigadekommandeur mit 2 400 und ein General mit 4 000 Pfund.[*]

Man lebte nicht schlecht auf der *Mongolia* mit all jenen Staatsbediensteten, unter welche sich höchstens noch einige junge vermögende Engländer mischten, welche das Geld locker in der Tasche trugen und nach Indien aufgebrochen waren, um dort neue Handelsniederlassungen zu gründen.

Der Proviantmeister, als Vertreter der Schifffahrtsgesellschaft an Bord dem Kapitän gleichgestellt, brauchte an nichts zu sparen. Ob es das Frühstück, der Lunch um zwei Uhr, das Dinner nachmittags um 5 Uhr 30 oder das Abendessen um acht Uhr abends war – stets bogen sich die Tische unter der Last der Köstlichkeiten, die in Schlachterei und Küchen der *Mongolia* hergestellt wurden. Die Damen an Bord, und sie waren recht zahlreich, wechselten zweimal am Tag die Garderobe. Es gab Musik an Bord und sogar Tanz, sofern es der Seegang erlaubte.

Denn wie alle schmalen und lang gestreckten Gewässer ist das Rote Meer launenhaft und nicht selten stürmisch. Wenn kräftiger Wind aufkam, sei es von Asien oder von Afrika her, und den enormen Schraubendampfer seitwärts erfasste, schaukelte die *Mongolia* beträchtlich. Die Damen eilten sogleich in ihre Kabinen, die Kapelle verstummte und Tanz und Musik fanden ein jähes Ende. Doch allem Stürmen und Tosen zum Trotz dampfte die *Mongolia* mit ihren starken Maschinen unaufhaltsam der Meerenge von Bab-el-Mandeb entgegen.

---

[*] Zivilbeamte verdienten sogar noch mehr. Ein einfacher Assistent auf der untersten Stufe der Leiter bekam bereits 480 Pfund, ein Richter 2 400 Pfund, der Präsident des Gerichtshofes 10 000 Pfund, ein Gouverneur 12 000 Pfund und der Generalgouverneur mehr als 24 000 Pfund.

Und was tat Phileas Fogg während dieser Zeit? Es stünde zu vermuten, dass er jedes Drehen des Windes und jedes Aufbäumen der Wellen voll Sorge beobachtete, denn möglicherweise gab es ja Maschinenschäden oder gar Schiffbruch und die Reise wäre am nächsten Hafen vorläufig zu Ende.

Nichts von alledem. Und falls jener Gentleman überhaupt an dergleichen Möglichkeiten dachte – anmerken ließ er es sich nicht. Immer blieb er jener unzugängliche Herr, das unerschütterliche Mitglied des Reform Clubs, den kein Zwischenfall oder Ereignis aus der Fassung zu bringen vermochte. Er zeigte ebenso wenig innere Regung wie die Chronometer an Bord. Selten erschien er an Deck. Das Rote Meer, Schauplatz so vieler Ereignisse in frühester Geschichte, interessierte ihn nicht; den sehenswerten Orten entlang der Küste, deren malerische Silhouetten ab und an am Horizont erschienen, schenkte er nicht einen Blick. Er gedachte auch nicht der Gefährlichkeit des Arabischen Golfes, von welchem schon Strabo, Arrian, Artemidorus und Edrisi in der Antike mit Entsetzen berichteten und den damals kein Seemann befuhr, ohne zuvor ein Sühneopfer für den glücklichen Ausgang der Reise darzubringen.

Was also tat der sonderbare Phileas Fogg an Bord der *Mongolia*? Zunächst einmal nahm er seine geregelten Mahlzeiten ein, nämlich viermal an jedem Tag, denn weder Seegang noch Maschinenstampfen konnten seinen mechanisch präzise funktionierenden Organismus aus dem Takt bringen. Und außerdem spielte er Whist.

Ja, so war es. Er hatte Partner gefunden, die dem Spiel nicht weniger Begeisterung entgegenbrachten als er selbst. Der eine war Steuereinnehmer und auf dem Weg nach Goa, um seine Stelle anzutreten; der zweite war geistlicher Würdenträger, nannte sich Reverend Decimus Smith und fuhr gerade wieder nach Bombay; der dritte war Brigadegeneral der britischen Armee, er kehrte zu seinen Truppen in Benares zurück. Ganze Stunden verbrachten die Herren mit Whist, wobei seine drei Partner genauso schweigsam waren wie Phileas Fogg selbst.

Und Passepartout? Ihn quälte nicht der leiseste Anflug von Seekrankheit. Man hatte ihm eine Kabine im Bug zugeteilt und auch er speiste mit gutem Appetit. Er hatte sich allmählich mit seinem Schicksal arrangiert und begann sogar die Reise zu genießen, denn so konnte man sich das Ganze gefallen lassen: Man aß hervorragend, die Kabine war komfortabel und dazu sah man noch etwas von der Welt. Und im Stillen war Passepartout davon überzeugt, dass der ganze Spuk in Bombay ohnehin ein Ende habe.

Am Tage nach der Abreise aus Suez, also am 10. Oktober, geschah es zu seiner Freude, dass er auf dem Oberdeck jenem freundlichen Herrn wieder begegnete, welchen er auf dem Kai in Suez angesprochen hatte.

»Sehe ich recht«, rief er und ging mit einem strahlenden Lächeln auf jenen Herrn zu. »Sie sind es, Monsieur? Derselbe Herr, der mir so behilflich gewesen ist?«

»Ach«, entgegnete der Detektiv, »jetzt erkenne ich Sie! Sie sind der Diener jenes eigenwilligen Engländers…«

»Ganz genau, Monsieur…?«

»Fix.«

»Monsieur Fix«, sagte Passepartout. »Ich freue mich Sie hier an Bord zu sehen. Und wohin soll die Reise gehen?«

»Auch nach Bombay.«

»Das trifft sich ja bestens! Waren Sie schon einmal dort?«

»Schon öfter«, sagte Fix, »ich bin Geschäftsführer der Eisenbahngesellschaft.«

»Dann kennen Sie sich in Indien aus?«

»Nun ja... ein wenig schon«, antwortete Fix. Er wollte sich lieber bedeckt halten.

»Dieses Indien ist sicher ein merkwürdiges Land!«

»Sehr merkwürdig. All die Moscheen, Minarette, Tempel, Fakire, Pagoden, Tiger, Schlangen und Tempeltänzerinnen! Ich hoffe doch, dass Sie genügend Zeit haben werden das Land zu besichtigen?«

»Das hoffe ich auch, Monsieur Fix. Man kann doch nicht immerzu nur vom Zug aufs Schiff springen und vom Schiff wieder in den Zug, nur weil man in 80 Tagen um die Erde reisen möchte! Nein. Diese Turnübungen werden in Bombay ein Ende haben, seien Sie versichert!«

»Und Mr Fogg befindet sich wohl?«, fragte Fix in harmlosem Ton.

»Sehr wohl, Monsieur Fix. Ich übrigens auch. Ich habe einen Appetit wie ein Bär. Das kommt gewiss von der Seeluft.«

»An Deck kommt Ihr Herr wohl nie?«

»Nein. Das interessiert ihn gar nicht.«

»Meinen Sie nicht, Monsieur Passepartout, dass sich hinter dieser angeblichen Reise in 80 Tagen um die Erde eine geheime... vielleicht diplomatische Mission verbergen könnte?«

»Meiner Treu, Monsieur Fix, davon weiß ich überhaupt nichts, das schwöre ich. Und ehrlich gesagt, ich würde auch gar nichts darum geben, dergleichen zu wissen.«

Von dieser Begegnung an unterhielten sich Fix und Passepartout öfter. Dem Detektiv war dabei sehr daran gelegen, sich mit dem Diener des Herrn Fogg gut zu stellen, denn später konnte ihm das nützlich sein. Deshalb lud er Passepartout gerne immer wieder auf einen Whisky oder ein Bier in die Bar der *Mongolia* ein, was der junge Mann ohne Umschweife annahm und manchmal sogar erwiderte. Denn dieser Mr Fix war ein durchaus angenehmer und ehrenwerter Mann!

Unterdessen kam das Dampfschiff rasch voran. Am 13. passierten sie Mekka mit seinen zerfallenen Stadtmauern, hinter welchen grüne Dattelbäume zu erkennen waren. Weit dahinter, in den Bergen, erstreckten sich ausgedehnte Kaffeeplantagen. Passepartout war entzückt über den Anblick jener berühmten Stadt und er fand sogar, dass ihre runden Stadtmauern und das zerstörte Fort sie wie eine Kaffeetasse mit Henkel aussehen ließen.

In der folgenden Nacht durchfuhr die *Mongolia* die Meerenge von Bab-el-Mandeb, deren arabischer Name Tor der Tränen bedeutet. Und am folgenden Tag, dem 14. Oktober, gab es einen kurzen Aufenthalt in Steamer-Point, nordwestlich der Reede von Aden, um neuerlich Brennstoff aufzunehmen.

Die großen Dampfschiffe mit reichlich Nachschub zu versorgen war wahrlich keine leichte Sache, zumal die Kohle von weit her herangeschafft werden musste. Die Peninsular Company zum Beispiel gab jedes Jahr allein 800 000 Pfund für Heizmaterial aus. Man hatte zwar Vorratslager in mehreren Häfen angelegt, aber trotzdem belief sich der Kohlepreis an diesen abgelegenen Orten auf 19 Shilling pro Tonne.

Bis nach Bombay hatte die *Mongolia* noch 1 650 Meilen vor sich. Man benötigte etwa vier Stunden, um ihren Laderaum mit genügend Kohle zu füllen.

Jedoch bescherte diese Verzögerung Mr Fogg keinerlei Schwierigkeiten; sie war bereits eingerechnet. Zudem hatte die *Mongolia* bereits am 14. Oktober nachmittags und nicht erst am 15. Oktober morgens, wie es dem Fahrplan entsprochen hätte, in Aden angelegt. Dies ergab einen Zeitgewinn von 15 Stunden.

Mr Fogg und sein Diener gingen an Land; Mr Fogg wollte auch hier seinen Pass stempeln lassen. Fix folgte ihm unbemerkt. Nachdem die Formalität erledigt war, begab sich Phileas Fogg auf das Schiff zurück und nahm die unterbrochene Whist-Partie wieder auf.

Passepartout flanierte, wie es seine Gewohnheit war, noch ein wenig in der Stadt umher und mischte sich unter das Volk. Die Stadt Aden hatte 25 000 Einwohner und ihre Bevölkerung war äußerst vielfältig. Es gab dort Somalis, Parsen, Juden, Araber und Europäer. Passepartout besah sich auch die Festungswerke, welche Aden zum Gibraltar des Indischen Ozeans machten, und er ging zu den großartigen Zisternen, die König Salomon vor 2 000 Jahren hatte erbauen lassen und an denen heute noch englische Ingenieure beschäftigt sind.

»Bemerkenswert, sehr bemerkenswert!«, sagte sich Passepartout, als er wieder an Bord ging. »Eines ist mir jetzt jedenfalls klar: Wenn man etwas Neues sehen will, ist Reisen wirklich gut.«

Um sechs Uhr abends gruben die Schaufelblätter der *Mongolia* durch die Wasser von Aden und schon kurze Zeit später machte sie Fahrt auf dem Indischen Ozean. 168 Stunden gestand der Fahrplan ihr zu, um die Strecke zwischen Aden und Bombay zu bewältigen – und die See war ihr günstig. Es blies ein ruhiger Nordwest, mit gesetzten Segeln legte das Schiff an Tempo noch zu.

Der Dampfer lag jetzt ruhiger im Wasser, denn die schwere Ladung hielt ihn stabil. Die Damen machten sich frisch, nun erschienen sie wieder an Deck und Musik und Tanz wurden wieder aufgenommen.

Die Schiffsreise verlief also unter den günstigsten Bedingungen. Auch Passepartout war zufrieden; er freute sich, dass ihm in Mr Fix ein so liebenswürdiger Reisegefährte begegnet war.

Am Sonntag, dem 20. Oktober, um die Mittagszeit kam die indische Küste in Sicht. Zwei Stunden später kam der Lotse an Bord der *Mongolia*. Unter blauem Himmel beschloss eine anmutige Hügelkette den Horizont. Schon bald zeichneten sich die Palmenreihen vor dem Stadtbild ab. Das Dampfschiff lief in den Hafen von Bombay ein, das aus den Inseln Salsette, Kolaba, Elephanta und Butcher gebildet wird. Um 4 Uhr 30 ging die *Mongolia* an den Kais von Bombay vor Anker.

Phileas Fogg beendete die 33. Doppel-Partie des Tages. Dank eines kühnen Manövers beschlossen er und sein Partner diese Ozeanfahrt mit einem formvollendeten Schlemm. Laut Fahrplan wurde die *Mongolia* erst am 22. Oktober in Bombay erwartet. Seit der Abreise aus London hatte Phileas Fogg also einen Vorsprung von zwei Tagen gewonnen. Fein säuberlich trug er diesen in die Gewinnspalte seines Reiseplanes ein.

DAS ZEHNTE KAPITEL

in welchem Passepartout zum Glück nur Schuhe und Strümpfe verliert

Jedermann weiß, dass Indien – dieses enorme umgestürzte Dreieck, dessen Basis im Norden und dessen Spitze im Süden liegt – sich über eine Fläche von 1 400 000 Quadratmeilen erstreckt, ein Gebiet, auf welchem ungleichmäßig verteilt 180 Millionen Menschen leben. Ein Teil dieses unermesslich weiten Landes steht unter britischer Herrschaft. In Kalkutta wurde ein Generalgouverneur eingesetzt, weitere Gouverneure in Madras, Bombay und Bengalen, des weiteren ein Vizegouverneur in Agra.

Das eigentliche britische Indien umfasst aber lediglich eine Fläche von 700 000 Quadratmeilen, die von etwas mehr als 100 Millionen Menschen bevölkert wird. Und das bedeutet, dass ein nicht unerheblicher Teil des Landes noch immer der Herrschaftsgewalt der britischen Königin entzogen bleibt. Es ist sogar so, dass sich einige schreckliche und gefürchtete Radschas im Landesinneren ihre absolute Unabhängigkeit bewahrt haben.

Von 1756 ab, dem Zeitpunkt, in welchem sich im Gebiet des heutigen Madras die erste britische Niederlassung gebildet hatte, bis zum Ausbruch des großen Sepoy-Aufstandes, verfügte die berühmte Ostindische Handelsgesellschaft über uneingeschränkte Macht. Eine um die andere Provinz verleibte sie sich ein, indem sie den Radschas Renten versprach, die danach nur spärlich oder gar nicht ausbezahlt wurden. Der Generalgouverneur wurde eingesetzt und mit ihm eine ganze Schar von Zivilbeamten und Militärs. Heute aber gibt es die Ostindische Handelsgesellschaft nicht mehr, weshalb die englischen Besitzungen in Indien direkt der Krone unterstehen.

Sitten und Gebräuche auf der Halbinsel unterliegen deshalb einem ebenso stetigen Wandel wie auch die Zusammensetzung der Bevölkerung und sogar ihr Erscheinungsbild. Früher war es üblich, sich althergebrachter Fortbewegungsmittel zu bedienen – man reiste zu Fuß, zu Pferd, per Kutsche, mit zwei- oder vierrädrigen Karren, auf Trageseln oder auf dem Rücken eines Trägers. Heute verkehren dort Dampfschiffe, welche den Indus und den Ganges mit hoher Geschwindigkeit befahren, und eine Eisenbahnlinie durchzieht in Haupt- und Nebenlinien die gesamte Breite des indischen Kontinents: Eine Reise von Bombay nach Kalkutta dauerte nur noch drei Tage.

Die Eisenbahnlinie verläuft allerdings nicht direkt. In der Luftlinie beträgt die Entfernung zwischen den beiden Städten nur etwa 1 100 Meilen, eine Strecke, welche Züge selbst bei mittlerer Geschwindigkeit in weniger als drei Tagen zurückzulegen vermögen. Die Fahrzeit war aber um etwa ein Drittel verlängert, denn die Linie machte einen Umweg über das im Norden gelegene Allahabad.

Der Streckenverlauf der Great Indian Peninsular Railway ist also folgender: Bombay ist der Ausgangspunkt; dann überquert die Eisenbahnlinie die Insel Salsette, erreicht gegenüber von Thana das Festland, verläuft über die Gebirgskette des West-Ghats weiter in nordöstliche Richtung, über Burhanpur durch das weitgehend unabhängige Territorium von Bundelkhand bis hinauf nach Allahabad; sodann neigt sich die Linie nach Osten, in Benares erreicht sie den Ganges, weicht dann aber wieder leicht von ihm ab. In südöstlicher Richtung setzt sich die Fahrt über Burdwan und die französische Stadt Chandernagor fort; von dort mündet die Linie in die Endstation Kalkutta.

Um 4 Uhr 30 gingen die Passagiere der *Mongolia* in Bombay von Bord, der Zug nach Kalkutta fuhr Punkt acht Uhr.

Mr Fogg verabschiedete sich von seinen Whist-Partnern, verließ das Schiff, trug seinem Diener einige Einkäufe auf – wobei er nicht versäumte ihn eindringlich zu gemahnen sich rechtzeitig vor acht Uhr am Bahnhof wieder einzufinden – und begab sich exakt bemessenen, regelmäßigen Schrittes zum Passamt. Die wundervollen Sehenswürdigkeiten von Bombay ließ er gänzlich unbeachtet. Weder das Rathaus noch die großartige Bibliothek würdigte er eines Blickes, ebenso wenig wie die Befestigungsanlagen, den Hafen, die Basare, den Baumwollmarkt, die Moscheen und Synagogen oder die armenischen Kirchen und die Pagode von Malabar mit ihren beiden vieleckigen Türmen. Er lenkte seinen Schritt auch nicht zu den Meisterwerken von Elephanta und den geheimnisumwobenen Totengruften am Südostende des Hafens und setzte auch nicht über nach Salsette, wo es in den Überresten der Kanheri-Grotten herrliche Zeugnisse buddhistischer Architektur zu bewundern gab.

Nein! Mr Fogg verließ das Passamt und suchte in aller Ruhe den Bahnhof auf. Dort ließ er sich ein Dinner servieren. Nebst anderen Gerichten empfahl ihm der Oberkellner ein Frikassee von »einheimischem Kaninchen« in Weißwein. Mr Fogg bestellte das Gericht und kostete gewissenhaft. Trotz der kräftig gewürzten Soße schmeckte das Frikassee scheußlich.

Mr Fogg rief den Oberkellner herbei. Er blickte ihm fest in die Augen.

»Ist das wirklich Kaninchenfleisch?«

»Aber gewiss, mein Herr«, entgegnete frech der Kellner. »Kaninchen aus dem Dschungel.«

»Und dieses Kaninchen hat nicht zufällig miaut, bevor es geschlachtet wurde?«

»Miaut! Aber ich bitte Sie! Mein Herr, das ist Kaninchen! Ich schwöre!«

»Herr Oberkellner«, sagte Phileas Fogg kühl, »schwören Sie besser nicht und denken Sie an eines: Früher einmal waren Katzen in Indien heilig. Das waren noch gute Zeiten.«

»Für die Katzen, mein Herr?«

»Und vielleicht auch für Reisende!«

Nachdem er dies bemerkt hatte, aß Phileas Fogg seelenruhig weiter.

Nur um weniges später als Phileas Fogg hatte auch Mr Fix die *Mongolia* verlassen. Er war unverzüglich zum Polizeichef von Bombay geeilt. Dort wies er sich aus, erteilte Bericht über seine Mission und schilderte, in welcher Situation er sich nunmehr befand. Ob der Haftbefehl aus London schon eingetroffen sei?

Nein. Nichts dergleichen war angekommen. Tatsächlich konnte der Haftbefehl auch gar nicht da sein, denn er war ja erst nach Mr Foggs Aufbruch abgeschickt worden.

Fix geriet aus der Fassung. Er forderte, dass an Ort und Stelle ein Haftbefehl gegen besagten Mr Fogg ausgestellt werden solle, allein der Polizeichef verweigerte dies. Die Angelegenheit betreffe die Polizei von London und nur diese könne einen gültigen Haftbefehl erlassen. Die sprichwörtliche englische Prinzipientreue, vor allem in juristischen Fragen und erst recht, wenn es um die Wahrung der persönlichen Freiheit geht, duldet keinerlei Willkür.

Fix gab dies Ansinnen auf. Es war klar, dass ihm nichts weiter übrig blieb als auf den Londoner Haftbefehl zu warten. Aber er schwor sich diesen unzugänglichen Schuft in der Zwischenzeit nicht aus den Augen zu lassen. Wie Passepartout war auch Fix überzeugt, dass Fogg nun in Bombay bleiben würde. Dessen Verhaftung war also nur mehr eine Frage der Zeit.

Als Passepartout allerdings Mr Foggs Anweisungen erhalten hatte, war ihm klar geworden, dass es in Bombay wieder genauso gehen würde wie zuvor in Paris und in Suez und dass die Reise keineswegs zu Ende war. Sie fuhren noch mindestens bis nach Kalkutta und vielleicht sogar weiter. Er begann sich allmählich zu fragen, ob an dieser Wette nicht doch etwas dran war. Sollte das Schicksal tatsächlich so grausam sein ihn, der doch nichts wollte als Ruhe, in 80 Tagen um die Erde zu hetzen?

Nachdem er Hemden und Socken besorgt hatte, schlenderte Passepartout ein wenig durch die Straßen von Bombay. Das Menschengedränge setzte sich zusammen aus Europäern, Persern mit spitzen Hauben, Banianen, welche runde Turbane trugen, und Sindhis, deren Kopfbedeckung wiederum viereckig war; dann gab es Armenier in langen Gewändern und Parsen mit hohen schwarzen Mützen. Diese Parsen nennen sich auch Gebern. Sie sind die direkten Nachkommen der Anhänger Zoroasters und gelten als die arbeitsamsten, klügsten und strengsten unter den Hindus; sie haben eine reiche Kultur. Zu ihnen zählen heute die wohlhabendsten Kaufleute von Bombay. Eben an diesem Tage feierten sie eine Art Karneval. Zu den Veranstaltungen gehörten Umzüge, aber auch Tempeltänzerinnen in rosafarbenen, mit Gold- und Silberfäden durchwirkten Schleiergewändern waren zu sehen. Zum Klang von Trommeln und Saiteninstrumenten tanzten sie in höchst anmutiger, dabei gemessener Weise.

Passepartout staunte nicht wenig, als er dies alles sah. Mund und Augen sperrte er auf und sah nachgerade einfältig aus, wie er die Festlichkeiten um sich her betrachtete.

Seine Neugier trieb ihn immer weiter – sehr zum Verhängnis für ihn selbst und seinen Herrn, dessen Reiseplan er ernstlich in Gefahr brachte. Denn unversehens stand er vor der herrlichen Pagode vom Malabar Hill und hatte den unglücklichen Gedanken hineinzugehen.

Denn es gab zwei Dinge, die er hätte wissen müssen: Zunächst einmal ist für Christen das Betreten mancher Hindu-Tempel strengstens untersagt und außerdem dürfen selbst Hindus diese Tempel nur barfuß betreten. Ihre Schuhe legen sie am Eingang des Tempels ab. Selbst die englische Regierung war aus politischen Motiven sehr darauf bedacht, dass die religiösen Gepflogenheiten des Landes bis ins Kleinste respektiert wurden. Schon geringste Vergehen gegen die religiösen Bräuche der Hindus wurden sehr streng bestraft. Passepartout ahnte von alledem nichts. Arglos betrat er den Tempel und schaute sich um. Er bestaunte gerade die prächtige Innenausstattung, welche brahmanische

Künstler überreich mit Gold verziert hatten, als er plötzlich zu Boden geworfen wurde. Drei Priester stürzten sich wütenden Blickes auf ihn und drückten ihn platt auf die geheiligten Fliesen. Unter wüstem Schreien und Schimpfen schlugen sie hart auf ihn ein und rissen ihm Schuhe und Socken von den Füßen.

Kräftig und geschickt, wie der Franzose aber war, stand er gleich wieder auf den Beinen. Ein Fausthieb, ein Fußtritt – schon hatte er sich von zweien seiner Gegner befreit, die sich heillos in ihren langen Gewändern verhedderten. Er rannte, so schnell ihn seine Beine trugen, ins Freie und hatte im Handumdrehen auch den dritten Priester abgehängt, der ihm hinterherrannte und versuchte die Menge aufzuwiegeln.

Um fünf Minuten vor acht, also nur wenige Minuten vor der Abfahrt des Zuges, stürzte Passepartout auf den Bahnsteig. Er war barfuß und ohne Hut und natürlich hatte er auch seine Einkäufe verloren.

Mr Fix war bereits da. Er hatte Mr Fogg bis zum Bahnhof verfolgt und sehr bald eingesehen, dass dieser Herr keineswegs in Bombay zu bleiben gedachte.

Für Fix gab es nichts zu überlegen. Er würde ihm bis Kalkutta auf den Fersen bleiben, und wenn es sein musste, sogar noch weiter. Passepartout bemerkte Fix nicht, der sich im Verborgenen hielt. Fix aber hörte sehr wohl, welche Abenteuer Passepartout seinem Herrn zu berichten hatte.

»Ich hoffe«, sagte Mr Fogg schlicht, »so etwas kommt nicht wieder vor.« Dann stieg er in den Zug.

Der arme Bursche konnte gar nichts erwidern. Barfuß und verwirrt folgte er seinem Herrn. Fix wollte in einen anderen Wagen klettern, doch plötzlich kam ihm eine hervorragende Idee. Nein, ich bleibe, dachte er. Ein Vergehen, das auf indischem Staatsgebiet begangen wurde… Jetzt habe ich ihn!

Und im selben Moment ertönte das schrille Pfeifen der Lokomotive. Gleich darauf verschwand der Zug in der Dunkelheit der Nacht.

DAS ELFTE KAPITEL

in welchem Phileas Fogg für teures Geld ein Reittier ersteht

Der Zug war pünktlich abgefahren. Zu den Reisegästen zählten nicht nur Touristen, sondern auch einige Offiziere, Zivilbeamte und Opium- und Indigohändler, welche geschäftlich in den Osten der Halbinsel unterwegs waren.

Passepartout hatte im selben Abteil Platz genommen wie sein Herr. Auf einem Platz gegenüber saß ein weiterer Reisender.

Es war der Generalmajor Sir Francis Cromarty, der während der Überfahrt von Suez nach Bombay zu Mr Foggs Whist-Partnern gehört hatte. Er kehrte zu seinen Truppeneinheiten zurück, welche nahe Benares stationiert waren.

Sir Francis Cromarty war hoch gewachsen, blond und mochte etwa 50 Jahre zählen. Während des Sepoy-Aufstandes hatte er sich besonders verdient gemacht; von wenigen kurzen Aufenthalten im Mutterland einmal abgesehen, war er kaum aus Indien herausgekommen. Seit frühester Jugend lebte er dort. Gern hätte er Phileas Fogg seine Kenntnisse über Sitten und Gebräuche, Geschichte und Politik des Landes angedeihen lassen, wenn Phileas Fogg nur ein wenig gefragt hätte! Aber Phileas Fogg fragte überhaupt nichts. Er reiste ja auch gar nicht, er durchlief eine Umlaufbahn. Er war ein Schwerkörper, der nach den Gesetzen der Mechanik eine Erdumkreisung beschrieb. In diesem Augenblick überschlug er im Geiste noch einmal seine bisherige Reisezeit und er hätte zufrieden die Hände gerieben – wenn dies keine nutzlose Bewegung gewesen wäre.

Sir Francis Cromarty war das eigentümliche Wesen seines Reisegefährten durchaus nicht entgangen. Schon auf dem Schiff hatte er ihn zwischen den Partien beobachtet und sich allen Ernstes gefragt, ob unter der kalten Hülle überhaupt ein menschliches Herz schlug, ob Phileas Fogg eine empfindende Seele hatte, welche für die Schönheit der Natur empfänglich und zu menschlichen Regungen fähig war. Vielen Sonderlingen war der Generalmajor begegnet. Aber noch nie hatte er einen Menschen getroffen, der ein so vollkommenes Produkt der Naturwissenschaft war.

Phileas Fogg hatte Sir Francis Cromarty übrigens von seinem Vorhaben erzählt, desgleichen dass es sich bei dieser Reise um die Erde um eine Wette handelte. Für den Generalmajor war diese ganze Sache nichts weiter als eine exzentrische Laune ohne Sinn und Zweck, der ganz offensichtlich jenes *transire benefaciendo* ermangelte, welches jeden vernunftbegabten Menschen in seinem Tun leiten sollte. So, wie dieser seltsame Herr reiste, würde weder er selbst noch sonst jemand irgendeinen Nutzen davon haben.

Eine Stunde nach der Abfahrt von Bombay hatte der Zug bereits, über etliche Viadukte hinweg, das Festland erreicht und die Insel Salsette verlassen. In Kalyon ließ er die Abzweigung, welche über Kandallah und Puna nach Südosten führt, rechts liegen und fuhr stattdessen geradewegs weiter nach Powell und von dort in das weit verzweigte West-Ghat-Gebirge. Diese Gebirgskette besteht aus Trapp und Basaltgestein und selbst ihre höchsten Gipfel sind mit dichtem Laubwald bedeckt.

Ab und zu wechselten Sir Francis Cromarty und Phileas Fogg ein paar Worte, ohne dass ein richtiges Gespräch aufkam. Der Generalmajor versuchte eben ein neues Thema.

»Noch vor einigen Jahren hätte Ihre Reise an dieser Stelle eine Verzögerung erfahren, die wahrscheinlich Ihren gesamten Reiseplan gefährdet hätte.«

»Warum das, Sir Francis?«

»Weil die Eisenbahnlinie damals am Fuße dieser Gebirgskette endete. Man musste die Berge auf dem Tragsessel oder dem Rücken eines Ponys überqueren. Weiter ging es erst wieder in Kandallah.«

»Eine solche Verzögerung hätte die exakte Einhaltung meines Reiseplans durchaus nicht gestört«, entgegnete Mr Fogg. »Dergleichen mögliche Hindernisse habe ich eingerechnet.«

»Das Abenteuer dieses jungen Mannes hätte Ihnen jedenfalls erheblichen Ärger einhandeln können, Mr Fogg«, räumte der Generalmajor ein.

Passepartout hatte seine Füße in eine Decke gewickelt und schlief tief und fest. Er ahnte nicht einmal, dass man von ihm sprach.

»Bei Delikten dieser Art verfährt die englische Regierung sehr streng«, begann Sir Francis Cromarty von neuem. »Man legt größten Wert darauf, dass die religiösen Gebräuche der Hindus geachtet werden. Wenn Ihr Diener gefasst worden wäre...«

»Nun, Sir Francis, wenn er gefasst worden wäre, wäre er verurteilt worden, hätte seine Strafe verbüßt und wäre dann nach England zurückgekehrt. Warum hätte dieser Zwischenfall mich, seinen Herrn, aufhalten sollen?«

Und damit erlahmte das Gespräch einmal mehr. Im Laufe der Nacht überquerte der Zug das Gebirge. Von Nasik aus rollte er am nächsten Tage, dem 21. Oktober, hinunter in eine Ebene; dies war das Gebiet von Khandesch. Das Land war flach und fruchtbar. Zwischen den Feldern wurden Ortschaften sichtbar, welche von Pagoden und Minaretten überragt waren wie europäische Dörfer von Kirchtürmen. Zahlreiche kleine Wasserläufe, Zu- oder Abflüsse des Godawari zumeist, bewässerten das weite Land.

Passepartout war aufgewacht. Er blickte aus dem Fenster und konnte gar nicht fassen, dass er in einem Zug der Great Peninsular Railway saß und durch das Land der Hindus fuhr. Und doch war es kein Traum! Ein englischer Lokomotivführer steuerte den Zug, welcher von englischer Kohle geheizt wurde. Dicke Rauchschwaden ringelten sich aus dem Schornstein empor und hüllten Baumwollpflanzen und Kaffeeplantagen ein, legten sich um rote Pfeffersträucher, Muskat- und Gewürznelkenbäume; Rauchschnecken umkräuselten Palmen und gaben dann den Blick auf malerische Hütten und verlassene Klöster frei, welche Viharis genannt werden, oder auf herrliche Tempel, welche im unerschöpflichen Formenreichtum der indischen Architektur verziert waren. Vor den Augen taten sich weite Ebenen auf, dann wieder die Tiefe des Dschungels, wo das Schnauben des Zuges Schlangen und Tiger erschreckte; die Schienen schnitten durch Wälder, wo noch Elefanten lebten, die dem dampfenden Zuge gedankenvoll nachblickten.

Der Zug nahm am frühen Vormittag kurzen Aufenthalt in Malligaum. Danach führte die Reise durch jenes unheilvolle Gebiet, das die Anhänger der Göttin Kali nur zu oft mit ihren Mordtaten heimgesucht hatten. Nicht weit davon liegen die prachtvollen Pagoden von Ellora und das berühmte Aurangabad, Hauptstadt des einst so gefürchteten Aurangseb. Heute ist dieser Ort aber nicht mehr als eine kleine Provinzhauptstadt des Nizam-Reiches. Hier also war es, wo einst Feringhea, Anführer der Thags und Oberhaupt der Würger, seine Herrschaft ausgeübt hatte. Seine Mordbuben bildeten die Sekte der Thags, welche zu Ehren der Todesgöttin Menschen jeglichen Alters erwürgten. Dabei vergossen sie niemals auch nur einen Tropfen Blut. Es gab Zeiten, da konnte man auf diesem Flecken Erde nirgendwo graben, ohne dabei auf eine verscharrte Leiche zu stoßen. Die englische Regierung konnte diesen Mordtaten zwar in beträchtlichem Umfang Einhalt gebieten, sie ganz zu unterbinden vermochte sie bis heute noch nicht.
Um 12 Uhr 30 hielt der Zug in Burhanpur. Passepartout hatte genügend Zeit ein Paar Pantoffeln zu besorgen. Ihr Preis war astronomisch hoch und sie waren überreich mit falschen Perlen bestickt, doch Passepartout trug sein neues Schuhwerk mit sichtlichem Stolz.
Nachdem die Reisenden ein kleines Mittagessen zu sich genommen hatten, ging die Fahrt weiter nach Asirgarh. Dabei folgte der Zug zunächst ein Stückchen dem Flusslauf des Tapti, der bei Surat in den Golf von Kambay mündet.
Es ist an der Zeit zu erwähnen, welchen Sinneswandel Passepartout unterdessen durchmachte. Bis zu seiner Ankunft in Bombay war er noch der festen Überzeugung gewesen, dass der ganze Alptraum ein baldiges Ende nehmen würde. Nun aber, da er mit Volldampf Indien durchquerte, erfuhr sein ganzes Wesen einen neuen Aufschwung.

Der Tatendrang seiner Jugend kehrte in ihn zurück. Er nahm die Pläne seines Herren mit einem Mal sehr ernst und begann tatsächlich an diese Wette zu glauben. Die Vorstellung, die Reise um die Erde nicht innerhalb der vorgegebenen Zeit zu schaffen, setzte ihm nun ernsthaft zu. Er zerbrach sich den Kopf über mögliche Hindernisse oder Zwischenfälle, die unterwegs geschehen konnten, und fühlte sich persönlich verantwortlich. Bei dem Gedanken an die Dummheit, mit welcher er das ganze Unternehmen in Bombay hätte zum Scheitern bringen können, bekam er geradezu eine Gänsehaut. Und da er nicht annähernd so viel Gelassenheit besaß wie Mr Fogg, machte er sich auch mehr Sorgen. Er zählte wieder und wieder die Tage, die bereits verstrichen waren, verfluchte jeden Aufenthalt des Zuges und seine langsame Reisegeschwindigkeit und knirschte innerlich mit den Zähnen, dass Mr Fogg dem Lokomotivführer keine Belohnung versprochen hatte. Dabei vergaß er ganz, dass dies vielleicht auf einem Dampfschiff möglich war, nicht aber bei einem Zug, der sich genauestens an seinen Fahrplan zu halten hatte.

Gegen Abend schlängelte sich der Zug schon vorbei an den zahlreichen Schluchten des Satpura-Berglandes, dem Grenzgebiet zwischen Khandesch und Bundelkhand.

Am nächsten Tag, es war der 22. Oktober, erkundigte sich Sir Francis Cromarty nach der Uhrzeit. Passepartout zog sein Erbstück hervor und verkündete, es sei nun drei Uhr morgens. Das gute Stück gab noch immer die Ortszeit von Greenwich an, musste also, wie es der Zeitverschiebung um 77 Längengrade entsprach, fünf Stunden nachgehen.

Sir Francis korrigierte die Angabe. Wie zuvor schon Mr Fix in Suez versuchte er die Zusammenhänge zu erklären. Er wollte Passepartout begreiflich machen, dass man bei einer Reise in östliche Richtung, also der Sonne entgegen, die Uhr auf jedem Meridian neu stellen müsse. Denn jeder Tag verkürze sich um viermal so viele Minuten, wie man Längengrade überschritten hatte. Es war vergebliche Liebesmüh. Passepartout bestand einfach darauf, die Londoner Uhrzeit beizubehalten – und wem sollte dies schon schaden?

Um acht Uhr morgens, gute 15 Meilen vor der Station Rothal, blieb der Zug mitten auf einer weiten Lichtung stehen. Außer vereinzelten Bungalows und Arbeiterhütten gab es dort nichts. Der Zugführer lief an den Wagen entlang und rief: »Alles aussteigen! Der Zug endet hier!«

Phileas Fogg warf Sir Francis Cromarty einen fragenden Blick zu, aber auch dieser vermochte nicht zu sagen, was es mit diesem Halt mitten in einem Tamarinden- und Akazienwald auf sich hatte.

Passepartout war ebenso verblüfft wie die beiden Herren. Er sprang aus dem Zug, kehrte aber umgehend wieder zurück. Aufgeregt rief er: »Monsieur, es gibt keine Eisenbahn mehr!«

»Wie meinen Sie das?«, fragte Sir Francis Cromarty.

»Damit meine ich, dass die Eisenbahnlinie hier endet.«

Unverzüglich stieg der Generalmajor aus. Mr Fogg folgte ihm ohne besondere Eile. Die beiden befragten den Schaffner.

»Wo befinden wir uns hier?«, erkundigte sich Sir Francis Cromarty.

»In der Siedlung Kholby«, entgegnete der Schaffner.

»Und hier endet der Zug?«

»In der Tat. Die Eisenbahnlinie ist nämlich noch nicht vollständig…«

»Wie, noch nicht vollständig?«

»Es fehlt noch ein Stück von 50 Meilen. Von hier bis Allahabad gibt es keine Schienen. Von dort ab ist die Strecke wieder vollständig.«

»Aber in den Zeitungen stand doch zu lesen, dass die gesamte Bahnlinie eröffnet worden sei.«

»Tja, Herr General, da haben sich die Zeitungen wohl mal wieder vertan.«

»Aber Sie verkaufen doch Fahrkarten von Bombay nach Kalkutta!«, entgegnete Sir Francis Cromarty, der nun ernstlich böse wurde.

»Natürlich«, erhielt er zur Antwort, »die Reisenden wissen doch alle, dass sie selbst zusehen müssen, wie sie das Stück zwischen Kholby und Allahabad zurücklegen können.«

Sir Francis Cromarty geriet außer sich und Passepartout hätte den Zugführer, obwohl der völlig unschuldig war, auf der Stelle umbringen können. Er wagte gar nicht seinen Herren anzuschauen.

Der sagte aber nur: »Sir Francis, wenn Sie nichts dagegen haben, dann wollen wir uns ein Transportmittel nach Allahabad besorgen.«

»Gefährdet dieser unvorhergesehene Zwischenfall nun nicht Ihren gesamten Reiseplan, Mr Fogg?«

»Nein, Sir Francis, er war einkalkuliert.«

»Soll das heißen, Sie wussten, dass die Bahnlinie…?«

»In keinster Weise. Aber mit irgendeinem Hindernis auf der Strecke war zu rechnen. Es ist überhaupt nichts verloren. Ich habe zwei Tage Vorsprung und der Dampfer von Kalkutta nach Hongkong legt am 25. mittags ab. Heute haben wir erst den 22., wir kommen also rechtzeitig an.«

Gegen eine mit solcher Gewissheit vorgetragene Erklärung blieb nichts mehr einzuwenden.

Die Bauarbeiten an der Bahnlinie hörten tatsächlich an diesem Punkt auf. Wie manche Uhren haben auch Zeitungen mitunter die Angewohnheit, der Zeit ein wenig vorauszueilen. So kam es zu der verfrühten Meldung, dass die Bahnstrecke fertig sei. Den meisten Reisenden war die Unterbrechung der Strecke tatsächlich bekannt, deshalb hatten sie sich beim Aussteigen sogleich um jegliches verfügbare Transportmittel bemüht, das in der kleinen Siedlung zu finden war, von Palankins mit vier Rädern, über Karren, welche von Zebus gezogen wurden, Kutschen in Pagodenform und Tragsesseln bis hin zu Ponys.

Mr Fogg und Sir Francis Cromarty waren zu spät dran; es war bereits nichts mehr zu bekommen.

»Ich gehe zu Fuß«, versetzte Phileas Fogg.

Als er dies hörte, schnitt Passepartout eine Grimasse und blickte auf seine zwar wunderschönen, aber für ein solches Vorhaben doch gänzlich ungeeigneten Pantoffeln. Zum Glück konnte er einen anderen Vorschlag unterbreiten, denn auch er hatte einen Erkundungsgang gemacht. Etwas zögerlich brachte er vor:

»Monsieur, ich wüsste da vielleicht ein Transportmittel…«

»Nämlich?«

»Ein Elefant. Der Elefant eines Inders, der ganz in der Nähe wohnt.«

»Dann sehen wir uns den Elefanten einmal an«, sagte Mr Fogg.

Fünf Minuten später fanden sich Phileas Fogg, Sir Francis Cromarty und Passepartout vor einer Hütte ein. Sie lag an einem freien Platz, welchen eine hohe Palisadenwand umgab. Im Inneren der Hütte sah man einen Inder, hinter einer Umzäunung den Elefanten. Auf ihre Bitte hin führte der Inder Mr Fogg und seine Begleiter zu dem Zaun. Sie fanden sich nun diesem halb gezähmten Tier gegenüber, welches sein Besitzer nicht zu einem Lasttier, sondern zu einem Kampf-Elefanten abzurichten dabei war. Das geschah, indem er auf den eigentlich friedfertigen Charakter dieses Tieres Einfluss nahm. Durch eine drei Monate währende Fütterung mit Zucker und Butter wurde der Elefant in einen Zustand der Erregung versetzt, den die Inder *mutsh* nennen. Dies Vorgehen mag vielleicht verwunderlich erscheinen, Elefantenzüchter sind mit dessen Erfolg aber durchaus zufrieden. Glücklicherweise stand der Elefant aber erst seit kurzem unter dieser Spezialdiät und der *mutsh* war noch nicht zum Ausbruch gekommen.

Kiuni – so der Name des Tieres – war jedenfalls wie alle seine Artgenossen in der Lage lange Strecken im Eilmarsch zurückzulegen, und da sich ihm keine andere Möglichkeit bot, beschloss Mr Fogg den Elefanten in seinen Dienst zu nehmen.

Elefanten aber sind sehr wertvoll in Indien, zumal sie auszusterben beginnen. Elefantenbullen, die einzigen Tiere, die zu Schaukampfspielen abgerichtet werden können, sind dabei besonders gefragt. Und da sich diese Tiere in der Gefangenschaft nur selten vermehren, ist es kaum zu umgehen, sie immer wieder in freier Wildbahn zu fangen. Aus all diesen Gründen werden Elefanten also gehegt und gepflegt, und als nun Mr Fogg fragte, ob der Inder ihm seinen Elefanten vermieten wolle, sagte er rundheraus Nein.

Fogg gab sich nicht sogleich geschlagen und bot für das Tier den völlig überhöhten Preis von 10 Pfund in der Stunde. Der Inder lehnte ab. 20 Pfund. Er lehnte wieder ab. 40 Pfund. Ganz und gar nicht. Bei jedem weiteren, höheren Angebot geriet Passepartout ins Wanken. Der Inder aber blieb standhaft.

Dabei war dies doch ein hübsches Sümmchen. Wenn der Elefant bis Allahabad 15 Stunden brauchen würde, brächte er seinem Besitzer damit immerhin 600 Pfund ein.

Phileas Fogg blieb gelassen und schlug vor den Elefanten für 1 000 Pfund zu kaufen. Das wollte der Inder aber nicht. Möglicherweise witterte er aber das Geschäft seines Lebens.

Sir Francis Cromarty nahm Phileas Fogg zur Seite und redete ihm zu, sich gut zu überlegen, ob er wirklich noch weitergehen wolle. Phileas Fogg entgegnete, dass es nicht seine Gewohnheit sei, unüberlegt zu handeln, dass immerhin eine Wette um 20 000 Pfund auf dem Spiel stehe und er diesen Elefanten nun einmal um jeden Preis benötige.

Mr Fogg wandte sich wieder an den Inder. Dem begehrlichen Funkeln in dessen kleinen Augen war zu entnehmen, dass das Ganze für ihn wohl nur noch eine Frage des Preises war. Mr Fogg bot erst 1 200 Pfund, dann 1 500, 1 800 und schließlich 2 000 Pfund. Passepartouts für gewöhnlich von frischer Röte überzogenes Gesicht war vor Aufregung bleich geworden.

Bei 2 000 Pfund schlug der Inder ein.

»Bei meinen Pantoffeln«, rief Passepartout, »wenn das kein teures Elefantenfleisch ist!«
Der Handel wurde abgeschlossen und es galt noch, einen Führer zu finden. Dies war ein Leichtes. Ein junger Parse, der recht klug erschien, bot sogleich seine Dienste an. Mr Fogg war einverstanden und versprach ihm einen durchaus ansehnlichen Lohn, wodurch sich dessen Klugheit sogar noch zu verdoppeln schien.

Ohne weitere Verzögerung wurde der Elefant für die Reise ausgerüstet. Der Parse kannte sich bestens mit dem Handwerk des Elefantentreibers aus. Er warf eine Art Schabracke über den Rücken des Tieres und befestigte an dessen Flanken Tragstühle, die allerdings wenig komfortabel aussahen.

Phileas Fogg zahlte den Inder in Banknoten aus, die er aus besagter Reisetasche zog. Dabei machte Passepartout ein Gesicht, als würde ihm das Geld aus dem Herzen gerissen. Nun fragte Phileas Fogg Sir Francis Cromarty, ob er mit ihm nach Allahabad reisen wolle, was der Generalmajor gerne bejahte. Eine Person mehr oder weniger auf dem Rücken machte für den Elefanten wahrlich keinen Unterschied.

In Kholby besorgte die Reisegesellschaft noch etwas Proviant, dann nahmen Phileas Fogg und Sir Francis Cromarty auf den Tragstühlen Platz. Passepartout kauerte rittlings oben auf der Schabracke zwischen seinem Herrn und dem Generalmajor. Der Parse nahm im Nacken des Tieres Platz und um neun Uhr machten sie sich auf, um auf dem kürzesten Weg den dichten Fächerpalmenwald zu durchqueren.

DAS ZWÖLFTE KAPITEL

in welchem Phileas Fogg und seine Begleiter Bekanntschaft mit dem indischen Urwald machen und Weiteres geschieht

Der Elefantentreiber ließ die Bahnstrecke, an der die Arbeiten noch in vollem Gange waren, rechts liegen, denn er wollte Zeit gewinnen. Der Verlauf der Trasse musste nämlich allerlei Ausläufer des Vindhja-Berglandes berücksichtigen und daher Umwege in Kauf nehmen, die Mr Fogg lieber vermied. Da der Parse die Gegend kannte wie seine Westentasche und behauptete, dass sich der Weg um 20 Meilen verkürze, wenn sie quer durch den Urwald ritten, wollte man ihm gerne glauben.
Phileas Fogg und Sir Francis Cromarty waren bis zum Hals in den Tragstühlen versunken, dazu wurden sie durch den forschen Trab des Tieres kräftig durchgerüttelt, denn der Treiber versetzte es in eine flotte Gangart. Mit britischer Gelassenheit nahmen sie all diese Unannehmlichkeiten hin und sprachen wenig, denn sehen konnten sie sich ohnehin nicht. Passepartout hatte es sogar noch schwerer. Auf dem Rücken des Tieres schaukelte er heftig auf und nieder und so hielt er sich an Mr Foggs Rat nur ja nicht den Mund aufzumachen, da er sich sonst die Zunge abbeißen könnte. Der wackere Bursche wurde bald auf den Hals des Tieres geworfen, bald auf dessen Hinterteil und vollführte dabei Drehungen wie ein Zirkusartist auf dem Trampolin. Doch er machte seine Scherze dazu und von Zeit zu Zeit zog er ein Zuckerstückchen aus der Tasche, das sich der kluge Kiuni mit dem Rüsselende angelte, ohne dabei aus dem Schritt zu geraten.
Nach zwei Stunden brachte der Treiber den Elefanten zum Halten, damit er eine Stunde ausruhen konnte. Das Tier verschlang beachtliche Mengen an Laub und Reisig von den Bäumen und Sträuchern ringsum, nachdem es sich an einem Sumpfgewässer satt getrunken hatte. Sir Francis Cromarty war für diese Pause mehr als dankbar; er fühlte sich völlig erschlagen. Mr Fogg hingegen schien so frisch, als sei er soeben aus dem Bett gestiegen.
»Hart wie Eisen ist dieser Mann!«, rief Sir Francis Cromarty und warf Phileas Fogg einen bewundernden Blick zu.
»Hart wie Stahl«, entgegnete Passepartout und machte sich daran, einen kleinen Imbiss vorzubereiten.
Am Mittag gab der Treiber das Zeichen zum Aufbruch. Mit jedem Schritt wurde die Natur nun wilder. Auf große Wälder folgten Tamarisken- und Zwergpalmenhaine, unterbrochen von weiten, staubigen Ebenen, in denen es nichts als trockene Büsche und Gesteinsbrocken gab. Bevölkert wurde dieser Teil des Hochlandes, in welchen nur sehr selten Fremde vordrangen, von Eingeborenen, welche in religiösem Fanatismus den grausamsten Riten der Hindus anhingen. Auf diesem, den Radschas unterworfenen Gebiet hatte sich die britische Regierung nicht durchsetzen können, zumal das unzugängliche Vindhja-Bergland zahlreiche Schlupfwinkel bot.
Bereits mehrmals war es vorgekommen, dass solche Eingeborenenbanden den Rei-

senden mit Wutgebärden drohten, wenn der Vierbeiner vorübertrabte. Soweit es ihm möglich war, machte der Parse um diese Wilden einen großen Bogen, denn er hielt es für besser, ihnen nicht zu nahe zu kommen. Tiere sahen sie dagegen nur wenige, es gab dort allenfalls ein paar Affen, die zu Passepartouts Vergnügen unter allerlei Verrenkungen und Grimassen davonstoben, sobald sie die Reisenden erblickten.

Einer von vielen Gedanken, die Passepartout durch den Kopf gingen, machte ihm besonders zu schaffen. Was würde Mr Fogg mit dem Elefanten anstellen, wenn sie in Allahabad angekommen wären? Ihn etwa mitnehmen? Wohl kaum! Wollte man zu dem unsäglich hohen Kaufpreis nun auch noch entsprechende Beförderungsentgelte bezahlen, trieb einen dieses Tier unweigerlich in den Ruin. Also verkaufen? Oder ihn einfach freilassen? Das gute Tier verdiente durchaus, dass man sich um sein weiteres Geschick sorgte. Und wenn nun Mr Fogg zufällig ihm, Passepartout, das Tier zum Geschenk machen wollte? Dann wäre Passepartout in nicht geringer Verlegenheit. Und diese Vorstellung ließ ihm keine Ruhe.

Um acht Uhr abends hatten die Reisenden den Hauptkamm des Vindhja-Berglandes hinter sich gebracht und machten bei einem verfallenen Bungalow am Fuße des Nordhanges Halt. Etwa 25 Meilen hatten sie während dieses Tages zurückgelegt, die gleiche Distanz lag noch vor ihnen.

In der Nacht wurde es kalt. Aus dürren Ästen entfachte der Parse ein Feuer im Inneren des Bungalows, an welchem die Reisenden sich dankbar wärmten. Das Abendessen bestand aus den Vorräten, die sie in Kholby eingekauft hatten, aber sie aßen lustlos, denn sie waren erschöpft. Schleppend kam ein kurzes Gespräch zu Stande, aber bald schon vernahm man nichts mehr als monotones Schnarchen. Nur der Treiber wachte bei Kiuni, der an einen Baumstamm gelehnt im Stehen schlief.

Die Nacht verlief ohne Zwischenfälle. Von Zeit zu Zeit störte das Brüllen eines Geparden oder Panthers die Stille, durchsetzt von dem schrillen Kreischen der Affen. Doch bei dem Brüllen der Raubkatzen blieb es und die Männer im Bungalow konnten gefahrlos schlafen. Sir Francis Cromarty sank in den tiefen Schlaf des erschöpften Kriegers. Passepartout dagegen schlief unruhig. Er durchlebte im Traum noch einmal all die Sprünge und Stöße des vergangenen Tages. Nur Mr Fogg ruhte so sanft und friedlich wie in seinem ruhigen Haus in der Saville Row.

Um sechs Uhr morgens wurde die Reise fortgesetzt. Der Führer wollte Allahabad noch am Abend erreichen, sodass Mr Fogg nur einen Teil seines Vorsprungs von 48 Stunden einbüßen würde.

Es ging nun über die letzten Ausläufer des Vindhja-Gebirges hinab und Kiuni hatte seine schnelle Gangart wieder aufgenommen. Um die Mittagszeit kam das Städtchen Kallenger in Sicht, welches am Cani liegt, einem Fluss, der seinerseits in einen Nebenfluss des Ganges mündet. Der Treiber blieb weiterhin vorsichtig, wenn er auf bewohnte Flecken traf, und hielt sich daher lieber in den Flussniederungen des Ganges.

Als nur mehr zwölf Meilen in nordöstliche Richtung bis nach Allahabad fehlten, machte die Gesellschaft noch einmal Rast. Man lagerte unter Bananenstauden, deren Früchte angeblich so gesund wie Brot und so köstlich wie Sahne sein sollen. Die Reisegesellschaft verzehrte sie jedenfalls mit großem Genuss.

Gegen zwei Uhr betraten sie einen dicht gewachsenen Wald, den es über etliche Meilen zu durchqueren galt. Dem Treiber kam dies sehr zupass, denn bisher hatte es keinerlei unliebsame Begegnungen gegeben und dieser Wald bot hinreichend Schutz. Er hoffte schon, die weitere Reise nun ohne Zwischenfälle zu Ende führen zu können, als Kiuni plötzlich unruhig wurde und stehen blieb.

Es war vier Uhr nachmittags.

»Was ist los?«, fragte Sir Francis Cromarty und reckte den Hals.

»Weiß nicht, Herr General«, antwortete der Treiber, aber er lauschte auf ein undeutliches Geräusch, wie ein Murmeln, das aus dem Dickicht drang.

Nach kurzer Zeit wurde das Geräusch deutlicher. Es klang wie ein Konzert von menschlichen Stimmen und Blasinstrumenten in der Ferne.

Passepartout riss Augen und Ohren auf. Mr Fogg wartete in Ruhe ab und sagte kein Wort. Der Treiber sprang zu Boden, band den Elefanten an einem Baumstamm fest und schlich leise in das dichte Gebüsch. Als er nach einigen Augenblicken zurückkam, sagte er: »Eine Brahmanen-Prozession. Sie kommen direkt auf uns zu. Es wäre besser, wenn sie uns nicht sähen.«

Er band den Elefanten los und bat die Reisenden dringend nicht abzusteigen. Er selbst war bereit sofort aufzuspringen, falls sie fliehen müssten. Allerdings hoffte er, dass das dichte Unterholz sie vollständig verbergen würde.

Das misstönende Lärmen der Stimmen und Instrumente kam immer näher. Eintöniger Singsang vermischte sich mit den Schlägen von Trommeln und Zimbeln. Schon bald wurde die Spitze des Zuges unter den Bäumen sichtbar. Kaum 50 Schritte trennten ihn von Mr Fogg und seinen Begleitern, sodass sie die Teilnehmer der Prozession genauestens beobachten konnten.

Vorneweg schritten Priester in hohen, spitzen Mützen und langen, pelzbesetzten Gewändern. Sie waren dicht umgeben von Frauen, Kindern und Männern, welche eine Art Trauergesang intonierten, den Trommel- und Zimbelschlägen rhythmisch unterbrachen. Dahinter erschien ein Wagen, gezogen von einem reich geschmückten Zebu-Paar. Seine hohen Räder waren mit Schlangenmustern verziert. Der Wagen trug eine Furcht erregende, vierarmige Statue. Sie war dunkelrot bemalt, wild blickende Augen starrten unter wirrem Haar hervor, zwischen hennaroten Lippen streckte sie die Zunge weit heraus. Um den Hals trug sie eine Kette aus Totenschädeln, um die Lenden einen Gürtel aus abgeschlagenen Händen. Sie stand auf einem enthaupteten Riesen.

Sir Francis Cromarty kannte diese Statue.

»Die Göttin Kali«, flüsterte er, »die Göttin der Liebe und des Todes.«

»Todesgöttin mag ja sein«, sagte Passapartout. »Aber Göttin der Liebe? So ein scheußliches Weib? Niemals!«

Der Treiber bedeutete ihm still zu sein.

Um die Statue herum bewegte sich in wilder Trance eine Gruppe alter Fakire. Auf die Haut hatten sie gelbe Streifen gemalt, dazu bluteten sie aus unzähligen kreuzförmigen Schnitten, mit welchen ihre Leiber übersät waren. Man weiß, dass solche Fakire sich bei bedeutenden Hindu-Festen vor die Räder von Krischnas Wagen werfen.

Auf die Fakire folgten Brahmanen in reich geschmückten Festgewändern. Sie zerrten eine Frau mit sich, welche sich kaum auf den Beinen halten konnte.

Sie war jung und von weißer Hautfarbe wie eine Europäerin. Von Kopf bis Fuß war sie

über und über mit Edelsteinen behängt, ein golddurchwirktes, feines Wickelgewand und ein dünner Überwurf verhüllten kaum ihren Körper.

Einen schrecklichen Gegensatz bildete die Gruppe von Leibwächtern, die ihr folgte. Die mit blanken Dolchen und verzierten Pistolen bewaffneten Männer trugen in ihrer Mitte einen Sessel, auf dem ein Leichnam saß.

Es war der Leichnam eines alten Mannes. Man hatte ihn in kostbare Gewänder gehüllt, die Gewänder eines Radschas. Er trug einen goldgestickten Seidenrock, einen perlenbesetzten Turban und den Kaschmir-Gürtel des Radschas, der mit Diamanten geschmückt ist. Dazu die herrlichen Waffen eines indischen Fürsten.

Am Schluss des Zuges marschierte eine Gruppe Musiker; einige religiöse Fanatiker, die mit ihrem Schreien zuweilen selbst die Musikinstrumente übertönten, bildeten die Nachhut.

Mit aufrichtiger Traurigkeit blickte Sir Francis Cromarty dem Zug hinterher. Zu dem Treiber gewandt sagte er:

»Eine Suttee!«

Der Parse nickte bestätigend und legte einen Finger an die Lippen. Nur langsam kam der Leichenzug in dem dichten Gehölz voran, bis endlich die Letzten zwischen den Bäumen verschwanden und ihre Gesänge verklangen. Nur hie und da vernahm man noch einzelne Schreie, doch dann herrschte wieder vollkommene Stille.

Phileas Fogg hatte Sir Francis Cromartys Bemerkung gehört.

»Was ist eine Suttee?«, fragte er.

»Ein Menschenopfer, Mr Fogg, wenn auch ein freiwilliges«, antwortete der Major. »Die Frau, die sie soeben gesehen haben, wird morgen im ersten Tageslicht verbrannt.«

Passepartout konnte seine Empörung nicht zurückhalten. »Diese Schufte!«, rief er.

»Und jener Leichnam?«, erkundigte sich Mr Fogg weiter.

»Das war ein Fürst, ein unabhängiger Radscha von Bundelkhand, ihr Ehemann«, erklärte der Treiber.

»Tatsächlich?«, bemerkte Mr Fogg, ohne dass seinem Tonfall die mindeste Erregung anzuhören war. »Es herrschen noch immer so barbarische Sitten in Indien und die Engländer waren nicht in der Lage sie auszurotten?«

»In den meisten Gebieten«, entgegnete Sir Francis Cromarty, »gibt es dergleichen Opfer nicht mehr. Aber in einigen wilden Gegenden, wie besonders hier in Bundelkhand, vermögen wir nichts zu tun. Vor allem im Norden des Vindhja-Berglandes herrscht noch Mord und Totschlag und Plünderzüge sind dort an der Tagesordnung.«

»Die Unglückliche!«, murmelte Passepartout. »Bei lebendigem Leibe verbrannt zu werden!«

»Das ist gewiss schrecklich«, erwiderte der Major, »aber ihre Familie würde sie vielleicht noch schrecklicher behandeln, wenn sie sich weigerte. Man würde ihr das Haar abrasieren, sie bekäme gerade eine Hand voll Reis zu essen und alle würden sie nur herumstoßen. Für ihre Familie gilt sie als unrein und am Ende müsste sie doch in irgendeinem Winkel zu Grunde gehen wie ein räudiger Hund. Weniger der Glaube als die Furcht vor einem solchen Schicksal treibt die Frauen oft dazu, sich opfern zu lassen. Manchmal kommt es allerdings auch vor, dass sich eine Frau wirklich freiwillig opfern lassen will und die Regierung in aller Strenge eingreifen muss, um es zu verhindern. Vor einigen Jahren – ich lebte damals noch in Bombay – begab es sich, dass eine junge Witwe beim Gouverneur erschien, mit der Bitte, zusammen mit dem Leichnam ihres Gatten verbrannt zu werden. Natürlich verbot dies der Gouverneur. Daraufhin verließ die Witwe Bombay und begab sich zu einem unabhängigen Radscha, um schließlich dort ihren Opfertod zu sterben.«

Während der Generalmajor berichtete, schüttelte der Treiber mehrmals den Kopf. Als dieser geendet hatte, sagte er: »Dieses Opfer, das morgen stattfinden wird, ist überhaupt nicht freiwillig.«

»Wie kommen Sie darauf?«

»Das weiß doch jeder hier in Bundelkhand«, antwortete er.

»Aber sie wehrte sich doch nicht«, wandte Sir Francis Cromarty ein.

»Weil sie mit Hanf- und Opiumdämpfen betäubt worden ist.«

»Und wohin bringt man sie jetzt?«

»Zur Pagode von Pillaji, zwei Meilen entfernt. Dort verbringt sie die Nacht und wartet auf ihre Hinrichtung.«

»Wann genau wird das sein?«

»Wenn morgen der Tag anbricht.«

Als er das gesagt hatte, führte der Treiber Kiuni aus dem Versteck und kletterte in dessen Nacken. Als er Kiuni mit einem Pfiff wieder in Gang setzen wollte, bat ihn Mr Fogg noch zu warten. An Sir Francis Cromarty gewandt sagte er:

»Sollen wir diese Frau nicht retten?«

»Diese Frau retten! Aber Mr Fogg!«, rief der Generalmajor verblüfft.

»Ich habe noch immer 12 Stunden Vorsprung. Die könnte ich opfern.«

»Schau an!«, sagte Sir Francis Cromarty. »Mr Fogg hat ein Herz!«

»Manchmal«, erwiderte Phileas Fogg schlicht, »vorausgesetzt, ich habe genügend Zeit.«

DAS DREIZEHNTE KAPITEL

in welchem Passepartout einmal mehr beweist, dass, wer wagt, gewinnt

Was Mr Fogg zu tun gedachte, war kühn und schwierig, wenn nicht gar unmöglich. Es konnte ihm das Leben kosten, zumindest aber seine Freiheit und den Erfolg seines Reiseplans. Dennoch zögerte er nicht. Sir Francis Cromarty wollte ihm gerne zur Seite stehen.

Passepartout nicht minder. Das Vorhaben seines Herrn versetzte ihn in wahre Begeisterung, denn hinter dem kühlen Erscheinungsbild von Phileas Fogg zeigte sich das Herz. Er wurde Passepartout immer lieber.

Und der Treiber? Wessen Partei würde er ergreifen? Würde er sich nicht auf die Seite der Hindus stellen? Falls er Mr Fogg nicht unterstützen wollte, so musste zumindest dafür gesorgt werden, dass er unparteiisch blieb.

Sir Francis Cromarty fragte ihn rundheraus.

»Herr General«, erwiderte er, »ich bin ein Parse und diese Frau ist es auch. Ich stehe zu Ihrer Verfügung.«

»Schön«, sagte Mr Fogg.

»Aber«, nahm der Parse die Rede noch einmal auf, »falls wir gefangen werden, dann erwarten uns entweder Tod oder grausame Folter. Überlegen Sie es sich gut.«

»Das habe ich bereits«, entgegnete Mr Fogg. »Vermutlich können wir erst nach Einbruch der Dunkelheit mit dem Unternehmen beginnen.«

»Das wäre am besten«, versetzte der Elefantentreiber.

Anschließend erzählte der junge Hindu, was er über das Opfer wusste. Sie war Parsin und wurde wegen ihrer Schönheit gerühmt. Sie stammte aus einer reichen Kaufmannsfamilie aus Bombay und hatte dort die beste englische Erziehung genossen, sodass man sie wegen ihres Aussehens, ihres Betragens und ihrer Kenntnisse leicht für eine Europäerin hielt. Ihr Name war übrigens Aouda.

Ihre Eltern waren gestorben. Ganz gegen ihren Willen musste sie jenen alten Radscha aus Bundelkhand heiraten. Keine drei Monate später wurde sie Witwe. Da sie wusste, welches Schicksal nun auf sie wartete, versuchte sie zu fliehen, wurde aber sogleich wieder aufgegriffen und die Angehörigen des Radschas forderten ihren Tod, vor dem es nunmehr kein Entrinnen gab.

All dies bestärkte Mr Fogg und seine Gefährten nur in ihrem beherzten Vorhaben. Sie kamen überein, dass der Treiber den Elefanten zur Pagode von Pillaji führen sollte, und zwar so nah wie nur irgend möglich.

Bereits eine halbe Stunde später machten sie in einem Dickicht Halt. Von der Pagode trennten sie nur mehr etwa 500 Schritte. Man konnte sie zwar nicht sehen, aber das Schreien der fanatisierten Menschen drang deutlich an ihr Ohr.

Mr Fogg und seine Begleiter beratschlagten nun, wie es am besten zu bewerkstelligen sei, mit dem Opfer Verbindung aufzunehmen. Der Treiber kannte die Pagode und war fest davon überzeugt, dass die junge Frau im Inneren eingesperrt sei. Vielleicht war es möglich durch eines der Tore einzudringen, während die Gruppe bereits in einem Schlaf der Erschöpfung lag? Oder musste man ein regelrechtes Loch in die Wände brechen? Dies konnte nur an Ort und Stelle und zur gegebenen Zeit entschieden werden. Eines aber stand fest: Es musste in dieser Nacht geschehen. Morgen, bei Tagesanbruch, wenn das Opfer zum Scheiterhaufen gebracht werden sollte, war es für jede irdische Hilfe zu spät.

Man wartete also auf den Einbruch der Nacht. Als es gegen sechs Uhr abends zu dämmern begann, erkundeten sie die Umgebung der Pagode. Nur noch selten ließen sich die Schreie der Fakire vernehmen. Wahrscheinlich waren sie, wie es ihren Gebräuchen entsprach, mittlerweile schwer berauscht von *hang* – das ist eine Mischung aus flüssigem Hanf und Opium. Vielleicht würde es sogar möglich sein, zwischen den Schlafenden hindurch zur Pagode zu schleichen.

Gefolgt von Mr Fogg, Sir Francis Cromarty und Passepartout kroch der Parse auf den Wald zu. Er machte nicht das geringste Geräusch. Nach zehn Minuten erreichten sie ein kleines Flüsschen. Dort am Ufer lagen im Lichte flackernder Pechfackeln aufgetürmt kostbare, mit wohlriechendem Öl durchtränkte Sandelholzscheite. Das war der Scheiterhaufen. Ganz oben lag der einbalsamierte Leichnam des Radschas, der zugleich mit seiner Witwe verbrannt werden sollte. Etwa hundert Schritte entfernt erhoben sich die Minarette der Pagode zwischen den Baumwipfeln in den dunklen Himmel.

»Kommen Sie«, flüsterte der Parse.

Noch behutsamer als zuvor glitten er und seine Begleiter durch das hohe Gras. Bis auf das leise Rauschen der Bäume herrschte vollkommene Stille.

Nach kurzer Zeit blieb der Führer am Rande einer Lichtung stehen. Auch hier brannten Fackeln. Über und über war der Platz mit Leibern übersät. In tiefem Rausch schlafende Männer, Frauen und Kinder lagen durcheinander, sodass der Anblick an ein Schlachtfeld denken ließ. Hie und da ertönte lautes Röcheln.

Im Hintergrund zeichnete sich jetzt undeutlich die Pagode zwischen den Bäumen ab. Doch zu ihrer großen Enttäuschung standen die Wächter des Radschas vor den Toren. Mit blanken Dolchen in der Hand schritten sie im Schein einer Fackel vor dem Tempel auf und ab. Es stand zu vermuten, dass die Priester im Tempelinnenraum ebenfalls Wache hielten.

Der Parse blieb auf der Stelle stehen. Es hatte keinen Zweck, noch weiter vorzudringen, und er machte seinen Begleitern Zeichen umzukehren. Phileas Fogg und Sir Francis Cromarty sahen ebenfalls ein, dass es keinen Sinn hatte, es in dieser Richtung weiterzuversuchen. Sie zogen sich zurück und berieten flüsternd, was nun zu tun sei.

»Warten wir ein wenig«, meinte der Generalmajor. »Es ist erst acht Uhr. Vielleicht schlafen auch die Wachen irgendwann ein.«

»Das könnte sein«, entgegnete der Parse.

Phileas Fogg und seine Gefährten streckten sich also am Fuße eines Baumes aus, um zu warten.

Die Zeit wollte gar nicht vergehen. Ab und zu schlich der Treiber davon, um den Waldrand zu beobachten. Noch immer standen die Wächter des Radschas im Fackelschein. Auch durch die Fenster des Tempels drang schwacher Lichtschein heraus.

Sie warteten bis Mitternacht, aber vergebens. Die Wachen waren immer noch dort und es gab keinerlei Anzeichen, dass sie irgendwann in tiefen Schlaf sinken würden. Vermutlich hatte man ihnen den *hang*-Rausch vorenthalten. Es blieb also nur noch die Möglichkeit, in die Pagode einzubrechen. Dabei war allerdings fraglich, ob die Priester im Innern nicht ebenso sorgfältig über ihr Opfer wachten wie die Wächter an den Toren.

Nach einer kurzen Beratung erklärte sich der Führer bereit das Vorhaben anzugehen. Mr Fogg, Sir Francis und Passepartout folgten ihm. In weitem Bogen näherten sie sich dem Tempel von hinten.

Um halb eins hatten sie die Mauer erreicht, ohne jemandem zu begegnen. Hier gab es tatsächlich keine Wächter, aber auch weder Türen noch Fenster im Mauerwerk. Finster war es. Die Mondsichel stieg gerade erst über den Horizont, Wolken hingen am Himmel. Die hohen Bäume verdichteten die Dunkelheit noch mehr.

Es galt also, eine Öffnung in der Mauer zu schaffen. Aber wie? Phileas Fogg und seine Begleiter hatten als Werkzeuge lediglich Taschenmesser zur Hand. Glücklicherweise stellte sich heraus, dass die Wand aus einer Mischung von Backsteinen und Holzsplittern bestand, in welche selbst ein Taschenmesser leicht eindringen konnte. Sobald der erste Stein erst einmal gelöst war, würden die anderen mit Leichtigkeit folgen.

So leise wie möglich machten sie sich ans Werk. Der Parse und Passepartout lockerten Stein um Stein, um ein Loch mit zwei Fuß Durchmesser zu schaffen.

Sie kamen gut voran, doch plötzlich ertönte ein Schrei im Innern des Tempels, auf den sofort weitere Schreie von draußen folgten.

Passepartout und der Treiber hielten inne. Hatte man sie entdeckt? Waren das Alarm-Rufe gewesen? Ohne lange nachzudenken ergriffen sie die Flucht, Phileas Fogg und Sir Francis Cromarty desgleichen. Nun saßen sie also wieder im Gebüsch und warteten, bis der Alarm, so es denn einer gewesen war, vorüber war und sie die Arbeit wieder aufnehmen konnten.

Nun aber wurden – zu allem Überfluss – auch noch Wachen an der Hinterseite aufgestellt. Sich wieder dem Tempel zu nähern war nun völlig unmöglich.

Man vermag die Enttäuschung der vier Männer, die ihr Werk nicht mehr vollenden konnten, kaum zu beschreiben. Es war nunmehr unmöglich, zu dem Opfer vorzudringen. Wie sollten sie die Frau also retten? Sir Francis Cromarty rang die Hände und Passepartout war so außer sich, dass der Parse ihn kaum zur Ruhe bringen konnte. Nur Mr Fogg ließ sich keinerlei Gefühlsregung anmerken.

»Jetzt bleibt uns wohl nur noch zu gehen?«, flüsterte der Generalmajor.

»Jetzt bleibt uns nur noch zu gehen«, antwortete der Parse.

»Warten Sie«, sagte Mr Fogg. »Ich muss erst morgen Vormittag in Allahabad sein.«

»Aber was erwarten Sie sich noch?«, entgegnete Sir Francis Cromarty. »In wenigen Stunden wird es hell und dann …«

»Vielleicht bietet sich die Gelegenheit erst im allerletzten Moment.«

Der Generalmajor hätte zu gern gewusst, was in Phileas Fogg vorging. Was hatte dieser kühle Brite vor? Wollte er sich etwa mitten in der Totenfeier auf die junge Frau stürzen und sie vor aller Augen aus den Händen ihrer Mörder reißen?

Das wäre eine Wahnsinnstat – aber wer vermochte zu sagen, ob dieser Mann nicht tatsächlich wahnsinnig war? Nichtsdestotrotz beschloss Sir Francis Cromarty, bis zum bitteren Ende an Phileas Foggs Seite zu bleiben. Unterdessen sorgte der Treiber dafür, dass sie sich noch weiter zurückzogen, und führte sie zurück zu der Lichtung. Unter einer Baumgruppe verborgen, konnten sie von hier aus die Schlafenden beobachten.

Passepartout saß in den unteren Ästen eines Baumes und zermarterte sich das Gehirn. Blitzartig war ihm eine verrückte Idee gekommen, die ihm aber keine Ruhe mehr ließ.

»Du bist ja vollständig übergeschnappt«, hatte er sich zunächst noch gesagt, aber dann: »Warum eigentlich nicht? Es ist immerhin eine Möglichkeit, wahrscheinlich die einzige überhaupt … und bei diesen Dummköpfen …«

Passepartout dachte nicht mehr weiter nach. Sogleich glitt er geschmeidig wie eine Schlange vom Baum.

Die Stunden gingen dahin. Bald schon würde das erste schwache Tageslicht erscheinen. Es schien, als hätten die Schlafenden nur auf diesen Augenblick gewartet, denn plötzlich kam wieder Leben in die Menschen. Wieder erschallten Trommelschläge, Gesänge und Schreie. Die Stunde, in der die Unglückliche sterben sollte, war angebrochen.

Die Tore der Pagode wurden aufgetan. Starkes Licht drang aus dem Inneren. Mr Fogg und Sir Francis Cromarty konnten das Opfer deutlich erkennen. Von zwei Wächtern wurde die junge Frau hinausgezerrt. Es schien, als habe ihr Überlebenswille die Kraft des Rauschgifts besiegt, denn sie wehrte sich heftig und versuchte zu fliehen. Sir Francis Cromarty krampfte sich das Herz zusammen, unwillkürlich ergriff er Mr Foggs Hand und spürte darin ein offenes Messer.

Die Menge setzte sich nun in Bewegung. Hanfgeschwängerte Rauchschwaden hatten die junge Frau wieder in Teilnahmslosigkeit versetzt. So schritt sie an den Fakiren vorbei, die ihr religiöse Verwünschungen hinterherriefen.

Phileas Fogg und seine Gefährten mischten sich unter die Nachhut der Zuschauer, um dem Zug zu folgen. 50 Schritte von dem Scheiterhaufen am Ufer, auf welchem der Leichnam des Radschas aufgebahrt war, mussten sie stehen bleiben. Im undeutlichen Zwielicht der Dämmerung sahen sie, dass die junge Frau bereits reglos neben ihrem Gatten lag. Schon wurde eine Fackel herbeigetragen. Das ölgetränkte Holz stand sogleich in Flammen.

In diesem Augenblick mussten der Parse und Sir Francis Cromarty Mr Fogg mit Gewalt zurückhalten, denn in einem Anfall von Opfermut war er drauf und dran zum Scheiterhaufen zu stürzen. Es gelang ihm tatsächlich, sich loszureißen, als sich die Szene mit einem Schlag jäh veränderte. Angstschreie erschütterten die Zuschauer. Von Furcht ergriffen warf sich die Menge zu Boden.

Der alte Radscha war gar nicht tot. Er erhob sich nun wie ein Gespenst, nahm die junge Frau auf seine Arme und mitten durch die Rauschschwaden hindurch, die dem Ganzen ein noch überirdischeres Aussehen verliehen, schritt er vom Scheiterhaufen herab. Die Fakire, Wächter und Priester waren von so blankem Entsetzen gepackt, dass sie nicht einmal wagten aufzublicken, um dies Wunder mit eigenen Augen anzusehen.

Das ohnmächtige Opfer lag in den kräftigen Armen, die es davontrugen und seine Last kaum zu spüren schienen. Sir Francis Cromarty und Phileas Fogg waren aufrecht stehen geblieben. Der Parse hielt den Kopf gesenkt. Und Passepartout? Der war sicherlich auch nicht wenig verblüfft!

Plötzlich näherte sich der auferstandene Radscha Mr Fogg und Sir Francis Cromarty und versetzte: »Hinweg!«

Es war Passepartout in Person! Er hatte sich im Schutze der Rauchschwaden bis zu dem Scheiterhaufen vorgeschlichen. Er war es, der sich das Zwielicht der Dämmerung zu Nutze machte, um die junge Frau dem Tode zu entreißen. Er hatte die Kühnheit und den Mut aufgebracht diese Rolle zu spielen, um einfach mitten durch die aufgebrachte Menge zu schreiten!

Im nächsten Moment verschwanden sie im Dickicht und schon trug sie der Elefant in eiligem Trab davon, gefolgt von dem Wutgeheul und Schreien, das sogleich ausbrach, als der Betrug entdeckt wurde. Phileas Foggs Hut wurde sogar von einer Kugel durchlöchert.

Als der Scheiterhaufen lichterloh brannte, war der Leichnam des echten Radschas sichtbar geworden. Da wurde den Priestern, die sich allmählich von ihrem Schrecken erholt hatten, bewusst, dass es sich hier um eine Entführung handelte.

Sogleich stürzten sie, gefolgt von den Wächtern, in den Wald. Die Fliehenden wurden unter Beschuss genommen, doch sie waren zu schnell. Schon befanden sie sich außerhalb der Reichweite der Kugeln und Pfeile.

DAS VIERZEHNTE KAPITEL

in welchem Phileas Fogg das herrliche Ganges-Tal durchreist, ohne es wirklich zu sehen

Die kühne Entführung hatte ein glückliches Ende genommen. Noch eine Stunde später lachte Passepartout herzlich über seinen Erfolg. Sir Francis Cromarty hatte dem unerschrockenen Burschen die Hand gedrückt und sein Herr hatte das Ganze mit »gut gemacht« kommentiert, was aus seinem Munde einem hohen Lob gleichkam. Passepartout hatte erwidert, dass alle Ehre ihm, seinem Herrn, gebühre. Für Passepartout sei es einfach nur eine »witzige« Idee gewesen und immer wieder musste er lachen, wenn er sich vorstellte, er, der ehemalige Turnlehrer und Feuerwehrmann sei ein alter einbalsamierter Radscha gewesen und Gatte einer zauberhaften Frau dazu!
Diese übrigens hatte noch nicht die geringste Ahnung von dieser Wende ihres Schicksals. In Reisedecken eingehüllt ruhte sie auf einem der Tragsessel.
Unterdessen kam der Elefant unter der Führung des Parsen im Dickicht gut voran, obwohl es noch immer nicht richtig hell war. Eine Stunde nachdem sie von dem Pillaji-Tempel aufgebrochen waren, erreichten sie eine weite Ebene. Um sieben Uhr machten sie Halt. Die junge Frau befand sich noch immer in einem Zustand der Benommenheit. Der Treiber gab ihr einige Tropfen Wasser und Brandy zu trinken, doch auch dieses besserte ihr Befinden nicht.

Sir Francis Cromarty jedoch kannte die Wirkung solchen Rauschgiftes und konnte seine Gefährten beruhigen. In absehbarer Zeit würde das Rauschgift nachlassen.

Wesentlich mehr Anlass zur Sorge bereitete ihm die Zukunft der jungen Frau. Ohne Umschweife erklärte er Mr Fogg, dass Mrs Aouda unweigerlich wieder den Mördern in die Hände fallen würde, wenn sie in Indien blieb. Religiöse Fanatiker gab es überall im Land und auch die englische Polizei würde es nicht verhindern können, dass sie von neuem aufgegriffen würde, egal, ob sie in Madras, Bombay oder Kalkutta blieb. Erst vor kurzer Zeit hatte sich nämlich ein ähnlicher Fall ereignet. Seiner Ansicht nach war die junge Witwe erst dann in Sicherheit, wenn sie Indien verließ.

Phileas Fogg entgegnete, dass er diese Worte überdenken und in Betracht ziehen werde.

Gegen zehn Uhr verkündete der Parse, sie hätten den Bahnhof von Allahabad nunmehr erreicht. Von hier würde die unterbrochene Eisenbahnlinie wieder weiterführen. In weniger als einem Tag und einer Nacht würde der Zug die Strecke von hier nach Kalkutta zurücklegen.

Phileas Fogg konnte also den Postdampfer, der am nächsten Tag, dem 25. Oktober, um die Mittagszeit nach Hongkong ablegen sollte, rechtzeitig erreichen.

Die junge Frau wurde in einen Wartesaal des Bahnhofs gebracht und Passepartout erhielt die Anweisung verschiedene Toilettenartikel, Kleider, Tücher, Pelzwerk und dergleichen für sie einzukaufen – alles, was er auftreiben konnte, und zwar ohne dabei auf die Kosten zu achten.

Passepartout machte sich sofort auf und streifte durch die Straßen der Stadt. Allahabad bedeutet Stadt Gottes. Von den Indern wird sie als Heiligtum verehrt, denn sie liegt am Zusammenfluss der beiden heiligen Flüsse Ganges und Dschamma, deren Ufer von Pilgern aus dem ganzen Land besucht werden. Zu Grunde liegt dem die Legende aus dem Ramayana-Epos, wonach der Ganges im Himmel entspringt und von dort durch die Gnade Brahmas auf die Erde herabströmt.

Während er seine Einkäufe erledigte, hatte Passepartout die Stadt bald besichtigt. Es gab dort ein gewaltiges Fort. Früher war die Stadt von dort aus verteidigt worden, jetzt diente es als Gefängnis. War die Stadt in vergangenen Tagen blühend und geschäftig gewesen, so gab es heute dort weder Industrie noch Handel. Passepartout suchte also vergeblich nach einem Kaufhaus, wie es sie in der Regent Street oder bei Farmer & Co. gab. Er stieß lediglich auf einen Gebrauchtwarenladen, den ein alter jüdischer Händler betrieb. Dort fand er, was er brauchte: ein Kleid aus Schottenstoff, einen weiten Mantel und einen wunderbaren Marderpelz. Ohne zu zögern, bezahlte er die 75 Pfund und ging zum Bahnhof zurück.

Mrs Aouda kam nun langsam zu Bewusstsein. Die Wirkung des Rauschgiftes, welchem die Priester von Pillaji sie ausgesetzt hatten, ging allmählich zurück und ihre schönen Augen begannen wieder in ihrer indischen Sanftheit zu leuchten.

Der Dichterkönig Ussaf Uddaul pries die Schönheit der Königin Ahmehnagara mit folgenden Worten: »Ihr schimmerndes gleichmäßig gescheiteltes Haar umrahmt die harmonische Linie der zarten marmorweißen Wangen. Ihre ebenholzschwarzen Brauen haben Anmut und Kraft wie der Bogen Kamas, des Liebesgottes. Das Himmelslicht badet sich wie in den geheiligten Seen des Himalaja in der tiefschwarzen Pupille ihrer großen feuchten Augen, die von seidigen Wimpern beschattet sind. Wie Tautropfen im Kelch der halb geöffneten Granatblume, so schimmern ihre perlweißen Zähne zwischen den lächelnden Lippen. Die schönsten Perlen von Ceylon und die edelsten Diamanten von Golkonda schmücken ihre winzigen edel geschwungenen Ohren, ihre rot gefärbten Hände und ihre gewölbten Füßchen, so zart wie Lotosknospen. Die schmale biegsame Taille, mit einer Hand schon zu umspannen, erhöht die Schönheit der gewölbten Hüften und des vollen Busens, der herrlichsten Schätze ihrer Jugend. Unter den Falten des seidenen Gewandes verbirgt sich ein Kunstwerk, in reinem Silber von der Hand des göttlichen Vicvacarma selbst erschaffen.«

Punktum, es genügt festzustellen, dass die Witwe des Radschas von Bundelkhand eine charmante Frau war, wenn es erlaubt ist, diesen durch und durch europäischen Begriff zu gebrauchen. Ihr Englisch war wirklich ausgezeichnet und der Elefantentreiber hatte nicht übertrieben, als er behauptete, die junge Frau sei durch ihre Erziehung eine ganz andere geworden.

Unterdessen war der Zug zur Abfahrt bereit. Der Parse stand da und wartete – Mr Fogg überreichte ihm seinen Lohn. Er gab ihm exakt die vereinbarte Summe und nicht einen Farthing mehr. Passepartout verwunderte dies, schließlich war sein Herr dem Parsen einiges schuldig, hatte er doch, ohne zu zögern, sein Leben bei dem Abenteuer am Tempel von Pillaji riskiert, und falls die Hindus ihn später einmal erwischten, würde er kaum ihrer Rache entgehen.

Und dann blieb noch die Frage, was mit Kiuni geschehen sollte. Was sollten sie nun mit dem so teuer erstandenen Elefanten beginnen?

Doch Phileas Fogg hatte sich bereits entschieden.

»Treiber«, sagte er zu dem Parsen, »du hast uns treu und ergeben gedient. Deine Dienste habe ich entlohnt, nicht aber deine Ergebenheit. Möchtest du diesen Elefanten haben? Er soll dir gehören.«

Die Augen des Treibers begannen zu strahlen.

»Der Herr schenkt mir ein wahres Vermögen!«, rief er.

»Nimm ihn«, entgegnete Mr Fogg, »und ich stehe trotzdem noch in deiner Schuld.«

»So ein Glück!«, rief Passepartout. »Greif zu, mein Freund. Kiuni ist ein wackerer, mutiger Bursche.«

Dann streckte er dem Elefanten ein paar Zuckerstückchen hin und lockte ihn.

»Hier, Kiuni, nimm! Nimm!«

Der Elefant ließ ein zufriedenes Brummen hören. Dann packte er Passepartout mit seinem Rüssel um die Taille und hob ihn mit einer einzigen Bewegung hinauf zu seinem Schädel. Passepartout, den dies überhaupt nicht erschreckte, streichelte das Tier, bis es ihn wieder sanft auf dem Boden absetzte. Passepartout verabschiedete sich von Kiuni, indem er ihm einmal kräftig den Rüssel schüttelte.

Kurze Zeit später saßen Phileas Fogg, Sir Francis Cromarty und Passepartout in ihrem komfortablen Eisenbahnabteil. Mrs Aouda hatten sie den besten Platz überlassen. Mit Volldampf ging es der Stadt Benares entgegen.

Bis Benares waren es allerhöchstens 80 Meilen und die Strecke wurde in zwei Stunden zurückgelegt. Während dieser Zeit erholte sich die junge Frau zur Gänze; die letzten Auswirkungen der *hang*-Dämpfe waren vollständig abgeklungen.

Man vermag sich ihr Erstaunen vorzustellen, als sie sich auf einer Eisenbahnfahrt, in jenem Zugabteil, mit europäischer Kleidung angetan und inmitten dreier Herren wieder fand, die sie überhaupt nicht kannte!
Sogleich nahmen sich ihre Begleiter aufmerksam ihrer an. Sie reichten ihr noch ein wenig Likör; dann berichtete der Generalmajor, was letzte Nacht geschehen war, wobei er nicht müde wurde Phileas Foggs Opferbereitschaft und Passepartouts kühnen Einfall, welcher dem Abenteuer erst zu einem glücklichen Ausgang verholfen hatte, wieder und wieder zu betonen.
Mr Fogg äußerte sich zu alldem überhaupt nicht und Passepartout wehrte immer wieder bescheiden ab, indem er versicherte:
»Das ist doch gar nicht der Rede wert!«
Mrs Aouda dankte ihren Rettern mehr noch mit Tränenströmen denn mit Worten. Ihre schönen Augen verrieten deutlich, wie dankbar sie war. Dann erlebte sie noch einmal die Schreckensszene der Suttee vor ihrem geistigen Auge und ihr wurde bewusst, welchen Gefahren sie künftig auf indischem Boden ausgesetzt sein würde. Ein Schauder durchfuhr ihren Körper.
Phileas Fogg konnte verstehen, was gerade in ihr vorgehen musste, und um sie zu beruhigen, versicherte er ihr – wenn auch in ziemlich trockenen Worten –, dass er sie nach

Hongkong bringen wollte, wo sie bleiben sollte, bis die Angelegenheit in Vergessenheit geriet.

Dankbar nahm Mrs Aouda dieses Angebot an. Wie der Zufall so spielte, hatte sie gerade in Hongkong einen Verwandten. Er war Parse wie sie und einer der reichsten Kaufleute in jener Stadt, die so vollkommen englisch erscheint, obwohl sie an der chinesischen Küste liegt.

Um halb ein Uhr mittags fuhr der Zug in der Station von Benares ein. Über diese Stadt erzählen die brahmanischen Legenden, sie sei das ehemalige Kasi. Das war eine Stadt, die wie das Grab Mohammeds nicht auf der Erde lag, sondern zwischen Zenit und Nadir frei im Raum schwebte. Heute aber, in unserer weniger sagenhaften Zeit, liegt das »Athen der Inder« – wie die Orientforscher diese Stadt nennen – durchaus greifbar auf dem Erdboden, und als Passepartout seine armseligen Backsteinhäuser und Lehmhütten entdeckte, konnte er daran durchaus nichts Überirdisches finden.

In Benares musste Sir Francis Cromarty aussteigen. Seine Truppen lagen einige Meilen nördlich der Stadt. Der Generalmajor verabschiedete sich also von Phileas Fogg und wünschte ihm viel Glück. Auf dass seine weitere Reise weniger originell, dafür aber umso einträglicher verlaufen möge! Mr Fogg dankte ihm mit einem kaum spürbaren Händedruck. Mrs Aoudas Abschiedsworte waren bei weitem gefühlvoller. Niemals würde sie vergessen, was sie auch Sir Cromarty zu verdanken habe! Und Passepartout wurde mit einem kräftigen Händedruck bedacht. Tief gerührt überlegte Passepartout, wann und wo er dem General diese Ehrerbietung jemals würde erwidern können. Damit trennten sie sich.

Von Benares an verlief die Bahnlinie zum Teil durch das Ganges-Tal. Durch die Abteilfenster sahen die Reisenden die abwechslungsreiche Landschaft des Behar im Sonnenschein liegen, darauf folgten grüne Bergzüge und schließlich Gerste-, Mais- und Weizenfelder. Sie kamen durch Fluss- und Sumpfgebiete, in denen es von grünen Alligatoren nur so wimmelte, und vorbei an Dörfern und dichten Wäldern. Höckrige Zebu-Rinder badeten im Ganges, dem heiligen Fluss, in welchem die Gläubigen ungeachtet der kühlen Temperaturen ihre heiligen Waschungen verrichteten. Sie waren überzeugte Gegner des Buddhismus, aber glühende Anhänger des brahmanischen Glaubens, der durch drei Göttergestalten verkörpert wird: Es sind Wischnu, der Sonnengott, Schiwa, der die Naturkräfte darstellt, und, über allem, Brahma: Er ist Herr über Priester und Gesetzesmacher. Man musste sich unwillkürlich fragen, was Brahma, Wischnu und Schiwa wohl von jenem »britannisierten« Indien halten mochten, in welchem tutende Dampfschiffe durch die heiligen Wasser des Ganges pflügten und dabei die Möwen aufschreckten, die über seinen Fluten schwebten, oder die Schildkröten verjagten, die sich an seinen Ufern vermehrten, ganz zu schweigen von den Gläubigen, die dort ihre heiligen Übungen verrichteten!

All dies flog blitzschnell vorüber und oft trübten die weißen Dampfwolken der Lokomotive die Sicht. Kaum konnten die Reisenden das Fort von Chunar erkennen, die ehemalige Festung des Radschas von Benares, das zwanzig Meilen im Südwesten der Stadt gelegen war, und ebenso erging es ihnen mit Ghasipur und seinen Rosenwasserfabriken, dem Grabmal von Lord Cornwallis, das sich am linken Ganges-Ufer erhebt, und der befestigten Stadt Buxar, ebenso wie dem Industrie- und Handelszentrum Patna, das zugleich der Hauptumschlagplatz für indisches Opium ist, und mit Mungir. Letztere ist eine durch und durch europäisierte Stadt, kaum weniger britisch als Manchester oder Birmingham und in weitem Umkreis bekannt für ihre Waffenschmieden und Eisengießereien, welche den brahmanischen Himmel mit ihren schwarzen Rauchschwaden verpesteten – was in dieser Traumlandschaft ein wahrer Faustschlag ist!

Dann wurde es dunkel. Mit Volldampf verjagte die ratternde Lokomotive die Tiger, Bären und Wölfe entlang der Strecke. In der Finsternis konnten die Reisenden die vorbeiziehenden Wunder Bengalens nicht mehr erkennen. Sie sahen weder Golkonda noch das verfallene Gaur, nicht Murshidabad, das früher Hauptstadt war, noch Burdwan, Hugli und Chandernagor. Das war der französische Stützpunkt auf indischem Boden, wo Passepartout gern die Flagge seines Mutterlandes hätte wehen sehen.

Um sieben Uhr morgens endlich hatten sie Kalkutta erreicht. Das Postschiff nach Hongkong legte erst um zwölf Uhr mittags ab. Es blieben Phileas Fogg also fünf Stunden zu seiner freien Verfügung.

Seinem Reiseplan zufolge sollte Mr Fogg die indische Hauptstadt 23 Tage nach seiner Abreise aus London, also am 25. Oktober, betreten. Dieses Ziel hatte er pünktlich erreicht. Es gab zwar keinen Vorsprung mehr, aber auch keinen Zeitverlust. Die beiden Tage, die er zwischen London und Bombay gewonnen hatte, waren wieder verloren. Wie das zugegangen ist, ist hinreichend bekannt. Doch es steht zu vermuten, dass Mr Fogg den Verlust nicht beklagte.

DAS FÜNFZEHNTE KAPITEL

in welchem die Reisetasche mit den Banknoten noch um einige tausend Pfund Sterling leichter wird

Der Zug hielt im Bahnhof. Passepartout kletterte als Erster aus dem Zug, gefolgt von Mr Fogg, der Mrs Aouda beim Aussteigen behilflich war. Phileas Fogg wollte sich auf direktem Wege zum Schiff begeben, um seine Reisegefährtin sogleich in einer bequemen Kabine unterzubringen. Er hatte beschlossen ihr nicht mehr von der Seite zu weichen, solange sie sich auf indischem Boden befand und also noch immer in Gefahr war.

Gerade wollten sie den Bahnhof verlassen, als ein Polizist auf sie zukam und sie ansprach: »Mister Fogg?«

»Das bin ich.«

»Und dieser Mann ist Ihr Diener?«, fragte der Polizist weiter und wies auf Passepartout.

»Ja.«

»Dann kommen Sie bitte mit.«

Mr Fogg schien nicht im Geringsten überrascht zu sein. Der Polizeibeamte repräsentierte das Gesetz und das Gesetz ist für jeden Engländer heilig. Passepartout hingegen begann sogleich zu diskutieren, aber der Polizist tippte ihn mit seinem Stöckchen an und Phileas Fogg bedeutete ihm, dass er gehorchen solle.

»Darf die junge Dame uns begleiten?«, fragte Mr Fogg.

»Sie darf«, entgegnete der Polizist.

Der Polizeibeamte brachte Phileas Fogg, Mrs Aouda und Passepartout zu einem Palankin. Das ist ein viersitziges Fahrzeug auf vier Rädern, das von zwei Pferden gezogen wird. Das Fahrzeug setzte sich in Bewegung. Während der 20-minütigen Fahrt sprach niemand ein Wort.

Zunächst fuhr der Wagen durch die engen Gassen der »Schwarzen Stadt«, die gesäumt waren von zahlreichen heruntergekommenen Hütten. Ihre Bewohner waren zerlumpt und von recht gemischter Herkunft. Danach kam der Wagen in das Viertel der Europäer. Im Schatten von Kokospalmen standen dort hübsche Backsteingebäude, die von zahlreichen Fahnenmasten überragt wurden. Hier sah man, trotz der morgendlichen Stunde, bereits einige elegant gekleidete Herren und prächtige Kutschen in den Straßen. Der Palankin hielt vor einem einfachen Gebäude, dem man ansah, dass es nicht zu Wohnzwecken diente. Der Polizeibeamte ließ seine Gefangenen – denn als solche konnte man sie wirklich bezeichnen – aussteigen und brachte sie in einen vergitterten Raum. Mit den Worten »Um halb neun Uhr ist Ihre Verhandlung vor Richter Obadiah« ging er hinaus und schloss die Tür.

»Jetzt haben sie uns!«, rief Passepartout und ließ sich auf einen Stuhl fallen.

In einem Ton, der ihre Erregung kaum verhüllte, sagte Mrs Aouda sogleich zu Mr Fogg: »Monsieur! Sie müssen mich verlassen! Sie werden meinetwegen verfolgt! Man verfolgt Sie, weil Sie mich gerettet haben!«

Mr Fogg entgegnete nur kurz, dass das schwerlich der Fall sein konnte. Wegen dieser Suttee verfolgt zu werden! Ausgeschlossen! Was hätten die Kläger denn schon vorzubringen? Es könne sich hier lediglich um ein Missverständnis handeln. Und Mr Fogg bekräftigte ausdrücklich, dass, was immer auch dahinter stecken möge, er Mrs Aouda auf keinen Fall allein nach Hongkong reisen lassen würde.

»Das Schiff legt aber um zwölf Uhr ab«, warf Passepartout ein.

»Wir werden rechtzeitig an Bord sein«, entgegnete Mr Fogg ungerührt.

Dies sagte er mit solcher Überzeugtheit, dass Passepartout nicht umhinkonnte die Worte seines Herrn einfach zu wiederholen:

»Was rege ich mich auf! Natürlich! Wir werden rechtzeitig an Bord sein.« Aber richtig überzeugt war er nicht.

Um halb neun kam der Polizeibeamte zurück und brachte die Inhaftierten in den Nachbarraum. Das war das Verhandlungszimmer. Auf den Zuschauerbänken hatten sich zahlreiche Europäer und Inder eingefunden.

Mr Fogg, Mrs Aouda und Passepartout nahmen auf einem Bänkchen gegenüber dem Richter und des Gerichtsschreibers Platz.

Richter Obadiah und sein Schreiber erschienen sogleich. Er war ein groß gewachsener, beleibter Mann. Er nahm eine Perücke vom Wandhaken und setzte sie sich mit einer geschickten Bewegung auf.

»Also den ersten Fall«, sagte er.

Dann befingerte er seine Kopfbedeckung und rief:

»Das ist ja gar nicht meine Perücke!«

»Mit Verlaub, es ist meine, Mister Obadiah«, entgegnete der Schreiber.

»Mein lieber Oysterpuf, wie soll ein Richter unter der Perücke eines Schreibers ordentliche Urteile fällen?«

Man tauschte die Perücken.

Während dieser Zeremonie brodelte Passepartout vor Ungeduld, denn ihm schien, dass die Zeiger an der großen Wanduhr mit erschreckender Geschwindigkeit voranschritten.

»Den ersten Fall«, ordnete Richter Obadiah noch einmal an.

»Phileas Fogg?«, fragte Gerichtsschreiber Oysterpuf.

»Hier«, antwortete Phileas Fogg.

»Passepartout?«

»Anwesend!«, rief Passepartout.

»Gut«, sprach Richter Obadiah. »Angeklagte, seit zwei Tagen fangen wir jeden Zug aus Bombay wegen Ihnen ab.«

»Was wirft man uns denn überhaupt vor!«, rief Passepartout ungeduldig.

»Das werden Sie dann schon erfahren«, versetzte der Richter.

»Monsieur«, ließ sich nunmehr Phileas Fogg vernehmen, »ich als englischer Staatsbürger habe das Recht ...«

»Haben Sie sich über schlechte Behandlung zu beklagen?«, fragte Mr Obadiah.

»Nein.«

»Nun also! – Die Kläger sollen eintreten!«

Sogleich öffnete sich eine Tür und ein Saaldiener führte drei indische Priester herein.

»Da haben wir's«, flüsterte Passepartout. »Das sind die Schufte, die unsere junge Dame verbrennen wollten!«

Die Priester blieben vor dem Richter stehen. Mit erhobener Stimme verlas der Gerichtsschreiber die Anklageschrift. Mr Fogg und sein Diener wurden beschuldigt ein brahmanisches Heiligtum geschändet zu haben.

»Sie haben die Anklage vernommen?«, fragte der Richter.

»Ja, Monsieur«, entgegnete Mr Fogg mit einem Blick auf seine Taschenuhr. Dann sagte er: »Ich bekenne mich schuldig.«

»Sie bekennen sich schuldig?«

»Ich bekenne mich schuldig, doch ich verlange, dass die drei Priester gestehen, was sie im Tempel von Pillaji tun wollten.«

Die Priester schauten einander an. Es schien, als verständen sie überhaupt nichts.

»Aber ja doch!«, schrie Passepartout ungehalten. »Am Pillaji-Tempel, wo sie ihr Opfer verbrennen wollten!«

Neuerliches Erstaunen der Priester und tiefe Verwunderung des Richters.

»Welches Opfer?«, fragte er. »Verbrannt werden! Mitten in Bombay!«

»Bombay?«, rief Passepartout.

»Natürlich! Wir sprechen hier nicht von dem Pillaji-Tempel, sondern von der Pagode vom Malabar Hill in Bombay!«

»Und als Beweisstück haben wir hier die Schuhe des Tempelschänders!«, rief der Gerichtsschreiber und stellte ein Paar Schuhe auf seinen Tisch.

»Meine Schuhe!«, entfuhr es Passepartout, der nun vollends verblüfft und somit überführt war.

Man vermag sich die Verwunderung von Herr und Diener vorzustellen. Den Vorfall in Bombay hatten sie vollständig vergessen und nun standen sie deswegen in Kalkutta vor Gericht.

Mr Fix hatte das Ereignis für seine Zwecke genutzt. Er hatte sich mit den Tempelpriestern besprochen und seine Weiterreise schließlich um zwölf Stunden verschoben. Nachdem er ihnen beträchtliche Entschädigungen in Aussicht gestellt hatte – denn er wusste, dass die englische Regierung dergleichen Delikte besonders streng ahndete –, waren sie bereit die Spur des Übeltäters aufzunehmen und nach Kalkutta zu reisen.

Während Mr Fogg noch mit der Entführung der jungen Witwe beschäftigt war, waren Mr Fix und die drei Priester bereits in Kalkutta eingetroffen, wo die Polizei Mr Fogg schon am Bahnhof abgefangen haben sollte. Mr Fix' Enttäuschung war grenzenlos, als er erfuhr, dass Mr Fogg nicht in der indischen Hauptstadt eingetroffen war. Natürlich musste er befürchten, dass »sein Dieb« unterwegs irgendwo ausgestiegen war, um sich in einer der nördlichen Provinzen abzusetzen. Unter Höllenqualen lag er am Bahnhof von Kalkutta ganze 24 Stunden auf der Lauer. Und wie groß war seine Freude, als er ihn endlich, am Morgen des 25. Oktober, aus dem Zuge steigen sah, wenn auch in Begleitung einer jungen Dame, für deren Vorhandensein er nicht die allergeringste Erklärung hatte. Sofort hetzte er ihm einen Polizisten auf den Hals – und so erklärt es sich, dass Mr Fogg, Passepartout und die Witwe des Radschas von Bundelkhand nunmehr vor dem Richter Obadiah standen.

Wenn Passepartout etwas weniger in seine eigenen Angelegenheiten vertieft gewesen wäre, hätte er in einem Winkel des Gerichtssaals Mr Fix bemerken können, welcher der Verhandlung mit verständlichem Interesse folgte – zumal, wie schon zuvor in Suez und Bombay, der Haftbefehl für Mr Fogg noch nicht eingetroffen war.

Unterdessen hatte Richter Obadiah Passepartouts unfreiwilliges Geständnis in den Akten vermerkt, der alles darum gegeben hätte, seine Worte wieder rückgängig zu machen.

»Also gestehen Sie?«, fragte der Richter.

»Wir gestehen«, entgegnete Mr Fogg ungerührt.

»In Anbetracht der Tatsache«, nahm der Richter die Urteilsverkündung auf, »dass das englische Gesetz dafür einsteht, alle religiösen Gebräuche der indischen Bevölkerung strengstens zu schützen, wird der Angeklagte Passepartout, der gestanden hat, den Tempel von Malabar Hill in Bombay am 20. Oktober dieses Jahres in gesetzeswidriger Weise betreten zu haben, zu zwei Wochen Haftstrafe zuzüglich einer Geldstrafe in Höhe von 300 Pfund Sterling verurteilt.«

»300 Pfund!«, rief Passepartout, den vor allem die Geldstrafe heftig verstörte.

»Ruhe!«, schrie der Saaldiener.

»Außerdem«, fuhr Richter Obadiah fort, »in Anbetracht der Tatsache, dass keine Gegenbeweise dafür vorliegen, dass der Diener nicht im Einvernehmen mit seinem Herrn gehandelt hat und der Herr für die Taten seiner Angestellten verantwortlich ist, wird der Angeklagte Phileas Fogg seinerseits zu einer Woche Haftstrafe zuzüglich einer Geldstrafe von 150 Pfund Sterling verurteilt. – Schreiber: Der nächste Fall!«

Detektiv Fix in seiner Ecke war unendlich erleichtert. Acht Tage lang würde Phileas Fogg nun in Kalkutta festsitzen. Länger würde es gewiss nicht dauern, bis der Haftbefehl endlich eintraf.

Passepartout war am Boden zerstört. Dieses Urteil war der finanzielle Ruin für seinen Herrn. Die Wette über 20 000 Pfund war verloren, und das nur, weil er in seiner Trotteligkeit in diesen Tempel laufen musste!

Phileas Fogg verzog keine Miene. Er tat, als ob dies Urteil ihn in keiner Weise beträfe. Als jedoch der Gerichtsschreiber den nächsten Fall aufrufen wollte, erhob er sich und rief: »Ich biete eine Kaution.«

»Das steht Ihnen rechtlich durchaus zu«, entgegnete der Richter.

Fix gefror das Blut in den Adern, doch er erholte sich sogleich, als er den Richter sagen hörte: »In Anbetracht der Tatsache, dass Phileas Fogg und sein Diener nicht in Indien ansässig sind, erhebe ich eine Kaution in Höhe von 1 000 Pfund pro Kopf.«

Mr Fogg würde also 2 000 Pfund einbüßen, wenn sie die Haftstrafe nicht antraten.

»Ich zahle«, versetzte Phileas Fogg.

Mit diesen Worten griff er in die Reisetasche, welche Passepartout ihm reichte, zog ein Bündel Banknoten heraus und legte es auf den Tisch des Gerichtsschreibers.

»Diese Summe wird Ihnen zurückerstattet, sobald sie die Haftstrafe verbüßt haben«, erklärte der Richter. »Im Augenblick werden Sie gegen Kaution auf freien Fuß gesetzt.«

»Kommen Sie«, sagte Phileas Fogg zu seinem Diener.

»Aber sie könnten mir wenigstens meine Schuhe zurückgeben!«, rief Passepartout voller Wut.

Man händigte ihm die Schuhe aus.

»Ganz schön teure Schuhe«, murmelte Passepartout. »1 000 Pfund das Stück. Und dann drücken sie auch noch.«

Vollständig zerknirscht verließ Passepartout hinter Phileas Fogg, der Mrs Aouda seinen Arm gereicht hatte, den Gerichtssaal. Fix war fest überzeugt, dass sein Dieb die Haftstrafe doch noch antrat, denn wer opferte schon 2 000 Pfund! Dennoch heftete er sich an seine Fersen.

Mr Fogg mietete eine Kutsche, die er sogleich mit Mrs Aouda und Passepartout bestieg. Fix rannte der Kutsche hinterher, die schon bald an einer der vielen Landungsbrücken Halt machte.

Eine halbe Meile weit draußen auf See lag die *Rangoon* vor Anker. An der Mastspitze hatte sie das Abfahrtssignal gehisst. Es war erst elf Uhr, Mr Fogg kam also eine Stunde zu früh. Fix musste mit ansehen, wie Phileas Fogg aus der Kutsche stieg und sich zusammen mit Passepartout und Mrs Aouda zu dem Dampfer übersetzen ließ. Er stampfte mit dem Fuß auf.

»Dieser Schuft!«, rief er. »Macht sich einfach aus dem Staub! Und um die 2 000 Pfund schert er sich überhaupt nicht. Man kennt ja die Großzügigkeit der Diebe. Ah! Aber ich lasse ihn nicht mehr aus den Augen, und wenn ich ihm bis ans Ende der Welt hinterhermuss. Wenn er so weitermacht, ist die Beute aber bald futsch.«

Der Detektiv lag mit seiner Befürchtung gar nicht so falsch. Tatsächlich hatte Mr Fogg seit seiner Abreise aus London für Reisekosten, Extratrinkgelder, den Elefanten, Kautionen und Bußgelder bereits mehr als 5 000 Pfund ausgegeben. Und da sich die Belohnung für Detektive nach der sichergestellten Summe berechnete, sah Mr Fix sie unweigerlich dahinschwinden.

DAS SECHZEHNTE KAPITEL

in welchem Mr Fix offenkundig überhaupt nichts versteht

Die *Rangoon* gehörte zur Flotte der Indisch-Orientalischen Schifffahrtsgesellschaft, für welche sie den Postdienst in den chinesischen und japanischen Küstengewässern versah. Sie war ein Schraubendampfer mit 1 770 Bruttoregistertonnen und einer Stärke von 400 PS. Sie kam der *Mongolia* in der Geschwindigkeit durchaus gleich, doch war sie, sehr zum Bedauern von Mr Fogg, weniger komfortabel ausgestattet, denn er hätte Mrs Aouda gerne bequemer untergebracht. Wie dem auch sei, die Überfahrt von 3 500 Meilen würde nur etwa elf bis zwölf Tage in Anspruch nehmen und die junge Frau gab sich ohne Umstände zufrieden.
In den ersten Tagen der Überfahrt lernte Mrs Aouda Mr Fogg ein wenig besser kennen. Wann immer sich die Möglichkeit bot, versicherte sie ihm erneut, wie dankbar sie ihm war. Der phlegmatische Gentleman nahm dies, wie es schien, kühl und emotionslos entgegen. Sorgfältig wachte er darüber, dass es der jungen Frau an nichts fehlte, und zu jeweils festgesetzter Stunde besuchte er sie, nicht so sehr, um regelrecht zu plaudern, aber um ihr zuzuhören. Er hielt sich also strengstens an die Gebote von Anstand und Höflichkeit, tat dies allerdings mit der Anmut eines eigens dafür gebauten Automaten.
Mrs Aouda war dadurch ein wenig verunsichert, aber Passepartout gab ihr Aufschluss über den exzentrischen Charakter seines Herrn. Er erzählte ihr auch von der Wette, um derentwillen Mr Fogg die Weltreise unternahm. Darüber musste Mrs Aouda ein wenig lächeln, aber schließlich hatte er ihr das Leben gerettet und es schadete ihm nicht, wenn sie ihm ihre Dankbarkeit erwies.

Mrs Aouda bestätigte, was zuvor schon der Elefantentreiber über sie berichtet hatte. In der Tat war sie Parsin, gehörte also der obersten indischen Kaste an. Gerade einige parsische Kaufleute waren durch den Baumwollhandel zu großem Reichtum gelangt. Einer von ihnen, Sir James Jejeebhoy aus Bombay, war sogar von der englischen Regierung geadelt worden und Mrs Aouda war mit ihm verwandt. Übrigens war es gerade dessen Vetter, der ehrenwerte Jejeeh, welchen sie in Hongkong aufzusuchen gedachte. Aber ob der ihr tatsächlich Zuflucht gewährte? Mrs Aouda war sich da nicht ganz sicher. Mr Fogg entgegnete nur, sie solle sich nicht beunruhigen, alles werde sich mit mathematischer Genauigkeit fügen. Genau das waren seine Worte.

Was die junge Frau bei diesem Ausdruck wohl empfunden haben mochte? Das ist schwer zu sagen. Sie versenkte lediglich ihre Augen, »diese großen feuchten Augen, in denen sich das Himmelslicht badete wie in den heiligen Seen des Himalaja«, in die von Mr Fogg. Dieser aber, so unzugänglich und zugeknöpft wie eh und je, schien gar nicht erst auf die Idee zu kommen sich in diese Seen zu stürzen.

Der erste Teil der Überfahrt auf der *Rangoon* vollzog sich unter exzellenten Bedingungen. Das Wetter zeigte sich günstig. Die gesamte Fahrt durch den Bengalischen Meerbusen verlief reibungslos, das Dampfschiff kam bestens voran. Bald schon kam die Hauptinsel der Andamanen in Sicht. Dort erhebt sich der malerisch schöne Saddle Peak mit einer Höhe von 2 400 Fuß. Die Seefahrer nutzten den Berg bei der Navigation.

Die nahe gelegene Küstenlinie verlief sehr lang gestreckt. Die Papuas, die Ureinwohner der Insel, zeigten sich nicht. Auch wenn sie vielleicht nicht besonders zivilisiert sind, so ist doch die Behauptung, dass sie Menschenfresser seien, falsch.

Das Panorama, welches die Andamanen boten, war hinreißend schön. Riesige Wälder aus Fächer- und Areka-Palmen, Bambus-Dschungel, Farne und Teak- und Mimosenwälder bildeten den Vordergrund des Bildes. Im Hintergrund zeichnete sich die elegante Silhouette des Berglandes ab. Und am Ufer brüteten zu Tausenden jene kostbaren Schwalben, deren Nester im Reich der Mitte als besondere Köstlichkeit gelten. Doch bald schon war dies Bild den Blicken entschwunden, denn die *Rangoon* lief mit Volldampf auf die Malakka-Straße zu und von dort in das Südchinesische Meer.

Und Detektiv Fix? Der unfreiwillige Weltumsegler, wie verbrachte er die Überfahrt? Kurz vor der Abfahrt aus Kalkutta hatte er noch die Anweisung gegeben, dass der Haftbefehl unverzüglich nach Hongkong weitergeschickt werden sollte. Dann war es ihm gelungen, an Bord der *Rangoon* zu gehen, ohne dass Passepartout ihn bemerkte. Er hoffte aufrichtig weiterhin unentdeckt zu bleiben, denn er wusste wahrlich nicht, wie er Passepartout seine Anwesenheit auf dem Dampfer erklären sollte, ohne Verdacht zu erwecken, da er doch erklärt hatte, er wolle nach Bombay. Später ergab es sich unweigerlich aber doch, dass er seine Bekanntschaft mit Passepartout erneuern musste. Was dazu führte, werden wir beizeiten sehen.

Mr Fix' geballte Hoffnung richtete sich nun auf einen einzigen Punkt der Erde, und das war Hongkong. Zwar legte der Dampfer auch in Singapur an, aber nur so kurze Zeit, dass Fix dort ohnehin nichts unternehmen konnte. Nein, in Hongkong musste die Verhaftung unter allen Umständen gelingen, denn sonst war der Dieb für alle Zeit dahin. Und das lag daran, dass Mr Fogg sich in Hongkong zum letzten Mal auf britischem Hoheitsgebiet befand. Dann, in China, Japan oder Amerika würde es ein Leichtes für Mr Fogg sein, einen sicheren Unterschlupf zu finden. In Hongkong konnte Mr Fogg mit dem entsprechenden Haftbefehl einfach der örtlichen Polizei übergeben werden – dabei gab es überhaupt kein Problem. Außerhalb Hongkongs hatte ein einfacher Haftbefehl aber keinerlei Wirksamkeit mehr. Auslieferungsanträge mussten gestellt werden, hunderterlei Verzögerungen, Wartezeiten und Rückfragen würden sich ergeben und in der Zwischenzeit konnte sich der Dieb geruhsam aus dem Staub machen.

Wenn das Vorhaben in Hongkong nicht gelang, dann war es künftig also beinahe unmöglich.

In den langen Stunden, die Mr Fix in seiner Kabine verbrachte, zermarterte er sich den Kopf: Misserfolg in Bombay, Misserfolg in Kalkutta... Wenn mir das in Hongkong noch einmal passiert, dann ist mein Ruf ruiniert! Es muss einfach gelingen, um jeden Preis. Aber wie soll ich diesen verwünschten Mr Fogg, falls nötig, an der Weiterreise hindern?

Wenn alle Stricke reißen würden, konnte er versuchen Passepartout ins Vertrauen zu ziehen. Er würde ihm die Augen über seinen Herrn öffnen, denn Komplizen waren die beiden ganz gewiss nicht. Passepartout würde dann sicherlich Angst haben seinerseits in Verdacht zu geraten und alles unternehmen, um Mr Fix entgegenzukommen. Doch war dies ein ziemlich riskantes Unternehmen, wenn es misslang, war endgültig alles dahin. Ein einziges falsches Wort von Passepartout zu seinem Herrn konnte die ganze Sache verderben.

Die Gegenwart von Mrs Aouda an Bord der *Rangoon* bereitete dem Detektiv nicht weniger Kopfzerbrechen.

Wer war diese Frau? Welcher Schicksalslauf hatte sie mit Mr Fogg zusammengebracht? Offensichtlich waren sie sich irgendwo zwischen Bombay und Kalkutta begegnet. Aber wo? Handelte es sich hier um eine zufällige Reisebekanntschaft? Oder war Mr Fogg im Gegenteil erst quer durch Indien gereist, um diese charmante Person zu treffen? Denn charmant war sie allemal! Das war Mr Fix im Gerichtssaal von Kalkutta keineswegs entgangen.

Man kann Mr Fix' Erregung leicht verstehen. Denn es lag doch auf der Hand, dass diese Sache nicht mit rechten Dingen zuging! Zweifelsohne handelte es sich hier um eine Entführung. Genau! Das musste es sein. Dieser Gedanke ergriff immer stärker von Mr Fix Besitz, denn ihm war klar, dass er dies zu seinem Vorteil nutzen konnte. Ob die junge Frau nun verheiratet war oder nicht, sie war Opfer einer Entführung und er musste dem Entführer in Hongkong derart zusetzen, dass der Richter selbst die allerhöchste Kaution verweigern würde.

Mr Fix wollte gar nicht erst bis Hongkong warten, denn dieser Mr Fogg hatte die wahrhaft scheußliche Angewohnheit seine Beförderungsmittel im Fluge zu wechseln, und wenn Mr Fix Pech hatte, war er im Nu wieder entwischt, bevor der Detektiv überhaupt etwas ausrichten konnte.

Er musste also die Behörden in Hongkong schon vorher verständigen. Das war aber eine Kleinigkeit, denn von Singapur aus konnte er ja ein Telegramm schicken.

Ehe er aber irgendetwas unternehmen konnte, musste Mr Fix doch Passepartout ins Vertrauen ziehen. Er wusste ja, dass es nicht schwierig war, den Burschen zum Plaudern

zu bewegen, und Mr Fix beschloss den Schleier über seine Identität zu lüften. Es gab nun keine Zeit mehr zu verlieren. Am 31. Oktober sollte das Dampfschiff in Singapur anlegen und heute schrieb man schon den 30.

Mr Fix verließ also die Kabine, begab sich ans Oberdeck und wollte Passepartout dort »zufällig« begegnen – natürlich zu seiner allergrößten Überraschung. Tatsächlich lief Passepartout dort auf und ab. Mr Fix stürzte auf ihn zu und rief: »Sie hier auf der *Rangoon!*«

»Mr Fix hier an Bord!«, entgegnete Passepartout, der aufrichtig überrascht war, seinen Reisegefährten von der *Mongolia* hier zu treffen. »Wie ist denn so was möglich! Wir verabschieden uns in Bombay und auf dem Weg nach Hongkong begegnen wir uns wieder! Machen denn auch Sie die Reise um die Welt?«

»Aber nein«, antwortete Mr Fix. »Ich habe die Absicht in Hongkong zu bleiben – zumindest für einige Tage.«

»Ah«, machte Passepartout, nun doch etwas erstaunt. »Aber wieso habe ich Sie nicht schon früher hier an Bord unseres Schiffes gesehen?«

»Wie das eben so ist ... mir war ein wenig übel, die Seekrankheit, ich habe mich in meiner Kabine verkrochen. Mit dem Golf von Bengalen komme ich weniger gut zurecht als mit dem Indischen Ozean. Und wie befindet sich Ihr Herr, Mr Phileas Fogg?«

»Bei bester Gesundheit! Und sein Reiseplan klappt ausgezeichnet. Nicht ein Tag Verspätung! Übrigens, Mr Fix, Sie wissen ja noch gar nicht, dass wir jetzt in Begleitung einer jungen Dame reisen.«

»Eine junge Dame?«, entgegnete der Detektiv und schien dabei tatsächlich vollkommen überrascht.

Passepartout hatte ihm bald die ganze Geschichte erzählt. Von dem Zwischenfall in der Pagode von Bombay an, bis hin zu dem Kauf des Elefanten für 2 000 Pfund, der Suttee und der Entführung von Mrs Aouda, der Gerichtsverhandlung in Kalkutta und der Entrichtung der Kaution berichtete er alles. Fix, dem ja zumindest der letzte Vorfall bestens bekannt war, tat, als ob er von alldem überhaupt nichts wusste, und Passepartout genoss es, vor einem so interessierten Zuhörer in seiner Erzählung zu schwelgen.

»Aber beabsichtigt Mr Fogg denn nun die junge Dame nach Europa mitzunehmen?«

»Aber nein, Mr Fix. Wir begleiten sie lediglich zu einem Verwandten, einem erfolgreichen Händler in Hongkong.«

Wieder nichts, dachte Mr Fix, verbarg aber seine Enttäuschung.

»Wie wäre es mit einem Gläschen Gin, Monsieur Passepartout?«

»Aber gerne! Wir müssen doch auf unser Wiedersehen hier an Bord trinken!«

DAS SIEBZEHNTE KAPITEL

in welchem auf der Überfahrt zwischen Singapur und Hongkong die eine oder andere Überlegung angestellt wird

Seitdem trafen sich Mr Fix und Passepartout recht häufig, doch Mr Fix hielt sich von nun an bedeckt und versuchte auch gar nicht mehr Passepartout aus der Reserve zu locken. Ein- oder zweimal sah er Phileas Fogg, wenn er sich, wie gewöhnlich, im Großen Salon der *Rangoon* aufhielt, um Mrs Aouda Gesellschaft zu leisten, oder wenn er – wie stets – Whist spielte.

Passepartout zerbrach sich nun doch ein wenig den Kopf über Mr Fix und sein neuerliches zufälliges Auftauchen. Dass dieser freundliche und hilfsbereite Herr immer wieder Mr Foggs Reiseroute kreuzte! Erst die Begegnung in Suez, dann schifft er sich auf der *Mongolia* ein und fährt nach Bombay, weil er dort angeblich etwas zu erledigen hat; und dann trifft man ihn wieder auf der *Rangoon*, wie Mr Fogg unterwegs nach Hongkong. Sprich: Er folgte Mr Fogg auf Schritt und Tritt. Was führte er im Schilde? Wenn er es recht überlegte, war Passepartout davon überzeugt, dass Mr Fix Hongkong auch wieder zusammen mit ihnen verlassen würde, vermutlich sogar mit demselben Dampfer. Er hätte sogar seine sorgsam gehüteten Pantoffeln darauf verwettet!

Aber soviel Passepartout auch grübeln mochte, er hätte den wahren Grund für Mr Fix' ständiges Auftauchen doch nicht erfasst. Niemals hätte er sich auch nur träumen lassen, dass Mr Fogg als Dieb beschattet und um den ganzen Erdball verfolgt wurde. Doch es liegt in der Natur des Menschen, für alles eine Erklärung zu suchen, und so gab auch

Passepartout sich erst zufrieden, als ihm eine Eingebung kam. Gewiss, nur so konnte es sein: Mr Fix war von Phileas Foggs Wettpartnern aus dem Reform Club beauftragt worden zu überprüfen, ob er auch wirklich die vereinbarte Reiseroute einhielt. Deshalb tauchte er ständig in Mr Foggs Umgebung auf!

Passepartout war mächtig stolz auf seinen Scharfsinn. »Es liegt doch auf der Hand!«, sagte er bei sich. »Mr Fix ist ein Spion, jawohl, und diese Gentlemen haben ihn auf uns angesetzt. Also wirklich! Das ist aber wahrhaftig unanständig! Einen so ehrenwerten Herrn wie Mr Fogg bespitzeln! Ha! Das werden sie mir aber büßen!«

Passepartout war begeistert, dass er die rätselhafte Sache aufgeklärt hatte. Dennoch beschloss er seinem Herrn nichts davon zu sagen, denn Mr Fogg hätte dieses Misstrauen sicher tief gekränkt. Eines aber freute Passepartout: Er konnte nun seinerseits seine Späße mit Mr Fix treiben, ohne dass dieser es bemerkte.

Am Nachmittag des 30. Oktober fuhr die *Rangoon* in die Malakka-Straße ein, welche Sumatra und die Halbinsel gleichen Namens voneinander trennt. Malerische kleine Inseln, auf welchen Berge steil emporragten, versperrten den Reisenden der *Rangoon* den Blick auf die Hauptinsel.

Um vier Uhr morgens am folgenden Tag legte der Dampfer in Singapur an, um Lebensmittel und Kohlen an Bord zu nehmen. Das Schiff hatte Singapur einen halben Tag früher erreicht als vorgesehen.

Phileas Fogg verbuchte diesen Zeitgewinn in der entsprechenden Spalte seines Reiseplans. Da Mrs Aouda den Wunsch äußerte an Land zu gehen, verließ diesmal auch Phileas Fogg den Dampfer.

Mr Fix, dem jeder Schritt, den Phileas Fogg unternahm, verdächtig vorkam, folgte ihnen unbemerkt. Und Passepartout – er amüsierte sich im Stillen und besorgte seine Einkäufe.

Die Insel Singapur ist weder besonders groß noch von besonders eindrucksvoller Erscheinung. Imposante Bergketten gibt es dort nicht. Und doch birgt diese Schlichtheit allerlei Reize. Mr Fogg nahm einen Wagen, der von jenen prachtvollen Pferden aus Neuholland gezogen wurde, und ließ sich zusammen mit Mrs Aouda durch die Parklandschaft Singapurs fahren. Sie kamen durch mächtige Palmenhaine, vorbei an Nelken-Bäumen, deren halb geöffnete Blüten als Gewürz verwendet werden, an Pfeffersträuchern, die die Landschaft säumten wie in Europa einfache Hecken. Riesenfarne und Sagopalmen lagen am Weg und Muskat-Bäume mit glänzenden Blättern erfüllten die Luft mit ihrem betäubenden Aroma. Scharen von Affen turnten munter und flink in den Bäumen, mit etwas Glück hätten sie vielleicht sogar Tiger gesehen. Vielleicht mag es manch einen erstaunen, dass auf dieser doch recht kleinen Insel die gefährlichen Wildkatzen noch nicht ausgerottet waren. Dies hat eine einfache Erklärung: Sie kommen immer wieder über die Meerenge von Malakka herübergeschwommen.

Nach einem Ausflug von zwei Stunden kehrten Mrs Aouda und ihr Begleiter, der sich im Übrigen nicht allzu sehr für die Umgebung interessiert hatte, wieder in die Stadt zurück. Die Stadt war lediglich eine Anhäufung nicht eben schöner Häuser. Einzig die reizenden Gärten, in welchen Ananas-Stauden, Mango-Bäume und die köstlichsten Früchte der Welt gediehen, boten dem Auge einen erfreulichen Anblick.

Um zehn Uhr kehrten sie zum Dampfer zurück. Mr Fix war ihnen die ganze Zeit hindurch unauffällig gefolgt und die Rundfahrt hatte ihn nicht eben wenig gekostet.

Passepartout wartete bereits an Deck der *Rangoon* auf Mr Fogg. Der wackere Bursche hatte ein Dutzend Mango-Früchte eingekauft. Sie waren groß wie mittelgroße Äpfel. Außen sind diese Früchte braun bis feuerrot und im Innern bieten sie köstliches weißes Fruchtfleisch, das förmlich auf der Zunge zergeht und einen jeden Feinschmecker in wahres Entzücken versetzt. Gerne reichte Passepartout Mrs Aouda eine solche Frucht.

Um elf Uhr legte die *Rangoon* mit aufgefüllten Kohlevorräten wieder ab. Schon wenige Stunden später kamen die Berge der Malakka-Inseln, in deren Wäldern die herrlichsten Tiger lebten, außer Sichtweite.

Zwischen Singapur und der Insel Hongkong, dem kleinen britischen Territorium, das der Küste Chinas vorgelagert ist, liegen etwa 1 300 Meilen. Laut Mr Foggs Reiseplan sollte die Strecke innerhalb von sechs Tagen zurückgelegt sein, damit er am 6. November mit einem anderen Schiff nach Yokohama würde weiterreisen können. Yokohama ist einer der bedeutendsten Häfen Japans.

Die *Rangoon* war ziemlich stark besetzt. Zahlreiche Passagiere waren in Singapur an Bord gekommen, darunter Inder, Ceylonesen, Chinesen, Malaien und Portugiesen. Die meisten reisten in der zweiten Klasse.

Als der Mond im letzten Viertel stand, änderte sich das Wetter. Bisher war es schön gewesen. Aber jetzt kam von Zeit zu Zeit eine starke Brise auf, die hohen Wellengang mit sich brachte. Zum Glück wehte der Wind aus südöstlicher Richtung und trieb den Dampfer noch rascher voran. War das Wetter günstig, gab der Kapitän Befehl die Segel zu setzen. Die *Rangoon* war ein Zweimaster. Die vom Wind geblähten Segel und die Kraft der Maschinen ließen den Dampfer mit noch größerem Tempo vorwärts kommen.

Bei unruhigem Seegang ging es jetzt an den Küsten von Annam und Cochinchina entlang. Dabei lag es weniger an der See als an dem Dampfer selbst, dass die meisten der Passagiere von der Seekrankheit geplagt wurden.

Es verhielt sich nämlich so, dass die Schiffe der Indisch-Orientalischen Schifffahrtsgesellschaft mit einem schweren Konstruktionsfehler behaftet waren. Man hatte das Verhältnis zwischen Tiefgang und Hohlraum falsch berechnet, was zur Folge hatte, dass die Schiffe dem Seegang geradezu ausgeliefert waren. Das Fassungsvermögen der Schiffe war zu niedrig angesetzt, daher drohten sie »abzusaufen«, um diesen Begriff aus der Seemannssprache zu verwenden, sobald nur wenige Brecher das Deck überspülten. Was die Konstruktion anbetraf, waren diese Schiffe den französischen Postschiffen wie der *Impératrice* oder der *Cambodge* weit unterlegen – wenn dies auch nicht für die Maschinentechnik galt. Der wesentliche Unterschied bestand darin, dass die französischen Schiffe so viel Wasser verkraften konnten, wie ihr Eigengewicht ausmachte, bevor sie kenterten. Die Dampfer der Indisch-Orientalischen Schifffahrtsgesellschaft, zu welchen die *Golkonda*, die *Korea* und eben auch die *Rangoon* gehörten, waren bereits bei einem Sechstel ihres Eigengewichts in Gefahr.

Wegen des schlechten Wetters mussten einige Vorsichtsmaßnahmen an Bord des Schiffes ergriffen werden. Die Segel wurden gerefft und man fuhr nur mit halber Kraft. Das zog natürlich Zeitverluste nach sich. Phileas Fogg blieb gelassen, Passepartout dagegen brachte dies schrecklich in Rage. Er schimpfte auf den Kapitän, den Mechaniker – kurz: Er schickte all jene, die irgendwie mit Personenschifffahrt zu tun hatten, zum Teufel. Es mag sein, dass der Gedanke an jene Gasflamme, die in der Saville Row Nr. 7 auf seine Kosten brannte, seine Ungeduld noch etwas steigerte.

»Sie haben es wohl eilig, nach Hongkong zu kommen?«, fragte ihn der Detektiv eines Tages.

»Sehr eilig«, entgegnete Passepartout.

»Sie meinen, dass Mr Fogg unbedingt daran gelegen ist, das Postschiff nach Yokohama zu erreichen?«

»Unbedingt.«

»Und Sie glauben immer noch an diese seltsame Reise um die Welt?«

»Aber sicher. Sie etwa nicht, Mr Fix?«

»Ich? Keineswegs.«

»Sie sind ein guter Schauspieler«, sagte Passepartout und zwinkerte verschwörerisch mit einem Auge.

Der Detektiv war verdutzt. Der Ausdruck beunruhigte ihn, ohne dass er genau sagen konnte, warum. Hatte ihn der Franzose durchschaut? Aber wie hätte Passepartout herausfinden sollen, dass er ein Detektiv war? Es war offensichtlich, dass der Diener irgendeinen Verdacht hegte, und Mr Fix wusste nicht, was er davon halten sollte.

Bei einer anderen Begegnung wurde der Franzose sogar noch kühner und fast hätte er sich vollends verplappert.

»Und, Mr Fix«, fragte er seinen Reisegefährten in leicht boshaftem Ton, »wir werden Sie doch hoffentlich nicht in Hongkong lassen müssen?«

»Nun«, entgegnete Mr Fix verlegen, »man weiß ja nie ...«

»Also ich würde mich freuen, wenn Sie mit uns weiterreisen!«, rief Passepartout. »Tja, ein Angestellter der Great-Indian-Peninsular-Eisenbahngesellschaft muss wohl ständig auf Achse sein. Eigentlich wollten Sie nur nach Bombay und jetzt sind Sie schon fast in China! Bis Amerika ist es dann auch nicht mehr weit – und ehe man sich's versieht, ist man schon in Europa!«

Fix starrte sein Gegenüber forschend an, aber Passepartout blickte ihm so offen und freundlich entgegen, dass sich der Detektiv entschied einfach mitzulachen. Passepartout war nun nicht mehr zu bremsen: »Man verdient wohl ganz gut in Ihrem Beruf?«

»Kommt ganz darauf an«, entgegnete der Detektiv ungerührt. »Mal gehen die Geschäfte gut und dann wieder nicht. Es versteht sich, dass ich nicht auf eigene Kosten unterwegs bin.«

»Das hätte ich auch wirklich nicht vermutet!«, rief Passepartout und lachte aus vollem Halse.

Nach diesem Gespräch zog sich Fix in seine Kabine zurück. Er verfiel in tiefes Nachdenken. Ganz offensichtlich war er entlarvt worden. Irgendwie hatte der Franzose herausbekommen, dass er ein Detektiv war. Hatte er aber seinen Herrn davon in Kenntnis gesetzt? Welche Rolle spielte er überhaupt bei der ganzen Sache? War er Mr Foggs Komplize? Wussten sie, dass sie verfolgt wurden, und war deshalb alles schon gelaufen? Der Detektiv durchlebte einige schwierige Stunden. Mal glaubte er alles verloren, dann ergriff ihn doch wieder die Hoffnung, dass Mr Fogg von alldem nichts wusste. Sosehr er sich den Kopf auch zermarterte, er kam zu keinem rechten Schluss.

Schließlich kam sein Kopf dann doch zur Ruhe und er beschloss mit Passepartout ganz offen zu reden. Denn falls es in Hongkong wieder nicht möglich war, Mr Fogg festzunehmen, und dieser sich anschickte ein für alle Mal britisches Staatsgebiet zu verlassen, dann war Mr Fix auf Passepartouts Unterstützung angewiesen. Es gab ohnehin nur zwei Möglichkeiten: Entweder der Diener war Komplize seines Herrn – dann musste er versuchen sich selbst aus der Affäre zu ziehen – oder aber er hatte überhaupt nichts mit dem Diebstahl zu tun, dann würde er wohl alles daransetzen, sich von dem Dieb zu trennen.

So verhielt es sich also mit Passepartout und Mr Fix. Und über den beiden schwebte Mr Fogg in seinem würdevollen Gleichmut. Mit mathematischer Genauigkeit beschrieb er seine Erdumlaufbahn, ohne von den Asteroiden ringsumher auch nur Notiz zu nehmen.

Dabei gab es doch in Mr Foggs Umgebung durchaus ein bemerkenswertes Gestirn, das zumindest einige Störungen in seinem Herzen hätte auslösen müssen. Weit gefehlt! Mrs Aoudas Charme ließ ihn, zu Passepartouts ungläubigem Staunen, vollkommen kalt. Und sollten vielleicht doch irgendwelche Störungen aufgetreten sein, dann waren sie noch schwerer nachzuweisen als jene auf dem Uranus, die die Entdeckung des Neptun nach sich zogen.

Oh ja! Jeden Tag aufs Neue geriet Passepartout über Mr Foggs Gleichgültigkeit in Rage, da doch in Mrs Aoudas Augen so viel Dankbarkeit lag! Phileas Fogg hatte wohl Herz genug ein Held zu sein, für die Liebe aber reichte es nicht.

Ebenso wenig vermochte Passepartout zu ergründen, ob sein Herr sich überhaupt Gedanken über den Erfolg seines Unternehmens machte, während er, Passepartout, ständig Höllenqualen litt. Eines Tages, als er im Maschinenraum den Dampfkessel beobachtete, geriet er schier aus der Fassung, als er sah, dass immer wieder nutzlos Dampf aus den Ventilen entwich, sobald das Schiff von einer Welle so stark angehoben wurde, dass die Schraube aus dem Wasser ragte. Wütend schrie er: »Die funktionieren ja gar nicht richtig! Wir kommen überhaupt nicht voran! Typisch Engländer! Ah! Wenn wir auf einem amerikanischen Dampfer wären, dann flögen wir vielleicht in die Luft, aber auf jeden Fall kämen wir vorwärts!«

DAS ACHTZEHNTE KAPITEL

in welchem Phileas Fogg, Passepartout und Mr Fix jeweils ihren eigenen Gedanken nachhängen

An den letzten Tagen der Überfahrt herrschte sehr schlechtes Wetter. Ein starker Nordwest-Wind setzte der ohnehin instabilen *Rangoon* kräftig zu und die Passagiere betrachteten voller Missbehagen die breiten Brecher, die der Wind vor sich herschob.

Am 3. und 4. November kam ein regelrechtes Unwetter auf. Jähe Windstöße peitschten das Meer, sodass die *Rangoon* einen halben Tag lang beidrehen musste. Bei nur zehn Schraubenumdrehungen versuchte der Kapitän das Schiff schräg gegen die Wellen zu halten, damit es nicht kenterte. Die Segel waren gerefft worden, aber dennoch knarrte die Takelage unter dem Ansturm der Windböen.

Unter den gegebenen Umständen kam das Dampfschiff nur langsam voran und es stand zu befürchten, dass das Schiff Hongkong erst mit 20-stündiger Verspätung erreichen würde oder sogar noch mehr, wenn der Sturm sich nicht legte.

Phileas Fogg stand dem Schauspiel des Meeres in Aufruhr, das sich direkt gegen ihn persönlich zu erheben schien, mit dem gewohnten Gleichmut gegenüber. Er zog nicht einmal die Stirne kraus, obwohl doch eine 20-stündige Verspätung seinen Reiseplan auf das Heftigste gefährden konnte, wenn er die Abfahrt des Dampfschiffes nach Yokohama verpasste. Aber dieser Mann, der keine Nerven zu haben schien, zeigte weder Un-

geduld noch Verdrossenheit. Fast sah es so aus, als habe er diesen Sturm bereits im Voraus eingerechnet. Als Mrs Aouda das Gespräch auf diesen Zeitverlust brachte, fand sie Mr Fogg so gelassen wie immer.

Mr Fix hatte natürlich seinen eigenen Standpunkt in dieser Angelegenheit. Ihm kam das Unwetter äußerst gelegen. Und er hätte sich sogar aufrichtig gefreut, wenn die *Rangoon* vor den Wellen regelrecht hätte fliehen müssen. Ihm war jede Verzögerung recht, Hauptsache sie zwang Mr Fogg mehrere Tage in Hongkong zu bleiben. Endlich war der Himmel, der dieses Unwetter zusammengebraut hatte, auf seiner Seite. Er litt zwar ein wenig unter der Seekrankheit, aber was soll's! Was waren schon Übelkeit und Krämpfe angesichts der großen Genugtuung, welche die Vorfreude ihm bereitete.

Was den armen Passepartout betraf, so kann man sich unschwer vorstellen, in welcher Verfassung er diese schwere Zeit durchlitt. Er konnte seine Aufgebrachtheit kaum verbergen. Bis jetzt hatte doch alles so gut geklappt! Wasser und Erde waren seinem Herrn zu Diensten; Dampfer und Eisenbahnen unterlagen seinem Willen, Wind und Dampfkraft hatten sich verbündet, um seine Reise voranzutreiben. War nun die Zeit der Widrigkeiten und falschen Berechnungen gekommen? Passepartout war so erschöpft, als wäre er derjenige, der die 20 000 verwetteten Pfund bezahlen müsste. Dieser Sturm sog ihm das Mark aus den Knochen, er wütete gegen den Wind, und wenn es möglich gewesen wäre, hätte er das Meer am liebsten verprügelt. Der arme Bursche!

Fix verbarg seine persönliche Zufriedenheit sorgfältig vor Passepartout und er tat gut daran. Denn hätte Passepartout auch nur geahnt, was in Mr Fix tatsächlich vorging – der Detektiv hätte ein wahrhaft schreckliches Viertelstündchen erlebt!

Passepartout blieb während der gesamten Dauer des Unwetters an Deck, denn in der Kabine platzte er vor Ungeduld. Flink wie ein Affe kletterte er sogar auf Masten und versetzte die Mannschaft damit nicht wenig in Erstaunen. Er wollte mit Hand anlegen, wo immer es möglich war. Hundertmal löcherte er den Kaptain, die Offiziere und Matrosen mit seinen Fragen und diese erheiterten sich bereits über solche Fassungslosigkeit. Passepartout wollte unbedingt wissen, wie lange der Sturm noch dauern werde. Und jedes Mal schickten sie ihn zum Barometer, das nicht steigen wollte, sosehr Passepartout es auch rütteln, schütteln und wegen seines verantwortungslosen Verhaltens verwünschen mochte.

Endlich legte sich der Sturm. Im Laufe des 4. Novembers wurde die See wieder ruhig und der Wind drehte um 180 Grad. Er blies jetzt von Süden und trieb das Dampfschiff von neuem voran.

Mit dem besseren Wetter heiterte sich auch Passepartouts Stimmung zusehends auf. Die Segel wurden gesetzt und mit erfreulicher Geschwindigkeit setzte die *Rangoon* ihre Fahrt nun fort.

Allerdings war es nicht mehr möglich, den gesamten Zeitverlust auszugleichen. Die Passagiere mussten sich damit abfinden, dass erst am 6. November um fünf Uhr morgens Land in Sicht kam. In Mr Foggs Reiseplan war der 5. November als Ankunftstag vorgesehen, er war also um 24 Stunden in Verzug und das Schiff nach Yokohama musste bereits abgelegt haben.

Um sechs Uhr kam der Lotse an Bord der *Rangoon*. Er begab sich auf die Kommandobrücke und leitete das Schiff durch die Fahrrinnen in den Hafen von Hongkong.

Passepartout konnte sich nur mit Mühe verkneifen den Lotsen zu fragen, ob das Schiff nach Yokohama vielleicht noch im Hafen lag, aber er wagte es nicht. Lieber wollte er sich noch so lange wie möglich ein wenig Hoffnung bewahren. Aber er vertraute sich Mr Fix an, der – klug wie er war – ihn mit der Bemerkung tröstete, Mr Fogg könne ja den nächsten Dampfer nehmen. Und dies versetzte Passepartout erst recht in Rage.

Anders als Passepartout hatte Mr Fogg keinerlei Hemmungen den Lotsen zu befragen. Nachdem er seinen Bradshaw studiert hatte, erkundigte er sich in gewohnt ruhiger Weise, wann das nächste Schiff nach Hongkong auslaufen würde.

»Morgen«, entgegnete der Matrose, »in der Morgenflut.«

»Ah ja«, machte Mr Fogg, wobei er nicht die Spur erstaunt schien.

Passepartout wäre dem Lotsen am liebsten um den Hals gefallen – und Mr Fix ging ihm in Gedanken an die Kehle.

»Wie heißt der Dampfer?«, fragte Mr Fogg.

»Es ist die *Carnatic*«, antwortete der Lotse.

»Aber die sollte doch eigentlich gestern schon auslaufen!«, versetzte Mr Fogg.

»Das stimmt schon«, sagte der Lotse, »aber es gab Reparaturarbeiten an einem der Dampfkessel, deshalb wurde die Abfahrt auf morgen verschoben.«

»Ich danke Ihnen«, entgegnete Mr Fogg und ging mit genauestens bemessenen Schritten in den Salon der *Rangoon* hinunter.

Passepartout aber ergriff die Hand des Lotsen und schüttelte sie kräftig. Dabei sagte er: »Herr Lotse, Sie sind wirklich ein ganz vortrefflicher Bursche.«

Gewiss hat der Lotse niemals erfahren, warum ihm seine Auskünfte derart herzliche Freundschaftsbekundungen einbrachten. Auf ein Pfeifsignal hin stieg er jedenfalls auf die Kommandobrücke zurück, um den Dampfer durch das Gewirr von Dschunken, Hausbooten und überhaupt Booten aller Art sicher in den Hafen zu leiten.

Um ein Uhr legte die *Rangoon* an und die Passagiere verließen das Schiff.

Diesmal kam Mr Fogg also der Zufall zu Hilfe. Wäre da nicht der schadhafte Dampfkessel gewesen, hätte die *Carnatic* Hongkong tatsächlich am 5. November verlassen. Und dann hätten die Reisenden eine geschlagene Woche bis zur Weiterfahrt nach Japan warten müssen. Mr Fogg hatte zwar einen Zeitverlust von 24 Stunden, diese fielen aber nicht so schwer ins Gewicht.

Es gab nämlich einen direkten Anschluss zwischen dem Postschiff aus Hongkong und den Transpazifik-Schiffen, die zwischen Yokohama und San Francisco verkehrten, wobei Letztere immer erst die Ankunft des Schiffes aus Japan abwarteten. Die Pazifiküberquerung würde dann 22 Tage in Anspruch nehmen. Während dieser Zeit war es ein Leichtes, den Zeitverlust von 24 Stunden wieder aufzuholen. Bis jetzt hatte Phileas Fogg seinen Reiseplan also im Großen und Ganzen einhalten können, seit er London vor 35 Tagen verlassen hatte.

Die *Carnatic* sollte erst am folgenden Tag um fünf Uhr morgens auslaufen. Mr Fogg hatte also 16 Stunden Zeit, um seine, bzw. Mrs Aoudas Angelegenheiten zu regeln. Er reichte ihr seinen Arm, als sie von Bord gingen, führte sie zu einer Sänfte und erkundigte sich nach einem guten Hotel. Die Träger empfahlen ihm das *Club-Hotel*. Die Sänfte setzte sich in Bewegung und erreichte gefolgt von Passepartout nach 20 Minuten ihr Ziel.

Mr Fogg mietete ein geräumiges Zimmer für Mrs Aouda und sorgte dafür, dass es ihr an nichts fehlte. Dann verließ er sie, um sich unverzüglich auf die Suche nach jenem Verwandten zu begeben, in dessen Obhut er Mrs Aouda in Hongkong übergeben wollte. Passepartout trug er auf Mrs Aouda bis zu seiner Rückkehr Gesellschaft zu leisten. Phileas Fogg begab sich zur Börse, denn dort war ein so wohlhabender Kaufmann wie der ehrenwerte Jejeeh mit Sicherheit bekannt.

Und so war es auch. Doch wusste der Börsenmakler leider zu berichten, dass jener Jejeeh China vor zwei Jahren verlassen hatte. Mitsamt seinem Vermögen war er nach Europa ausgewandert, und zwar nach Holland, wie man munkelte, denn im Laufe seiner Kaufmannstätigkeit hatte er zahlreiche Verbindungen zu diesem Land aufgebaut.

Phileas Fogg fuhr in das *Club-Hotel* zurück. Ohne Umschweife erklärte er Mrs Aouda, dass der ehrenwerte Jejeeh nicht mehr in Hongkong, sondern vermutlich in Holland lebte.

Mrs Aouda war sprachlos. Sie fuhr sich mit der Hand über die Stirn und sank einige Augenblicke in tiefes Nachdenken. Dann fragte sie mit ihrer sanften Stimme: »Was soll ich nun tun, Mr Fogg?«

»Ganz einfach«, antwortete Mr Fogg. »Nach Europa reisen.«

»Aber ich kann Ihnen doch nicht länger zur Last fallen…«

»Sie fallen mir nicht zur Last und ihre Anwesenheit stört meinen Reiseplan nicht. – Passepartout?«

»Monsieur?«, antwortete der Diener.

»Gehen Sie zur *Carnatic* und buchen Sie drei Kabinen!«

Passepartout war überglücklich. Die junge Dame, die immer so freundlich zu ihm war, sollte also mit Mr Fogg und ihm zusammen weiterreisen! Unverzüglich machte er sich auf den Weg.

DAS NEUNZEHNTE KAPITEL

in welchem Passepartout sich allzu sehr für seinen Herrn einsetzt und was daraus wird

Hongkong ist eine kleine Insel. 1842, nach dem Krieg, wurde sie im Vertrag von Nanking England zugesprochen. Innerhalb weniger Jahre war es den Briten durch ihre kolonisatorischen Ambitionen gelungen, dort eine bedeutende Stadt und den Victoria-Hafen zu errichten. Die Insel liegt in der Mündung des Perl-Flusses und es trennen sie nur 60 Meilen von der portugiesischen Stadt Macao, die am anderen Flussufer liegt. Schon bald zeichnete sich ab, dass Hongkong Macao als Wirtschaftsmacht den Rang ablaufen würde. Inzwischen wird der größte Teil des chinesischen Transitverkehrs über die englische Stadt abgewickelt.

Beim Anblick der Docks, der Krankenhäuser, Werften, Lagerhallen und der gotischen Kathedrale, sowie des Regierungspalastes und der Asphaltstraßen konnte man wahrhaftig glauben, eine der Handelsstädte der Grafschaften Kent oder Surrey hätte den Erdball durchquert, um auf der anderen Seite, nämlich just an jener Stelle der chinesischen Küste, wieder an die Oberfläche zu kommen.

Die Hände in den Hosentaschen, schlenderte Passepartout also zum Victoria-Hafen und betrachtete sich all die Sänften und Karren – an Letzteren waren Segel aufgezogen, denn im Reich der Mitte wurden dergleichen Gefährte noch gerne verwendet – und bestaunte das Gedränge von Chinesen, Japanern und Europäern in den engen Straßen der

Stadt. Passepartout glaubte sich, abgesehen von einigen kleinen Unterschieden, nach Bombay, Kalkutta oder Singapur zurückversetzt. Ihm war, als würde ein Band von englischen Städten über die gesamte Erde verlaufen.

Passepartout erreichte den Hafen. In der Flussmündung wimmelte es von Schiffen aus aller Herren Länder: Es gab englische, französische, amerikanische und holländische Handels- und Kriegsschiffe, dazwischen japanische und chinesische Boote und Dschunken, chinesische Hausboote und sogar Blumenboote, die wie schwimmende Gärten auf dem Wasser aussahen.

Passepartout bemerkte einige betagte Chinesen. Sie waren alle in Gelb gekleidet. Als er sich wenig später von einem Barbier »auf Chinesisch« rasieren ließ, erzählte ihm dieser in sehr gutem Englisch, dass diese Greise mindestens 80 Jahre alt waren. Denn mit dem 80. Geburtstag erhielt man das Privileg sich in Gelb zu kleiden und Gelb war die Farbe, die sonst nur der Kaiser tragen durfte. Passepartout fand das doch recht komisch, ohne dass er hätte sagen können, warum.

Als die Rasur beendet war, ging er zur Anlegestelle der *Carnatic* und dort bemerkte er Mr Fix. Passepartout war gar nicht sonderlich erstaunt ihn dort auf und ab laufen zu sehen. Der Polizeiinspektor machte ein furchtbar enttäuschtes Gesicht.

Sehr schön, dachte Passepartout, für die Herrn vom Reform Club steht es schlecht. Mit strahlendem Lächeln sprach er Mr Fix an und tat so, als hätte er nichts bemerkt.

Dabei hatte der Detektiv doch wirklich allen Grund sein unglückseliges Schicksal zu verwünschen. Wieder kein Haftbefehl! Es sah ganz so aus, als reiste das Papier endlos hinter ihm her. Vermutlich würde es ihn erst erreichen, wenn er ein paar Tage in dieser Stadt bliebe. Und da Mr Fogg in Hongkong zum letzten Mal englischen Boden berührte, war es klar, dass er sich ein für alle Mal davonmachte, wenn es Fix nicht gelang, ihn einige Tage hier festzuhalten.

»Nun, Mr Fix, wollen Sie nicht mit uns nach Amerika fahren?«, fragte Passepartout.

»Doch«, entgegnete Fix zerknirscht.

»Was Sie nicht sagen!«, sagte Passepartout und lachte schallend. »Ich wusste doch, dass Sie sich nicht von uns trennen können! Kommen Sie mit und buchen Sie sich einen Platz!«

Zusammen betraten sie das Büro der Schifffahrtsgesellschaft und buchten vier Kabinen. Der Angestellte wies sie darauf hin, dass die Reparaturarbeiten an der *Carnatic* bereits abgeschlossen waren und dass das Schiff nicht wie angekündigt erst am nächsten Morgen, sondern bereits abends um acht Uhr auslaufen würde.

»Fein!«, entgegnete Passepartout. »Das wird meinen Herrn wirklich freuen. Ich sage ihm sofort Bescheid.«

In diesem Moment fasste Mr Fix einen verzweifelten Entschluss. Er beschloss Passepartout nun endgültig aufzuklären. Dies war das einzige ihm noch verbleibende Mittel, um Phileas Fogg vielleicht doch noch ein paar Tage in Hongkong festzuhalten.

Als sie das Büro verließen, lud Mr Fix Passepartout auf eine Erfrischung in einer Schenke ein. Passepartout nahm gerne an und sie begaben sich in eine Taverne gleich am Kai, die recht einladend aussah. Im Hintergrund des reich geschmückten Schankraums bemerkten sie eine Art Feldbett mit Kissen, auf welchem einige Schläfer lagen. An den Korbtischchen saßen etwa 30 Gäste. Manche tranken englisches Bier, Ale oder Portwein, andere genossen Liköre, Gin oder Brandy, die in kleinen Krügen vor ihnen standen. Und fast alle rauchten kleine Tonpfeifen: Sie waren mit Opiumkügelchen, durchsetzt mit Rosenessenz, gestopft. Und immer wieder kam es vor, dass einer der Raucher im Rausch vom Stuhl sank. Dann kamen die Kellner herbei, packten den Mann an Füßen und Schultern und schleppten ihn hinüber zum Feldbett zu seinen Genossen. Bereits an die 20 lagen da schon im Opiumrausch.

Da wurde den beiden klar, dass sie wohl in eine Opiumhöhle geraten waren, mitten unter jene unseligen, ausgemergelten, abgestumpften und zerrütteten Menschen, welchen England jedes Jahr, geschäftstüchtig wie es war, Opium im Wert von 10 400 000 Pfund verkaufte. Es waren schmutzig verdiente Millionen, verdient an einem der unheilvollsten Laster der menschlichen Natur.

Natürlich hatte die chinesische Regierung versucht, dem Opiumgenuss durch strenge Gesetze einen Riegel vorzuschieben, aber vergeblich. Der Oberschicht war das Opiumrauchen erlaubt und von dort aus drang das Laster in die unteren Gesellschaftsschichten vor und war nun nicht mehr einzudämmen. Überall und zu jeder Gelegenheit, von Männern wie Frauen wurde Opium im Reich der Mitte geraucht. Wenn sich die Raucher erst einmal an das Opium gewöhnt hatten, konnten sie nicht mehr ohne auskommen. Und wenn sie es doch versuchten, bezahlten sie mit furchtbaren Magenkrämpfen. Ein besonders eingefleischter Opiumraucher schaffte fünf Pfeifen am Tag, aber nach fünf Jahren war er tot.

In Hongkong schossen diese Opiumhöhlen wie die Pilze aus dem Boden und nun waren Mr Fix und Passepartout in eine ebensolche hineingeraten.

Passepartout hatte kein Geld bei sich, gern nahm er daher eine freundliche Leihgabe seines Begleiters an und versprach sie ihm beizeiten zurückzugeben.

Zwei Flaschen Portwein wurden bestellt. Passepartout sprach dem alkoholischen Getränk mit Freude zu, Mr Fix aber hielt sich sehr zurück, denn er wollte sein Gegenüber genauestens beobachten. Sie plauderten über dies und das, vor allem aber über Mr Fix' hervorragenden Idee sich ebenfalls auf der *Carnatic* einzuschiffen. Die beiden Flaschen waren geleert, und als der Name des Dampfers fiel, erinnerte sich Passepartout, dass das Schiff ja in wenigen Stunden ablegen würde und er unbedingt seinem Herrn Bescheid geben musste.

Fix hielt ihn zurück.

»Warten Sie«, sagte er.

»Was gibt es denn noch, Monsieur Fix?«

»Eine sehr ernste Angelegenheit.«

»Eine sehr ernste Angelegenheit!«, rief Passepartout und trank nun endgültig sein Glas leer. »Sprechen wir morgen darüber. Heute habe ich keine Zeit mehr.«

»Bleiben Sie«, sagte Mr Fix. »Es betrifft Ihren Herrn!«

Passepartout blickte Fix aufmerksam ins Gesicht. Dessen merkwürdiger Gesichtsausdruck beunruhigte ihn. Also setzte er sich wieder.

»Was wollen Sie mir denn sagen?«, fragte er.

Fix legte vertraulich seine Hand auf dessen Arm.

»Sie haben sicher schon erraten, wer ich bin?«, fragte er.

»Aber ja doch«, lächelte Passepartout.

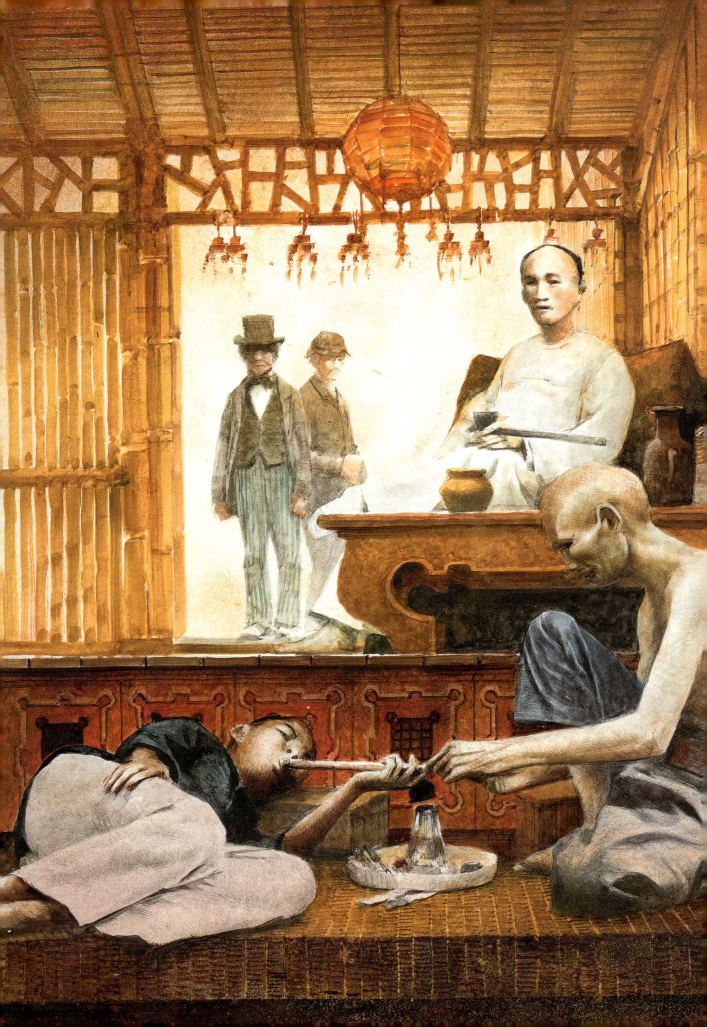

»Dann werde ich Ihnen jetzt die ganze Sache anvertrauen.«

»Anvertrauen? Wo ich doch eh schon alles weiß! Das hat aber keinen großen Sinn. Aber gut, wenn Sie unbedingt meinen … Ich sage Ihnen aber gleich, dass sich die Herren völlig umsonst in solche Kosten gestürzt haben!«

»Umsonst!«, rief Fix. »Sie sind ja gut. Mir scheint, Sie wissen überhaupt nicht, um welche Summe es sich hierbei handelt!«

»Aber natürlich weiß ich das«, entgegnete Passepartout. »Es geht um 20 000 Pfund!«

»55 000 Pfund!«, versetzte Mr Fix und drückte die Hand des Franzosen.

»Was!«, rief Passepartout. »Mr Fogg sollte 55 000 Pfund … 55 000 Pfund! Na gut, ein Grund mehr sich zu beeilen«, fügte er hinzu und machte Anstalten sich neuerdings zu erheben.

»55 000 Pfund«, wiederholte Fix und drückte Passepartout auf seinen Stuhl zurück. Er bestellte noch eine Flasche Brandy. »Und wenn mein Unternehmen glückt, dann verdiene ich daran eine Prämie von 2 000 Pfund. Ich gebe Ihnen 500 Pfund ab, wenn Sie mir helfen.«

»Ich Ihnen helfen?«, rief Passepartout, der die Augen nun unmäßig weit aufgerissen hatte.

»Gewiss, Sie sollen mir helfen Mr Fogg einige Tage in Hongkong festzuhalten.«

»Ha!«, machte Passepartout. »Das wäre ja noch schöner! Ist es vielleicht noch nicht genug damit, dass diese Herrschaften meines Herrn Ehre in Zweifel ziehen, und nun wollen sie ihm auch noch Hindernisse in den Weg legen? Ich muss mich für sie schämen!«

»Was reden Sie da eigentlich?«, fragte Mr Fix.

»Ich sage, dass es unanständig von diesen Herrschaften ist, Mr Fogg erst hereinlegen und ihm dann auch noch das Geld abjagen zu wollen!«

»Tja, das ist es aber, was wir erreichen wollen!«

»So eine Gemeinheit!«, schrie Passepartout. Inzwischen stieg ihm der Brandy zu Kopf, doch er trank weiter, ohne es zu merken. »Das ist wirklich gemein«, schimpfte er weiter. »Und das wollen Gentlemen sein … und Kollegen!«

Fix war nun vollends verwirrt.

Passepartout fuhr fort. »Kollegen! Mitglieder des Reform Clubs! Ich kann Ihnen versichern, Mr Fix: Mein Herr ist ein ehrenwerter Mann. Und wenn er eine Wette eingeht, dann ist es auch sein gutes Recht, sie auf ehrliche Weise zu gewinnen.«

»Sagen Sie, was meinen Sie eigentlich, wer ich bin?«, fragte Mr Fix und blickte Passepartout forschend in die Augen.

»Meine Güte! Natürlich ein Detektiv! Von den Mitgliedern des Reform Clubs abgestellt unsere Reiseroute zu überwachen, und das ist wirklich erniedrigend. Das habe ich schon vor einer ganzen Weile bemerkt und mich schwer zurückgehalten Mr Fogg etwas davon zu sagen.«

»Mr Fogg weiß nichts davon?«, hakte der Detektiv nach.

»Nein«, versetzte Passepartout und stürzte einen weiteren Brandy hinunter.

Der Detektiv rieb sich die Stirn. Ob es klug war weiterzusprechen? Er wusste nicht recht, wie er sich verhalten sollte. Passepartout sprach aus ehrlicher Überzeugung, das war klar, aber im Grunde machte das die Sache nur noch schwieriger. Andererseits musste er nun nicht mehr befürchten, dass Passepartout Mr Foggs Komplize war.

Nun gut, überlegte Fix, wenn er also nicht sein Komplize ist, dann wird er mir schon helfen. Zum zweiten Mal fasste Mr Fix den Entschluss dem Diener reinen Wein einzuschenken. Er musste Mr Fogg für einige Tage in Hongkong festhalten, koste es, was es wolle.

»Hören Sie«, sagte er knapp, »Sie irren sich. Ich bin kein Detektiv des Reform Clubs.«

»Ach«, sagte Passepartout und schaute ihn schelmisch an.

»Ich bin Polizei-Inspektor. Im Auftrag meiner Londoner Behörde…«

»Polizei-Inspektor! Sie!«

»Aber ja, ich kann es beweisen«, entgegnete Fix. »Hier mein Ausweis.«

Er hielt seinem Gegenüber ein Papier unter die Nase, das der Londoner Polizeichef unterzeichnet hatte.

Passepartout war vollkommen platt. Er brachte kein Wort mehr heraus.

»Die Wette des Mr Fogg«, erklärte Fix, »war nur ein Vorwand. Damit hat er Sie – wie übrigens auch die Mitglieder des Reform Clubs – getäuscht, denn es war außerordentlich wichtig für ihn, Sie in völliger Unwissenheit zu halten.«

»Ja, aber wieso denn?«, rief Passepartout.

»Ganz einfach. Am 28. September sind in der Bank von England 55 000 Pfund entwendet worden. Die Personenbeschreibung, die von dem Täter angefertigt wurde, passt bis aufs i-Tüpfelchen auf Ihren Herrn.«

»Da hört sich doch alles auf!«, platzte Passepartout heraus und schlug mit seiner kräftigen Faust auf den Tisch. »Mein Herr ist der ehrlichste Mensch der Welt!«

»Woher wollen Sie das schon wissen«, entgegnete Fix. »Sie kennen ihn doch kaum. Sie sind doch erst am Tag der Abreise in seine Dienste getreten. Und war es denn nicht so, dass er Hals über Kopf unter einem unsinnigen Vorwand und nur mit einer Tasche voller Banknoten aufgebrochen ist? Und Sie wollen behaupten, er sei ein ehrlicher Mensch?«

»Jaja«, konnte der arme Bursche nur noch ganz automatisch sagen.

»Möchten Sie also, dass ich Sie als seinen Komplizen einsperren lasse?«

Passepartout stützte den Kopf in die Hände. Er war nicht mehr wieder zu erkennen und er konnte dem Polizisten gar nicht in die Augen sehen. Phileas Fogg sollte ein Dieb sein, er, der Retter von Mrs Aouda, ein so ehrenwerter und tapferer Mann! Und was man ihm nicht alles vorwarf! Passepartout kämpfte die Zweifel, die sich nun doch in seinem Herzen regten, nieder. Er wollte nicht glauben, dass sein Herr das getan hatte.

»Und was wollen Sie von mir?«, fragte er schließlich mit viel Überwindung.

»Nun«, begann Mr Fix, »ich habe diesen Mr Fogg bis hierher verfolgt, aber ich halte den Haftbefehl noch nicht in Händen. Er muss erst noch aus London eintreffen. Sie müssen mir nun helfen diesen Mann in Hongkong eine Weile festzuhalten.«

»Ich soll…?«

»Dann teile ich mit Ihnen die 2 000 Pfund Belohnung, die die Bank von England ausgesetzt hat.«

»Niemals«, sagte Passepartout und wollte aufstehen, doch er fiel auf seinen Stuhl zurück. Er fühlte seine Kräfte und Sinne schwinden.

»Monsieur Fix«, stammelte er, »selbst wenn es stimmt, was Sie mir gesagt haben … wenn mein Herr wirklich der Dieb wäre, den Sie suchen … was ich aber heftig bestreite … ich war … ich stehe in seinen Diensten … ich weiß, wie gut und großherzig er ist. Ihn verraten … nein, niemals … das kann ich nicht … nicht um alles in der Welt. Ich komme nämlich aus einer Gegend, wo man auf solchen Lohn pfeift.«

»Sie weigern sich also?«

»Ich weigere mich.«

»Na schön. Dann tun wir so, als ob ich nichts gesagt hätte. Trinken wir noch ein Glas!«

»Trinken wir.«

Passepartout spürte, wie die Trunkenheit ihn allmählich übermannte. Fix, dem klar war, dass er ihn unter allen Umständen von seinem Herrn trennen musste, wollte, dass er nun vollends zusammenbrach. Auf dem Tisch lagen einige Opiumpfeifen. Fix drückte Passepartout eine in die Hand, der griff zu, führte sie an die Lippen und zündete sie an. Er nahm einige Züge und sackte im Rausch zusammen.

»Na endlich«, sagte Fix, als er sah, wie Passepartout das Bewusstsein verlor. »Fogg wird nichts von der vorverlegten Abfahrt der *Carnatic* erfahren, und falls er doch weiterreist, dann zumindest ohne diesen verwünschten Franzosen.«

Dann zahlte er und verließ das Lokal.

DAS ZWANZIGSTE KAPITEL

in welchem Mr Fix persönlich mit Mr Fogg zusammentrifft

Während sich in der Hafenkneipe jene Szene abspielte, die Mr Foggs Zukunft in unheilvolle Bahnen zu lenken drohte, promenierte er selbst mit Mrs Aouda durch die Straßen der englischen Stadt. Mrs Aouda hatte in die Weiterreise nach Europa eingewilligt und nun galt es, all jene Dinge zu besorgen, die auf einer so langen Reise benötigt wurden. Dass ein Engländer wie er selbst nur mit einer Reisetasche ausgestattet eine ganze Weltreise bestritt, mochte ja noch angehen; eine Dame aber musste besser ausgerüstet sein. So mussten also Kleider und einige weitere, für die Reise notwendige Dinge erworben werden.

Mr Fogg erledigte dies mit dem ihm eigenen Gleichmut und auf Mrs Aoudas zahlreiche Entschuldigungen – denn so viel Entgegenkommen verwirrte sie geradezu – entgegnete er den immer gleichen Satz: »Dies geschieht im Interesse meiner Reise und ist eingerechnet.«

Anschließend begaben sich Mr Fogg und die junge Dame ins Hotel zurück. Im Speisesaal nahmen sie ein vorzügliches Abendessen ein. Da sie ein wenig müde war, zog sich Mrs Aouda bald in ihr Zimmer zurück, nachdem sie ihrem unerschütterlichen Retter noch einmal »auf Englisch« die Hand gedrückt hatte.

Dieser hatte nun seinerseits den ganzen Abend für sich, um sich in die Lektüre der *Times* und der *Illustrated London News* zu versenken.

Wenn es in seiner Natur gelegen hätte sich über Dinge zu wundern, dann hätte er sich später am Abend fragen können, wo denn sein Diener abgeblieben war. Da er aber wusste, dass das Postschiff erst am nächsten Morgen ablegen würde, machte er sich weiter keine Gedanken. Am Morgen aber, als er nach ihm klingelte, erschien Passepartout nicht. Was hinter der Stirn des ehrenwerten Gentlemans vorging, als er erfuhr, dass sein Diener überhaupt nicht in das Hotel zurückgekehrt war, vermochte niemand zu sagen. Mr Fogg ergriff lediglich seine Reisetasche, ließ Mrs Aouda herunterbitten und bestellte eine Sänfte.
Es war acht Uhr, die Flut, welche die *Carnatic* zur Ausfahrt abwarten musste, erwartete man um 9 Uhr 30.
Mrs Fogg und Mrs Aouda bestiegen das bequeme Fortbewegungsmittel, das Gepäck wurde auf einem Handkarren transportiert.
Eine halbe Stunde später stiegen die Reisenden am Anlegesteg aus und nun erfuhr Mr Fogg, dass die *Carnatic* bereits am Vorabend abgelegt hatte. Mr Fogg hatte erwartet, am Kai sowohl seinen Diener als auch den Dampfer vorzufinden und sah sich nun dem Fehlen beider gegenüber. In seinem Gesicht war nicht die Spur von Enttäuschung zu lesen. Mrs Aouda warf ihm einen beunruhigten Blick zu, doch er bemerkte lediglich:
»Ein kleiner Zwischenfall, Madame, sonst nichts.«
Da trat ein Mann, welcher den Gentleman schon seit geraumer Zeit beobachtet hatte, heran. Es war Inspektor Fix. Er grüßte und sagte:
»Sind Sie nicht auch einer der Passagiere der *Rangoon* und wie ich gestern hier eingetroffen?«
»Doch«, antwortete Mr Fogg kühl. »Aber ich hatte nicht die Ehre...«
»Oh Verzeihung, ich glaubte hier Ihren Diener zu treffen.«
»Wissen Sie etwa, wo er ist?«, fragte die junge Frau mit lebhaftem Interesse.
»Ach«, machte Fix und spielte den Überraschten, »er ist überhaupt nicht bei Ihnen?«
»Nein«, entgegnete Mrs Aouda. »Seit gestern ist er verschwunden. Sollte er etwa allein mit der *Carnatic* weitergefahren sein?«
»Ohne Sie, Madame?«, erwiderte der Inspektor. »Aber erlauben Sie mir eine Frage: Gedachten Sie denn mit dem Postschiff zu reisen?«
»Durchaus, Monsieur.«
»Auch ich, Madame, und ich bin wirklich sehr enttäuscht. Die Reparaturarbeiten auf der *Carnatic* waren vorzeitig abgeschlossen worden, und so verließ sie den Hafen zwölf Stunden früher als vorgesehen, ohne dass die Passagiere benachrichtigt worden wären. Nun heißt es acht Tage auf das nächste Schiff warten.«
Bei den Worten »acht Tage« hüpfte Fix' Herz vor Freude. Acht Tage! Acht Tage saß Phileas Fogg nun in Hongkong fest! Und das war Zeit genug, geruhsam auf den Haftbefehl zu warten. Endlich war das Glück auf der Seite des Gesetzesvertreters.
Was Mr Fogg nun seelenruhig entgegnete, traf ihn wie ein Faustschlag.
»Es wird doch wohl im Hafen von Hongkong auch noch andere Schiffe geben.«
Mit diesen Worten reichte er Mrs Aouda seinen Arm und begab sich zu den Docks, um ein abfahrbereites Schiff zu finden.
Fix war am Boden zerstört. Dennoch folgte er ihm, als ob er durch ein unsichtbares Band an jenen Mann gefesselt wäre.

Und doch sah es so aus, als ob sich das Glück nun von Phileas Fogg abwenden wollte, dem es die ganze Zeit hold war. Drei Stunden lang streifte Mr Fogg durch den Hafen, denn er war entschlossen irgendein Schiff für die Reise nach Yokohama aufzutreiben, doch immer wurden die Schiffe gerade be- oder entladen, würden also nicht so schnell ablegen können. In Mr Fix keimte wieder Hoffnung auf.

Mr Fogg ließ sich nicht aus der Fassung bringen. Er würde ein Schiff finden, und wenn er erst nach Macao müsste! Da trat im Außenhafen ein Seemann auf ihn zu.

»Braucht der Herr vielleicht ein Boot?«, fragte er, indem er seine Mütze zog.

»Haben Sie ein Boot, das abfahrtbereit wäre?«, fragte Mr Fogg.

»Ja, der Herr. Ein Lotsen-Boot. Die Nr. 43, das beste Boot der ganzen Flotte.«

»Kommt es schnell voran?«

»Acht bis neun Meilen. Möchten Sie es sehen?«

»Ja.«

»Der Herr wird zufrieden sein. Sie möchten eine Rundfahrt machen?«

»Nein. Eine Seereise.«

»Eine Seereise?«

»Würden Sie mich nach Yokohama bringen?«

Der Seemann ruderte mit den Armen und riss die Augen auf.

»Der Herr belieben zu scherzen!«, rief er.

»Durchaus nicht. Ich habe die Abfahrt der *Carnatic* versäumt, muss aber spätestens am 14. in Yokohama sein, um das Postschiff nach San Francisco zu erreichen.«

»Tut mir Leid«, sagte der Lotse, »aber das ist unmöglich.«

»Ich biete Ihnen 100 Pfund am Tag zuzüglich einer Prämie von 200 Pfund, wenn ich rechtzeitig ankomme.«

»Ist das wirklich Ihr Ernst?«, fragte der Lotse.

»Mein voller Ernst«, versicherte Phileas Fogg.

Der Seemann trat beiseite. Er blickte auf das Meer hinaus und man sah ihm an, dass er hin- und hergerissen war zwischen dem Wunsch, ein so überaus stolzes Sümmchen zu verdienen, und seiner Furcht sich auf die weite Fahrt einzulassen. Fix stand wahre Todesqualen aus.

Mr Fogg wandte sich nun an Mrs Aouda.

»Sie werden doch keine Angst haben, Madame?«, fragte er sie.

»In Ihrer Nähe nicht, Monsieur«, entgegnete die junge Frau.

Seine Mütze in den Händen drehend, schritt der Lotse auf Mr Fogg zu.

»Nun, und?«, fragte Mr Fogg.

»Die Sache ist die«, sagte der Matrose, »ich könnte es nicht verantworten, unser sowie das Leben meiner Männer bei einer derart langen Reise mit einem Schiff von weniger als 20 Tonnen aufs Spiel zu setzen. Schon gar nicht in dieser Jahreszeit. Zudem würden wir ohnehin zu spät kommen, denn bis nach Yokohama sind es 1 650 Meilen.«

»Nur 1 600«, sagte Mr Fogg.

»Das kommt auf das Gleiche heraus.«

Fix atmete auf.

»Aber«, fuhr der Lotse fort, »ich könnte Ihnen einen anderen Vorschlag machen, mein Herr.«

Fix atmete gar nicht mehr.

»Nämlich?«, sagte Mr Fogg.

»Wir fahren nur bis Nagasaki. Das liegt an der äußersten Südspitze von Japan und wir hätten nur 1 100 Meilen. Besser noch nach Shanghai. Dann hätten wir 800 Meilen, könnten uns immer nahe der chinesischen Küste halten, was von Vorteil wäre, und zudem die Nordströmung nutzen.«

»Herr Lotse«, entgegnete Mr Fogg, »ich muss nach Yokohama, um das Postschiff zu erreichen, nicht nach Nagasaki oder Shanghai!«

»Und warum nicht?«, versetzte der Lotse. »Das Postschiff nach San Francisco macht in Yokohama nur einen Zwischenstopp. Ebenso in Nagasaki. Sein Ausgangshafen ist Shanghai.«

»Sind Sie da absolut sicher?«

»Absolut.«

»Und wann legt das Schiff in Shanghai ab?«

»Am 11., um sieben Uhr abends. Wir haben also vier Tage Zeit. Vier Tage sind 96 Stunden. Bei ruhigem Seegang und anhaltendem Südostwind können wir die 800 Meilen bis Shanghai schaffen.«

»Und wann könnten Sie aufbrechen?«

»In einer Stunde. Zuvor muss noch eingekauft und klar Schiff gemacht werden.«

»Abgemacht. Sind Sie der Kapitän?«

»Der bin ich. John Bunsby, Eigner der *Tankadère*.«

»Benötigen Sie einen Vorschuss?«

»Wenn es dem Herrn nichts ausmacht.«

»Gut. Hier haben Sie 200 Pfund«, sagte Mr Fogg und wandte sich an Fix: »Wenn Sie mit uns kommen wollen …«

»Ich wollte Sie gerade um diesen Gefallen bitten«, sagte er entschlossen.

»Einverstanden. In einer halben Stunde gehen wir an Bord.«

»Aber der arme junge Bursche …«, warf Mrs Aouda ein, die über Passepartouts Verschwinden äußerst beunruhigt war.

»Ich werde alles für ihn tun, was in meiner Macht steht«, versicherte Phileas Fogg.

Mr Fix war wütend, nervös und unruhig. Er begab sich bereits zu dem Lotsenschiff, während Mr Fogg zusammen mit Mrs Aouda die Polizeistation von Hongkong aufsuchte. Phileas Fogg gab eine Personenbeschreibung seines Dieners ab und deponierte eine Summe Geldes, die für Passepartouts Heimreise ausreichen würde. Die gleichen Formalitäten erledigte er noch einmal auf dem französischen Konsulat. Dann ließen sie sich zum Außenhafen zurückbringen.

Es schlug drei Uhr. Das Lotsenboot Nr. 43 war abfahrtsbereit. Die Vorräte waren verstaut, die Mannschaft befand sich an Bord.

Die *Tankadère* bot einen hübschen Anblick. Man hätte sie fast für eine Rennyacht halten können. Sie war ein kleiner Schoner von etwa 20 Bruttoregistertonnen mit äußerst schnittigen Formen und einem schmal zulaufenden Bug. Blank polierte Kupferbeschläge, galvanisierte Eisenteile und seine blitzend weiß gescheuerte Brücke sprachen dafür, dass sich der Eigner John Bunsby gut auf die Instandhaltung seines Schiffes verstand. Ihre beiden Masten waren leicht nach hinten geneigt. Mit allerlei Arten Segeln ausgestattet, konnte die *Tankadère* auch noch die Breitfock setzen, wenn Rückenwind herrschte. Sie war ohne Zweifel sehr schnell. Tatsächlich hatte sie bei Wettfahrten der Lotsenboote schon einige Preise errungen.

Neben John Bunsby umfasste die Mannschaft noch vier Matrosen. Alle fünf waren hartgesottene Seeleute, die sich ungeachtet Wind und Wetter noch auf See hinauswagten, um andere Schiffe in den Hafen zu bringen. Mit dem Meer waren sie alle sehr tief vertraut. John Bunsby war ein Mann von etwa 45 Jahren. Auf sein Handwerk verstand er sich gut. Braun gebrannt und kräftig, mit seinen lebhaften Augen und dem entschlossenen Gesicht wirkte er so vertrauenerweckend, dass selbst der ängstlichste Passagier beruhigt war.

Phileas Fogg und Mrs Aouda gingen an Bord. Fix hatte sich bereits eingefunden. Übers Achterdeck stieg man in einen quadratischen Raum hinab. Es gab dort Halterungen für Hängematten an den Wänden und in der Mitte stand ein Tisch, der von einer Sturmlaterne erhellt wurde. Es war klein, aber gemütlich.

»Ich bedaure, dass ich Ihnen nichts Besseres anzubieten habe«, sagte Mr Fogg zu Fix, der sich nur wortlos verbeugte.

Es war demütigend für den Polizei-Inspektor, auch noch auf Mr Foggs Gefälligkeiten angewiesen zu sein.

Zugegeben, er ist ein ziemlich zuvorkommender Schuft, dachte Fix. Aber ein Schuft ist er trotzdem.

Um zehn Minuten nach drei wurden die Segel gesetzt. Die englische Flagge flatterte hoch oben an einem der Maste. Die Passagiere hatten an Deck Platz genommen. Mr Fogg und Mrs Aouda ließen den Blick noch einmal über den Kai schweifen, um zu sehen, ob Passepartout nicht doch noch kam.

Fix war äußerst unwohl in seiner Haut, denn es war nicht ausgeschlossen, dass Passepartout noch auftauchte. Und so übel, wie er den Burschen behandelt hatte, würde es gewiss eine Auseinandersetzung geben, die für den Detektiv alles andere als angenehm verlaufen würde. Doch der Franzose blieb verschwunden. Zweifelsohne stand er noch immer unter der Wirkung des Opiums.

Schließlich steuerte John Bunsby die *Tankadère* aufs offene Meer hinaus. Die Segel blähten sich im Wind und das Schiff glitt schwungvoll über die Wellen dahin.

DAS EINUNDZWANZIGSTE KAPITEL

in welchem eine Belohnung von 200 Pfund für den Eigner der »Tankadère« auf dem Spiel steht

Es war ein abenteuerliches Unterfangen, die 800 Meilen auf dem 20-Tonner zurückzulegen, besonders in dieser Jahreszeit. Das Chinesische Meer ist mit seinen starken Winden im Allgemeinen äußerst unberechenbar. Noch gefährlicher war es aber während der Zeit der Tagundnachtgleiche und man befand sich in den ersten Novembertagen.

Ohne Zweifel hätte der Kapitän das Geschäft seines Lebens gemacht, wenn er die Passagiere nach Yokohama gefahren hätte. Doch es wäre ein zu riskantes Unternehmen gewesen. Schon bis nach Shanghai zu reisen war tollkühn genug! John Bunsby aber setzte volles Vertrauen in seine *Tankadère*, die geschwind wie eine Möwe über die Fluten glitt.

In den letzten Stunden dieses Tages steuerte die *Tankadère* noch durch die launischen Fahrrinnen vor Hongkong, doch sie hielt sich, gleich ob mit dem Wind oder gegen den Wind, prächtig.

»Es erübrigt sich gewiss, Sie zu bitten so schnell wie möglich zu fahren«, sagte Mr Fogg zu John Bunsby, als der Lotse sein Schiff in die offene See hinausrichtete.

»Der Herr kann sich voll und ganz auf mich verlassen«, antwortete John Bunsby. »Wir haben so viele Segel gesetzt, wie unter diesen Windverhältnissen möglich. Die Gaffeltoppsegel brächten uns keinen Vorteil, sie würden uns eher noch bremsen.«

»Das ist Ihre Entscheidung, nicht meine. Ich verlasse mich auf Sie.«

Aufrecht und breitbeinig wie ein Matrose stand Phileas Fogg an Deck und beobachtete das lebhafte Meer. Mrs Aouda hatte im Heck des Schiffes Platz genommen. Sie betrachtete den Ozean, der in der Dämmerung düster wirkte. Auf diesem zerbrechlichen Schiff sollte sie ihn also überqueren. Und über ihrem Kopf blähten sich die weißen Segel, die sie wie weite Schwingen hinaustrugen, als würde der Schoner durch die Lüfte schweben. All dies berührte sie tief.

Dann kam die Nacht. Der Mond hatte sein erstes Viertel voll gemacht. Bald würde sein schwaches Licht von den Nebelbänken am Horizont verschluckt werden. Von Osten her zogen Wolken rasch heran und hatten den Himmel bereits über weite Flächen bedeckt.

Der Lotse setzte seine Positionslichter. In solch befahrenen Gewässern war dies eine unerlässliche Vorsichtsmaßnahme, denn es kam nicht selten zu Zusammenstößen. Bei der Geschwindigkeit des Schoners hätte ein leichter Stoß bereits genügt, um sie zum Kentern zu bringen.

Fix hing im Bug seinen Gedanken nach. Er hielt sich etwas abseits, da er wusste, dass Mr Fogg nicht eben gesprächig war. Zudem war es ihm zuwider, mit diesem Herrn auch noch sprechen zu müssen. Es war schon schlimm genug, dass er sich von ihm helfen lassen musste! Er überlegte, wo die ganze Sache hinführen sollte. Es war so gut wie sicher, dass dieser Kerl nicht in Yokohama blieb, sondern umgehend das Postschiff nach San Francisco besteigen würde, um nach Amerika zu kommen. Das weite Land verhieß Sicherheit und Straffreiheit, denn dort konnte er ohne weiteres untertauchen. Phileas Fogg hatte sich das wirklich sehr gut ausgedacht.

Anstatt sich in England gleich nach Amerika einzuschiffen, wie es jeder gewöhnliche Verbrecher getan hätte, zog es dieser Fogg vor, erst einmal drei Viertel des Erdballs zu überqueren, denn das war wahrhaftig der sicherste Weg, um nach Amerika zu kommen. War die Polizei erst einmal abgeschüttelt, konnte er sich dort in aller Ruhe an dem gestohlenen Geld weiden. Was konnte Fix also unternehmen, wenn sie in Amerika angelangt waren? Sollte er ihn etwa laufen lassen? Oh nein, 100-mal nein! Er würde ihn nicht aus den Augen lassen, bis ein Auslieferungsbescheid vorlag. Das war seine Pflicht und er würde sie um jeden Preis erfüllen. Ein glücklicher Umstand war ja bereits eingetreten: Passepartout war von seinem Herrn getrennt und nach allem, was Fix ihm anvertraut hatte, durften sie sich auf keinen Fall mehr begegnen.

Auch Phileas Fogg machte sich inzwischen Gedanken um seinen Diener, denn dessen Verschwinden war doch merkwürdig. Von allen Möglichkeiten schien noch die wahrscheinlichste, dass er im letzten Moment an Bord der *Carnatic* gegangen war. Dieser Ansicht war auch Mrs Aouda, die das Schicksal des aufrichtigen Dieners, dem sie so viel zu verdanken hatte, aufrichtig bedauerte.

Vielleicht würde man ja in Yokohama wieder zusammentreffen. Auf jeden Fall aber ließ sich dort in Erfahrung bringen, ob er sich tatsächlich auf der *Carnatic* eingeschifft hatte.

Gegen zehn Uhr kam plötzlich heftiger Wind auf. Es wäre vielleicht klug gewesen, die Segel zu reffen, doch der Lotse betrachtete eingehend den Himmel und ließ die Segel, wie sie waren. Dank ihres großen Tiefgangs lag die *Tankadère* auch jetzt noch gut im

Wasser. Falls es tatsächlich Böen gab, konnten die Segel immer noch schnell gerefft werden.

Gegen Mitternacht begaben sich Phileas Fogg und Mrs Aouda in die Kabine hinab. Fix war schon vorausgegangen und hatte es sich zum Schlafen bequem gemacht. Die Mannschaft blieb die ganze Nacht an Deck.

Bei Sonnenaufgang des nächsten Morgens, es war der 8. November, hatte der Schoner bereits mehr als 100 Meilen zurückgelegt. Das Log, das in kurzen Abständen ausgeworfen wurde, verzeichnete eine Durchschnittsgeschwindigkeit von acht bis neun Meilen. Bei mächtig geblähten Segeln erreichte die *Tankadère* ihre Höchstleistung. Wenn sich die Windverhältnisse nicht änderten, standen die Chancen wahrhaft nicht schlecht.

Die *Tankadère* hielt sich den ganzen Tag in Küstennähe und profitierte von den dortigen Strömungen. Wenn die dichten Wolken aufrissen, wurde die unregelmäßige Küstenlinie an Backbord sichtbar, denn die Entfernung betrug höchstens fünf Meilen. Da der Wind vom Lande her blies, war die See etwas ruhiger. Für Schiffe wie die *Tankadère* war dies von Vorteil, denn Brandungswellen können ihnen stark zusetzen, sie »töten«, wie die Seefahrer sagen, auf jeden Fall aber ihre Geschwindigkeit merklich herabsetzen.

Gegen Mittag flaute der Wind ein wenig ab und drehte auf Südwest. Nun ließ der Lotse doch die Gaffeltoppsegel hissen; doch zwei Stunden später musste er sie wieder einholen, weil der Wind von neuem auffrischte.

Da sie von der Seekrankheit verschont waren, aßen Mr Fogg und die junge Frau mit gutem Appetit von den Konserven und dem Schiffszwieback an Bord. Mr Fix luden sie ein an ihrer Mahlzeit teilzunehmen. Tatsächlich blieb ihm nichts weiter übrig als anzunehmen, denn er war klug genug, um zu wissen, dass der Magen ebenso wie das Schiff ein wenig Ladung brauchte. Doch es kostete ihn einige Überwindung. Auf Kosten dieses Mannes zu reisen, sich von diesem Geld ernähren zu lassen, das war doch fast schon unanständig. Er aß notgedrungen mit – aber nur ganz wenig.

Nach dem Essen sah er sich veranlasst Mr Fogg beiseite zu nehmen.

»Mein Herr«, sagte er – wobei der »Herr« ihm kaum über die Lippen kam, denn am liebsten hätte er den »Herrn« verhaftet –, »es war sehr zuvorkommend von Ihnen, mir diese Mitfahrt zu ermöglichen. Zwar verfüge ich nicht über annähernd so weit reichende Mittel wie Sie, es versteht sich aber von selbst, dass ich Ihnen meinen Anteil erstatten werde...«

»Sprechen wir nicht mehr davon.«

»Ich bestehe aber darauf.«

»Nein«, sagte Mr Fogg in einer Entschiedenheit, die keine Widerrede duldete. »Das fällt unter ›sonstige Ausgaben‹.«

Fix konnte sich nur noch verbeugen, er war sprachlos. Dann zog er sich in den Bug zurück und sprach den ganzen weiteren Tag kein Wort mehr.

Das Schiff kam gut voran. John Bunsby war zuversichtlich. Immer wieder versicherte er Mr Fogg, dass sie rechtzeitig in Shanghai eintreffen würden. Mr Fogg entgegnete lediglich, dass auch er davon ausgehe. Die in Aussicht gestellte Belohnung beflügelte die Mannschaft. Nicht eine Leine war schlaff, kein Segel, das nicht vorbildlich gesetzt wor-

den wäre; kein einziges Schlingern des Steuers. Selbst bei einer Regatta des Königlichen Jacht-Clubs hätte es nicht vorschriftsmäßiger zugehen können.

Am Abend stellte der Lotse anhand des Logs fest, dass sie seit der Abfahrt aus Hongkong bereits 220 Meilen zurückgelegt hatten. So konnte Phileas Fogg hoffen, dass er von Yokohama an wieder mit seinem Reiseplan im Gleichklang sein würde. Es sah also ganz so aus, als würde der erste ernsthafte Zwischenfall seit seiner Abreise aus London keinerlei Folgen zeitigen.

Im Laufe der Nacht, gegen Morgen, fuhr die *Tankadère* in die Fukien-Straße ein, welche die Insel Formosa vom chinesischen Festland trennt, und passierte somit den Wendekreis des Krebses. In dieser Region war die See rau, die *Tankadère* hatte mit Wirbeln, Gegenströmungen und Brechern zu kämpfen. Sie verlor an Geschwindigkeit. An Deck wurde es schwierig, sich auf den Beinen zu halten.

In der Morgendämmerung wurde der Wind wieder stärker. Der Himmel sah nach Sturm aus und auch das Barometer schwankte und ließ auf einen Wetterumschwung schließen. Im Südosten erhob sich das Meer in langen Schlagwellen, die überdeutlich nach Unwetter aussahen, und am vergangenen Abend war die Sonne in einer Wand von rotem Dunst über dem phosphoreszierend schillernden Meer versunken.

Lange prüfte der Lotse den bedrohlich wirkenden Himmel, wobei er unverständliche Worte vor sich hin murmelte. Als er in Mr Foggs Nähe stand, sagte er mit gedämpfter Stimme: »Ich kann offen mit Ihnen sprechen?«

»Natürlich.«

»Nun gut. Es wird Sturm geben.«

»Aus Nord oder aus Süd?«, erkundigte sich Mr Fogg lediglich.

»Aus Süd. Sehen Sie, dort braut sich ein regelrechter Taifun zusammen.«

»Von Süden? Gut. Er schiebt uns also in die richtige Richtung.«

»Wenn Sie die Sache so sehen wollen, dann gibt es nichts weiter dazu zu sagen«, entgegnete der Lotse.

John Bunsbys Vorhersage traf ein. In einer früheren Jahreszeit wäre der Taifun – wie es ein berühmter Meteorologe einst beschrieb – wie ein Funkenregen vorübergezogen. An der winterlichen Tagundnachtgleiche stand aber weit Schlimmeres zu befürchten. Der Lotse ergriff schon frühzeitig seine Vorsichtsmaßnahmen. Er ließ sämtliche Segel reffen. Die Rahen und der Mast des Gaffeltoppsegels wurden niedergelegt, der Klüverbaum verstaut. Danach dichtete die Mannschaft die Lukendeckel sorgfältig ab, damit kein Wasser in den Schiffsbauch dringen konnte. Ein einziges starkes Segel blieb gehisst. Dann konnte man nur abwarten.

John Bunsby hatte seine Passagiere ersucht in der Kajüte zu bleiben, doch der kleine, fast luftdicht verschlossene Raum, der heftig schwankte, bot in etwa so viel Gemütlichkeit wie eine Gefängniszelle. Und so hatten sowohl Mr Fogg als auch Mrs Aouda und Mr Fix darauf bestanden, an Deck zu bleiben.

Um acht Uhr brach das Unwetter mit Sturm und Regen los. Obwohl sie nur ein winziges Segel gehisst hatte, wurde die *Tankadère* wie eine Feder im Wind von jenen Sturmböen hin- und hergeworfen, von deren Heftigkeit man sich keinen Begriff machen könnte. Wollte man die Geschwindigkeit des Schiffes mit dem Vierfachen einer Lokomotive unter Volldampf vergleichen, so wäre das noch immer nicht übertrieben.

Während des ganzen Tages jagte das Boot auf den Wellen Richtung Norden. Schon 20-mal hatte sich hinter dem Heck das Wasser aufgetürmt und gedroht das Schiff zu begraben, doch immer konnte John Bunsby durch seine geschickte Handhabung des Steuers die Katastrophe gerade noch verhindern. Gleichmütig ließen die Passagiere das Niederprasseln der Gischt über sich ergehen. Fix fluchte zwar im Innern vor sich hin, doch die tapfere Mrs Aouda bestand das Unwetter an Mr Foggs Seite. Die Augen fest auf ihn, dessen Ruhe und Festigkeit sie einmal mehr bewundern musste, gerichtet, stand sie ihm in nichts nach. Phileas Fogg selbst sah ganz so aus, als wäre der Taifun »eingerechnet«.

Bis jetzt hatte die *Tankadère* ihren Nordkurs halten können, doch gegen Abend drehte der Wind, wie zu befürchten gewesen war, auf Nordwest. Die Wogen packten das Schiff an der Breitseite und warfen es furchtbar hin und her. Wer nicht wusste, mit welcher Sorgfalt die einzelnen Schiffsteile zusammengefügt werden, der musste in Todesangst verfallen.

Als es dunkel wurde, nahm der Sturm an Gewalt noch einmal zu. Selbst John Bunsby begann der Mut zu sinken. War es nicht besser, an Land zu gehen? Er beriet sich mit seiner Mannschaft. Dann ging er zu Mr Fogg und sagte, gegen den Sturm anschreiend: »Ich glaube, mein Herr, es wäre angeraten, einen Hafen anzulaufen.«

»Ganz meine Meinung«, entgegnete Phileas Fogg.

»Gut«, sagte der Lotse, »nur welchen?«

»Es käme nur einer in Frage.«

»Und welcher?«

»Shanghai.«

Es dauerte eine Weile, bis der Lotse die Antwort und die dahinter verborgene Unbeugsamkeit begriffen hatte. Dann brüllte er: »Ja, natürlich, der Herr hat Recht. Also nach Shanghai!«

Und die *Tankadère* hielt unerschütterlich ihren Kurs nach Norden.

Die Nacht war fürchterlich! Es war ein Wunder, dass der kleine Schoner nicht kenterte. Zweimal war die Lage so ernst, dass die Wellen alles von Bord gespült hätten, wären da nicht die Haltetaue gewesen. Mrs Aouda war vollkommen erschlagen, doch sie beklagte sich nicht. Mehr als einmal musste Mr Fogg sich über sie werfen, um sie vor der Gewalt der Wasser zu schützen.

Als der Tag anbrach, tobte das Unwetter mit unverminderter Kraft fort, aber zumindest drehte der Wind auf Südost. Und das war gut, denn er schob das Schiff nun wieder in der gewünschten Richtung voran. Allerdings lag das Schiff nun zwischen Brechern, die in Strömung und Gegenströmung aufeinander prallten, weil der Wind gedreht hatte. Der Schoner war schweren Stößen ausgesetzt und ein weniger stabiles Schiff wäre ohne Zweifel zerstört worden.

Ab und zu wurde die Küste sichtbar, wenn die Nebelbank aufriss, doch es war kein einziges Schiff zu sehen. Die *Tankadère* war ganz allein auf See.

Gegen Mittag schien es, als würde sich das Wetter beruhigen, bei Sonnenuntergang konnte man gewisslich damit rechnen.

Das Unwetter war zwar heftig, dafür aber von verhältnismäßig kurzer Dauer gewesen. Die Passagiere waren am Ende ihrer Kräfte. Aber nun konnten sie zumindest wieder etwas Nahrung zu sich nehmen und ein wenig ausruhen.

Die Nacht verlief einigermaßen ruhig. Der Lotse ließ einen Teil der Segel setzen und der Schoner erreichte wieder ein beträchtliches Tempo. Am nächsten Morgen, es war der 11., kam Land in Sicht. John Bunsby konnte verkünden, dass keine 100 Meilen mehr bis Shanghai fehlten.

Nur 100 Meilen – aber auch nur ein einziger Tag, um sie zurückzulegen. Am Abend musste Mr Fogg in Shanghai sein, wenn er den Dampfer nach Yokohama erreichen wollte. Hätte es das Unwetter nicht gegeben, das die *Tankadère* einige Stunden gekostet hatte, wäre man in diesem Augenblick nur noch 30 Meilen von Shanghai entfernt gewesen.

Der Wind ließ spürbar nach, auch die See wurde ruhiger. Sämtliche Segel wurden gesetzt und das Meer schäumte unter dem Bug des Schiffes.

Gegen Mittag war die *Tankadère* nur noch 45 Meilen von Shanghai entfernt. Es blieben noch sechs Stunden bis zur Abfahrt des Postschiffs.

An Bord brach hektische Betriebsamkeit aus. Man wollte um jeden Preis rechtzeitig ankommen. Jedem – außer Phileas Fogg, versteht sich – schlug das Herz bis zum Hals. Der Schoner musste neun Meilen in der Stunde schaffen. Aber der Wind wurde immer schwächer, blies schließlich nur noch in unregelmäßigen Böen von der Küste her! Doch das Schiff war so leicht, seine Segel so stabil und es lag so gut in der Strömung, dass John Bunsby um sechs Uhr verkünden konnte, dass nunmehr nur noch zehn Meilen fehlten.

Um sieben Uhr fehlten noch immer drei Meilen. John Bunsby stieß einen mächtigen Fluch aus, denn es schien, als würde ihm die Belohnung nun doch entwischen. Er blickte zu Mr Fogg hinüber, doch der war wie immer vollkommen reglos, obwohl in jenem Moment sein gesamtes Vermögen auf dem Spiel stand.

Und da schob sich ein länglicher schwarzer Rumpf über die Wasseroberfläche. Über ihm hing eine Rauchfahne. Es war das amerikanische Postschiff, das pünktlich in Shanghai abgelegt hatte.

»Verdammt«, rief John Bunsby und riss verzweifelt am Steuer.

»Signale geben!«, sagte Phileas Fogg gelassen.

Im Bug der *Tankadère* befand sich eine kleine Bronzekanone. Wenn starker Nebel herrschte, konnte man Warnsignale damit geben.

Die Kanone wurde bis zum Anschlag geladen. Als der Lotse schon Feuer geben wollte, sagte Phileas Fogg: »Notsignale setzen!«

Die Flagge wurde auf halbmast gesetzt, das Zeichen für »Schiff in Not«. Es stand zu hoffen, dass das amerikanische Dampfschiff dies bemerkte und kurz von seinem Kurs abwich, um dem Schoner zu Hilfe zu kommen.

»Feuer!«, sagte Mr Fogg.

Und der Knall der kleinen Bronzekanone erschütterte die Luft.

DAS ZWEIUNDZWANZIGSTE KAPITEL

in welchem Passepartout feststellen muss, dass man auch auf der anderen Seite des Erdballs nicht ohne Geld auskommen kann

Die *Carnatic* hatte Hongkong am 7. November um 6 Uhr 30 abends verlassen. Mit voller Kraft hielt sie Kurs auf Japan. Sie hatte Handelswaren und Passagiere an Bord genommen. Zwei Kabinen im Heck waren nicht besetzt worden, es waren jene, die auf den Namen Phileas Fogg gebucht worden waren.

Am Morgen des nächsten Tages entdeckten die Leute im Vorderdeck, nicht ohne einiges Erstaunen, einen seltsamen Passagier. Sein Blick war stumpf, schwankend sein Gang und sein Haar zerrauft. Er war aus der zweiten Klasse aufgetaucht und saß nun auf einem Mastbaum zusammengekauert.

Dieser Passagier war Passepartout. Folgendes hatte sich zugetragen.

Nachdem Fix die Opiumhöhle verlassen hatte, waren sogleich zwei Kellner herbeigekommen und hatten Passepartout, der in tiefem Rausch lag, zu den anderen Schläfern auf das Bett gelegt. Schon nach drei Stunden war Passepartout wieder erwacht, denn eine fixe Idee hatte ihn bis in seine Opiumträume hinein nicht zur Ruhe kommen lassen. Er hatte noch etwas zu erledigen! Verbissen kämpfte er gegen seine Benommenheit an. Er stand auf, taumelte, musste sich an den Wänden stützen, fiel und rappelte sich wieder hoch, doch von seinem Instinkt getrieben taumelte er ins Freie. Immer wieder, wie im Rausch, rief er: »Die *Carnatic!* Die *Carnatic!*«

Das Schiff stand mit dampfendem Schornstein am Kai, es war abfahrtbereit. Es fehlten nur noch wenige Schritte. Er schwang sich auf die Pontonbrücke, kletterte mit letzter Kraft an Deck und brach schließlich bewusstlos zusammen. Für die Matrosen war dies kein ungewöhnlicher Anblick. Sie schafften den armen Burschen in eine Kabine der zweiten Klasse, wo Passepartout bis zum nächsten Morgen durchschlief. Als er erwachte, war er bereits 150 Meilen von der chinesischen Küste entfernt.

So war es also gekommen, dass Passepartout an jenem Morgen an Deck der *Carnatic* saß und mit vollen Zügen die frische Seeluft genoss, denn sie machte ihn nüchtern. Nach und nach gelang es ihm, sich an die Ereignisse des Vortags zu erinnern, er entsann sich der Opiumhöhle, der Eröffnungen des Detektivs und was sonst noch damit zusammenhing.

»Scheinbar war ich ja furchtbar berauscht«, sagte er sich. »Was wird Mr Fogg dazu sagen? Na, auf jeden Fall habe ich das Schiff noch erwischt, und das ist ja die Hauptsache.«

Dann dachte er an Mr Fix: »Was den betrifft, so will ich doch hoffen, dass wir ihn ein für alle Mal los sind. Nach allem, was er mir erzählt hat, wird er uns wohl kaum auch noch auf der *Carnatic* hinterherlaufen. Ein Polizei-Inspektor! Ein Detektiv, angesetzt auf meinen Herrn, weil er angeblich die Bank von England beraubt hat! Also wirklich! Mr Fogg ist ebenso sicher ein Dieb, wie ich ein Mörder bin.«

Sollte er Mr Fogg alles erzählen? War es nicht angebracht, ihn über Mr Fix aufzuklären? Oder sollte er nicht besser bis London warten und ihm dann berichten, dass ihm die ganze Zeit über ein Londoner Polizei-Inspektor auf den Fersen war, und dann herzlich mit Mr Fogg darüber lachen? Er musste sich diese Frage noch mal durch den Kopf gehen lassen. Zunächst einmal war es angeraten, Mr Fogg aufzusuchen und sich für sein unsägliches Verhalten zu entschuldigen.

Passepartout stand auf. Die See war unruhig und das Schiff schwankte beträchtlich. Noch immer schwankenden Schrittes erreichte der tapfere Bursche das Heck.

Mr Fogg und Mrs Aouda waren nirgends zu entdecken.

»Na gut«, meinte Passepartout, »Mrs Aouda wird noch schlafen und Mr Fogg wird sicherlich Whist spielen, wie immer.«

Und so begab er sich hinab in den Salon. Aber auch da von Mr Fogg keine Spur. Passepartout musste sich also beim Zahlmeister erkundigen, welche Kabine Mr Fogg belegt hatte. Der aber wusste von keinem Passagier dieses Namens.

»Doch!«, rief Passepartout. Er ließ nicht locker. »Es handelt sich um einen Gentleman. Er ist groß, zurückhaltend, spricht wenig und befindet sich in Begleitung einer jungen Dame...«

»Wir haben überhaupt keine junge Dame an Bord«, versetzte der Zahlmeister. »Wenn Sie mir nicht glauben, dann sehen Sie die Passagierliste durch!«

Passepartout ging die Namen durch. Sein Herr fehlte tatsächlich.

Ihm wurde für einen Augenblick schwindlig. Dann kam ihm die rettende Idee: »Ah, wir sind hier wohl gar nicht auf der *Carnatic!*«

»Aber gewiss doch!«

»Nach Yokohama?«

»Genau.«

Es lag also auf der Hand: Er selbst befand sich wirklich auf der *Carnatic*, sein Herr aber war nicht an Bord.

Vollkommen niedergeschlagen ließ sich Passepartout in einen Sessel fallen. Und dann fiel es ihm wieder ein, der Gedanke überkam ihn wie der Blitz: Die Abfahrt der *Carnatic* war vorverlegt worden. Er hätte seinen Herrn benachrichtigen müssen und er hatte es nicht getan. Er war also schuld daran, dass Mr Fogg und Mrs Aouda das Schiff versäumt hatten!

Er war schuld, aber noch größere Schuld traf einen andern. Nämlich jenen Schuft, der ihn berauscht hatte, um ihn von seinem Herrn zu trennen, damit der in Hongkong festsaß! Jetzt war ihm alles klar. Und nun war Mr Fogg ruiniert! Verhaftet, hinter Gitter gebracht und die Wette ein für alle Mal verloren! Passepartout raufte sich die Haare. Ah! Wenn ihm jemals dieser Fix in die Hände fiel, dann bekäme der aber seine Abrechnung!

Nach der ersten Schrecksekunde nahm Passepartout sich wieder zusammen und überdachte seine Lage. Beneidenswert war sie nicht. Er war also auf dem Weg nach Japan. Dort würde er zwar ankommen, aber wie um alles in der Welt sollte er das Land wieder verlassen? Seine Taschen waren leer. Er besaß nicht einen Penny! Immerhin waren Überfahrt und Verpflegung an Bord schon bezahlt worden. Es blieben ihm also fünf oder sechs Tage Zeit, bis er eine Entscheidung treffen musste. Er aß und trank auf dieser Reise, so viel er nur konnte. Er aß gewissermaßen für seinen Herrn, für Mrs Aouda und für sich selbst. Er aß, als ob Japan, wo er das Schiff verlassen musste, eine Wüstenregion wäre, in welcher es überhaupt nichts Essbares geben konnte.

Am Morgen des 13. lief die *Carnatic* mit der Morgenflut im Hafen von Yokohama ein. Dieser Pazifik-Hafen war von großer Bedeutung. Alle Dampfschiffe, die Postdienst oder Personenbeförderung zwischen Nordamerika, China, Japan und den malaiischen Inseln besorgten, machten hier Station.

Yokohama liegt an der Yeddo-Bucht, in nur kurzer Entfernung zu jener großen Stadt, der zweiten Hauptstadt des japanischen Kaiserreichs, die in vergangenen Tagen der Shogun als weltlicher Machthaber regierte, in Rivalität zu Meako, der anderen großen Stadt, welche den Mikado, den göttlichen Herrscher beherbergte.

Die *Carnatic* manövrierte sich durch die zahllosen Schiffe aller Nationalitäten an die Anlegestelle, wo sich Lager- und Zollhäuser befanden.

Ohne jegliche Begeisterung ging Passepartout im Land der Sonnen-Söhne von Bord. Sein weiteres Schicksal lag in den Händen des Zufalls. Aufs Geratewohl ließ er sich durch die Straßen der Stadt treiben.

Zunächst geriet er in ein durch und durch europäisches Viertel. Niedrige Häuser mit schmuckvollen, säulengetragenen Balkonen prägten das Bild. Seine Straßen, Plätze, Dockanlagen und Lagerhäuser erstreckten sich vom Vorgebirge bis zum Fluss hinab. Wie schon in Hongkong und Kalkutta war Passepartout auch hier von einem bunten Rassengemisch umgeben. Um ihn her gab es Amerikaner, Engländer, Chinesen, Holländer und immer wieder Händler, die alles Mögliche ankauften und wieder verkauften. Passepartout fühlte sich inmitten dieses Gewimmels so fremd, als sei er in das Land der Hottentotten verschlagen worden.

Einen Ausweg hatte Passepartout allerdings noch: Er hatte die Möglichkeit beim französischen oder englischen Konsulat in Yokohama vorzusprechen. Doch es widerstrebte ihm, dort seine Geschichte, die so eng mit der seines Herrn verknüpft war, zu erzählen. Da wollte er doch lieber vorher alles andere versuchen.

Nachdem er das ganze europäische Viertel durchstreift hatte, ohne dass ihm irgendein Zufall zu Hilfe gekommen wäre, kam er in den japanischen Teil der Stadt. Notfalls würde er bis nach Yeddo, dem heutigen Tokio, weiterwandern.

Der alte Teil Yokohamas ist nach einer Meeresgöttin benannt, welche auf den Nachbarinseln verehrt wird. Er heißt Benten. Passepartout kam durch prächtige Tannen- und Zedernalleen, vorbei an Heiligtümern in fremdartiger Bauweise, Brücken, welche unter Bambus und Schilf versteckt lagen, und Tempeln, die im Schutz der weiten Äste steinalter trauriger Zedern standen, vorbei an buddhistischen Klöstern, wo Priester und Anhänger des Konfuzius still und einträchtig ihre Jahre verlebten. Er lief über unendlich lange Straßen, sah Scharen von Kindern mit zarter Haut und roten Wangen, die gerade so aussahen wie jene auf den japanischen Wandschirmen, dort spielen und um sie herum tollten Pudel mit kurzen Beinen oder aalten sich falbfarbene, schwanzlose Katzen.

Es herrschte ein ständiges Kommen und Gehen, die Menschen wimmelten wie Ameisen auf den Straßen. Bonzen schlugen in einförmigem Rhythmus ihr Tamburin und hielten Prozession, inmitten von Zoll- und Polizeibeamten mit spitzen Lackhelmen auf dem Kopf und Säbeln im Gürtel, von Soldaten in blau-weiß gestreiften Uniformen, welche Gewehre trugen, von Soldaten aus der Armee des Mikado, welche in Seidengewänder und Panzerhemden gehüllt waren, und noch allerlei anderem bewaffneten und uniformiertem Volk jedes militärischen Grades. In Japan wird der Beruf des Soldaten nämlich ebenso geschätzt, wie er in China verachtet wird. Doch Passepartout sah nicht nur Soldaten, sondern auch zahlreiche Bettelmönche in langen Gewändern und einfache Bürger. Die waren klein und hatten glattes, ebenholzschwarzes Haar. Der Kopf war rund, der Oberkörper lang, die Beine kurz. Was die Hautfarbe betraf, so reichte sie von dunklen, beinah kupferfarbenen Schattierungen bis hin zu mattem Weiß. Nie war die Haut jedoch so gelb wie die der Chinesen, von welchen die Japaner sich in einigem stark unterschieden. Und zwischen all den Wagen, Sänften, Pferden, Trägern und segelbespannten Gefährten, »Norimons« mit lackierten Seitenwänden und bequemen »Kangs«, den Tragen aus Bambus, sah man auch so manche Japanerin. Auf winzigen Füßen, in Stoffschuhen, Sandalen aus Stroh oder auf hohen geschnitzten Holzsohlen kamen sie daher. Die Augen verhangen, eingeschnürt die Brust und, wie es im Lande Sitte war, die Zähne geschwärzt, gefielen sie Passepartout wenig. Den landesüblichen Kimono aber, dieses morgenrockähnliche Gewand, das mit einer Seidenschleife auf dem Rücken gebunden war, verstanden sie sehr elegant zu tragen. Es schien fast so, als hätten die modernen Pariserinnen bei den Japanerinnen abgeguckt!

Einige Stunden lang lief Passepartout in diesem Gewühl umher, besah sich im Vorübergehen die für sein Auge ungewöhnlichen, über und über voll gestopften kleinen Läden, die Basare, auf welchen Produkte der japanischen Goldschmiedekunst in rauen Mengen angeboten wurden, sowie die kleinen Speiselokale, die mit farbigen Bändern und Fähnchen geschmückt und für ihn unzugänglich waren. Auch an Teehäusern kam er vorbei – dort trank man mit einer Tasse warmen, duftenden Wassers den »Saki«, jenen Likör aus gärendem Reis – und an mancher behaglicher Tabakstube. Hier aber wurde feiner Tabak geraucht und kein Opium, das in Japan ohnehin weitgehend unbekannt war.

Und dann kam Passepartout hinaus in die Felder, er fand sich zwischen endlosen Reisfeldern wieder. Dort blühten nicht nur prächtige Kamelienstäucher – es waren ganze Bäume! Die letzten leuchtenden Blüten verströmten ihren Duft. Gärten gab es, wo Bambus wuchs, Kirsch-, Pflaumen- und Apfelbäume. Die Japaner schätzen sie mehr ob ihrer Blüten denn der Früchte. Vogelscheuchen mit verzerrten Fratzen und lärmende Windräder schützen sie vor Spatzen, Tauben, Raben und anderem räuberischen Federvieh. Kaum eine Zeder, die nicht einen Adler barg, kaum eine Trauerweide, unter deren Blättern nicht ein verträumter Reiher auf einem Bein stand. Wo man auch hinsah, erblickte man Krähen, Enten, Sperber und Wildgänse, vor allem aber Kraniche, welche von den Japanern verehrt werden, denn sie verkörpern ein langes Leben und Glück.

Als Passepartout so dahinirrte, entdeckte er Veilchen im Gras.

»Nun gut«, sagte er, »das ist dann wohl heute mein Abendessen.«

Er roch daran, aber sie dufteten nicht einmal. Wieder nichts, dachte er.

Gewiss hatte der wackere Bursche vorsichtshalber noch einmal kräftig gefrühstückt, ehe er die *Carnatic* verließ, aber nachdem er den ganzen Tag umhergewandert war, knurrte ihm jetzt der Magen. Er hatte bemerkt, dass weder Hammel- noch Ziegen- oder Schweinefleisch in den japanischen Metzgereien verkauft wurde; außerdem wusste er bereits, dass Ochsen einzig und allein dazu da waren, um in der Landwirtschaft ihre Dienste zu verrichten, und dass es eine Freveltat war, sie zu töten. Er schloss daraus, dass seine Aussicht auf Fleisch eher gering war. Sein Magen hätte sich aber auch mit etwas Wildschwein, Hirsch, Rebhuhn, Wachtel, irgendeinem anderen Geflügel oder Fisch zufrieden gegeben, welcher in Japan fast ausschließlich mit Reis verzehrt wird.

Passepartout verschob das Problem der Nahrungsbeschaffung auf den nächsten Tag.

Als es dunkel wurde, ging Passepartout in den japanischen Teil der Stadt zurück. Auf den Straßen waren unterdessen bunte Laternen angezündet worden. Passepartout irrte weiter umher. Er schaute einer Gruppe von Gauklern bei ihren Kunststücken zu und wunderte sich über die Astrologen, welche die Menschen einluden einen Blick durch ihre Fernrohre zu tun, die sie im Freien aufgestellt hatten. Schließlich war Passepartout wieder am Hafen. Das Wasser im Hafenbecken schillerte vom Licht der Harzfackeln, mit deren Hilfe die Fischer versuchten die Fische anzulocken.

Nach und nach wurde es stiller in den Straßen, bis nur noch die Yakuninen ihre Runde machten. In ihren prächtigen Gewändern und inmitten ihrer Gefolgschaft, sahen diese Offiziere aus wie Gesandte. Jedes Mal, wenn Passepartout solch einer eindrucksvollen Truppe begegnete, sagte er vergnügt: »Bestens! Noch eine japanische Gesandtschaft unterwegs nach Europa!«

DAS DREIUNDZWANZIGSTE KAPITEL

in welchem Passepartouts Nase um einiges länger wird

Am nächsten Morgen fühlte sich Passepartout hungrig und erschöpft. Er musste so bald wie möglich etwas zu essen finden. Natürlich hatte er noch immer seine Uhr, die er hätte verkaufen können, aber lieber wäre er verhungert. Passepartout beschloss, dass der Zeitpunkt gekommen war aus seiner kräftigen, wenn auch nicht eben wohltönenden Stimme Kapital zu schlagen.

Er kannte einige englische und französische Liedchen und wollte nun sehen, was er damit erreichen konnte. Gewiss liebten Japaner die Musik, schließlich schlugen sie bei allem, was sie taten, Zymbeln, Trommeln oder Tamburine. Das Können eines europäischen Virtuosen würden sie zweifelsohne zu schätzen wissen.

Vielleicht war es aber noch ein wenig früh, um ein Konzert zu geben. Nicht dass jene Musikliebhaber, wenn sie so plötzlich aus dem Schlaf gerissen wurden, vielleicht mit anderer Münze zahlten als jener, welche das Bildnis des Mikado trug!

Es war wohl besser, noch ein paar Stunden zu warten. Als er wieder so dahinschlenderte, kam ihm plötzlich der Gedanke, dass er für einen fahrenden Künstler viel zu vornehm gekleidet war. Er beschloss seinen Anzug gegen Kleider zu tauschen, die besser zu einem Straßensänger passten. Obendrein würde der Tauschhandel ihm noch ein Sümmchen Geldes einbringen, das er sofort zu Nahrung machen konnte.

Gesagt, getan. Nach einigem Suchen entdeckte Passepartout einen Händler, welchem er seinen Anzug anbot. Das europäische Kleidungsstück gefiel diesem und wenig später verließ Passepartout den Laden. Er trug nun einen abgewetzten japanischen Umhang und auf dem Kopf ein turbanähnliches Gebilde, dessen Farben bereits verblasst waren. Doch in seiner Tasche klingelten einige Münzen.

Na schön, dachte er sich, ich stelle mir einfach vor, es wäre Karneval. Geradewegs suchte der nun »japanische« Passepartout ein Teehaus auf. Das bisschen Geflügel zu einer Hand voll Reis, das er dort verzehrte, reichte aber allenfalls zum Frühstück. Das Mittagessen würde wohl wieder ein Problem werden.

»Nur nicht den Kopf verlieren. Es verhält sich also so«, sinnierte er, nachdem er gespeist hatte, »dass ich nichts weiter mehr besitze. Diese elenden Klamotten kann ich schlecht gegen noch japanischere eintauschen. Ich muss also zusehen, dass ich so schnell wie möglich aus diesem Land der Sonne fortkomme, an welches ich mich ohnehin nur ungern erinnern werde.«

Er fasste den Entschluss sich die Dampfschiffe, die nach Amerika fuhren, einmal anzusehen. Dort konnte er vielleicht als Koch oder Diener arbeiten und sich auf diese Weise die Überfahrt verdienen. Wenn er erst einmal in San Francisco war, dann würde er sich schon zu helfen wissen. Es kam nur darauf an, die 4 700 Meilen Pazifik hinter sich zu bringen, die zwischen Japan und der Neuen Welt lagen.

Passepartout war keiner, der zweimal überlegte, und so begab er sich unverzüglich zum Hafen von Yokohama. Doch je näher die Docks kamen, desto undurchführbarer schien ihm jetzt seine zunächst so einfache Idee. Ein Dampfer nach Amerika würde gerade auf einen Koch oder Diener warten! Noch dazu wirkte er in seinem Aufzug nicht eben Vertrauen erweckend und er hatte weder Referenzen noch Papiere.

Während er solches überdachte, fiel sein Blick auf ein riesiges Plakat, das eine Art Clown durch Yokohama trug. Es war in Englisch abgefasst:

DIE TRUPPE JAPANISCHER AKROBATEN
DES
EHRENWERTEN WILLIAM BATULCAR

LETZTE VORSTELLUNG VOR DER ABREISE IN DIE
VEREINIGTEN STAATEN VON AMERIKA

DIE LANGNASEN
UNTER DIREKTER BESCHWÖRUNG
DES GOTTES TINGU

GROSSE ATTRAKTION !

»Die Vereinigten Staaten!«, rief Passepartout. »Das ist genau, was ich suche!«
Er lief hinter dem Plakatträger her. Nach einer Viertelstunde befand er sich vor einem mächtigen Gebäude, auf dessen Dach ganze Bündel bunter Fahnen flatterten. Außen an

den Wänden prangten zwar nicht gerade meisterhaft gemalte, dafür aber äußerst farbenfrohe Plakate, die eine Jongleur-Truppe darstellten.

Das also war die Niederlassung des Ehrenwerten Batulcar, der einer ganzen Truppe von Gauklern, Jongleuren, Clowns, Akrobaten, Seiltänzern und Turnern vorstand, welche, nach Auskunft der Plakate, im Begriffe war, die letzte große Vorstellung vor der Weiterreise nach Amerika zu geben.

Passepartout betrat die von Säulen umrahmte Vorhalle und fragte nach Mr Batulcar. Dieser erschien sogleich in Person.

»Ja bitte?«, fragte er Passepartout, den er zunächst für einen Japaner hielt.

»Brauchen Sie vielleicht einen Diener?«, fragte Passepartout.

»Einen Diener!«, rief dieser Barnum und strich den dichten grauen Bart, der sich unter seinem Kinn kräuselte. »Ich habe schon zwei. Sie sind zuverlässig, treu und haben mich noch nie im Stich gelassen, und das, obwohl sie völlig gratis arbeiten, wenn ich sie nur ernähre! – Hier, das sind sie«, sagte er und hob seine kräftigen Arme, auf welchen sich Adern so dick wie die Saiten eines Kontrabasses abzeichneten.

»So haben Sie gar nichts für mich zu tun?«

»Nein.«

»Teufel aber auch! Ich wäre wirklich gern mit Ihnen weitergereist!«

»Das ist es also!«, entgegnete der ehrenwerte Batulcar. »Sie sind wohl genauso wenig ein Japaner wie ich ein Affe bin. Und warum laufen Sie dann so herum?«

»Man kleidet sich halt, wie man kann!«

»Das stimmt. Sind Sie Franzose?«

»Franzose aus Paris.«

»Dann können Sie sicher Grimassen schneiden?«

»Also bitte!«, rief Passepartout, der nun ein wenig beleidigt war, weil man ihm als Franzosen ausgerechnet so etwas zuschrieb. »Wir Franzosen können schon Grimassen schneiden, aber sicher auch nicht besser als die Amerikaner!«

»Mag sein. Als Diener kann ich Sie nicht gebrauchen, aber vielleicht als Clown. So ist das eben, mein Guter: In Frankreich rühmt man sich ausländischer Clowns und im Ausland französischer!«

»Aha.«

»Sind Sie übrigens stark?«

»Vor allem nach dem Essen.«

»Und singen können Sie auch?«

»Ja«, antwortete Passepartout. Immerhin hatte er schon mal bei einem Straßenkonzert mitgewirkt.

»Auch dann, wenn Sie dabei einen Kopfstand machen sollen und einen Kreisel auf der linken und einen Säbel auf der rechten Fußsohle balancieren sollen?«

»Das will ich meinen!«, rief Passepartout und erinnerte sich an seine ersten frühen Versuche in dieser Richtung.

»Also abgemacht!«, antwortete der Ehrenwerte Batulcar.

Der Vertrag wurde sogleich an Ort und Stelle abgeschlossen. Endlich hatte Passepartout eine Anstellung gefunden.

Er war jetzt also Mädchen für alles in der berühmten japanischen Truppe. Das war nicht eben schmeichelhaft für Passepartout, aber binnen acht Tagen würde er die Überfahrt nach San Francisco antreten können.

Die Vorstellung, die von dem Ehrenwerten Batulcar mit großem Getöse angekündigt wurde, sollte um drei Uhr beginnen und schon lärmten die Instrumente eines japanischen Orchesters, Trommeln und Tam-Tams, an der Pforte. Natürlich hatte Passepartout keine Zeit mehr seine Rolle einzustudieren. Weil er so breite Schultern hatte, sollte er den Untermann in der »menschlichen Traube« der Langnasen des Gottes Tingu machen. Diese »große Attraktion« bildete den krönenden Abschluss der Veranstaltung. Schon vor Vorstellungsbeginn war das Publikum – Europäer, Japaner und Chinesen, Männer, Frauen und Kinder – hereingeströmt. Auf den schmalen Sitzbänken und in den Logen gegenüber der Bühne herrschte wahres Gedränge. Inzwischen hatte das gesamte Orchester Aufstellung genommen und mit Gongs, Tam-Tams, Pauken, Flöten und Tamburins entfaltete es einen mächtigen Lärm. Die Vorstellung konnte beginnen. Hier war alles geboten, und zwar in erlesener Form, denn die Japaner sind als Akrobaten auf der ganzen Welt unübertroffen.

Einer der Artisten, er hatte einen Fächer und Papierschnitzel bei sich, führte die so überaus anmutige Schmetterlings- und Blumennummer vor. Ein anderer erschien mit einer Pfeife, aus welcher farbiger Rauch drang, und schrieb in bläulicher Schrift flink und geschickt Komplimente an das Publikum in die Luft. Der Nächste jonglierte mit brennenden Kerzen, die er eine nach der andern ausblies, wenn sie an seinem Mund vorüberkam, und dann aneinander wieder entzündete, ohne auch nur ein einziges Mal die Kreisbewegung zu unterbrechen. Ein anderer vollführte mit Kreiseln die reinsten Wunder, es schien, als ob die kleinen schnurrenden Spielzeuge unter seinen Händen zum Leben erwachten: Sie liefen auf Eisenrohren entlang, über Säbelschneiden hinweg und über Drähte, die dünn wie Haare waren und über die ganze Bühne gespannt, sie kletterten Bambusleitern empor und liefen dann wieder auseinander, wobei ihr unterschiedliches Brummen eine seltsame Harmonie bildete. Jongleure griffen sie zum Jonglieren auf und ließen sie in der Luft kreisen, mit Holzschlägern warfen sie sie empor und nahmen sie dann wieder auf, ließen die sich drehenden Kreisel in ihrer Tasche verschwinden, holten sie wieder hervor – und sie drehten sich immer noch, bis eine verborgene Vorrichtung das Ganze in einem Feuerwerk enden ließ!

Es erübrigt sich, die bestechenden Vorführungen der Akrobaten zu beschreiben. Die Übungen auf Leitern, mit Balancierstangen, auf Kugeln, Tonnen und dergleichen mehr wurden mit bemerkenswerter Exaktheit ausgeführt. Höhepunkt der gesamten Vorstellung aber waren die Langnasen und deren Balanceakt, der selbst in Europa seinesgleichen suchte.

Die Langnasen waren eine Körperschaft, welche sich dem Gott Tingu verschrieben hatte. Sie waren wie Herolde aus dem Mittelalter gekleidet und zwischen den Schultern trugen sie riesige Flügel. Was aber vor allem einzigartig war, das waren ihre langen Nasen und mehr noch der Gebrauch, den sie von ihnen machten. Die Nasen bestanden aus fünf, sechs, manchmal sogar zehn Fuß langen Bambusrohren, einige waren kerzengerade, andere krumm, manche makellos glatt und wieder andere mit Warzen besetzt. Sie waren unverrückbar am Kopf des Trägers befestigt, denn auf ihnen fanden die Balanceakte statt.

Zwölf der Anhänger Tingus streckten sich flach auf dem Rücken aus. Und ihre Kompagnons begannen nun auf den steil wie Blitzableiter in den Himmel gerichteten Nasen umherzuturnen und die unglaublichsten Kunststücke und Windungen darauf zu vollführen. Die Krönung des Ganzen und zugleich den Abschluss bildete eine riesige »menschliche Traube«. Nicht weniger als 50 Langnasen sollten den Wagen der Göttin Jaggernaut darstellen. Doch es war nicht so, dass die Akrobaten, wie es bei dergleichen Pyramiden sonst so geschieht, einander auf die Schultern kletterten. Nein. Die Künstler des Ehrenwerten Batulcar schafften dies allein durch ihre Nasen. Da nun einer der Untermänner kürzlich die Truppe verlassen hatte und seine Position lediglich Körperkraft und Geschicklichkeit erfordert hatte, war Passepartout dazu bestimmt worden, diesen Mann zu ersetzen.

Der Arme fühlte sich elend, als er sein mittelalterliches Kostüm überstreifte, denn es erinnerte ihn an manch trauriges Erlebnis in seiner Jugend. Da stand er also mit hängenden Flügeln und einer sechs Fuß langen Nase im Gesicht. Aber gut, die Nase war schließlich sein Broterwerb und so fand er sich ab.

Passepartout betrat die Bühne. Mit den anderen Untermännern streckte er sich flach auf dem Boden aus. Die Nasen ragten in den Himmel. Eine zweite Abteilung von Akrobaten kletterte auf deren Nasen hinauf, darauf wiederum eine dritte und darauf eine vierte, und von Nasenspitze zu Nasenspitze entstand ein Monument, das bald schon bis hinauf an das Dach des Theaters reichte.

Wogender Applaus brandete auf, das Orchester vollführte ohrenbetäubenden Lärm – als die Pyramide plötzlich zu wanken begann und aus dem Gleichgewicht geriet, denn in der untersten Reihe fehlte nun eine Nase! Und da stürzte das ganze Monument auch schon zusammen wie ein Kartenhaus.

Passepartout war schuld! Er hatte seinen Posten verlassen, sprang über die Rampe – und zwar ohne die Hilfe seiner Flügel –, und nachdem er rechts auf die Galerie geklettert war, fiel er vor einem der Zuschauer auf die Knie.

»Mein Herr! Ah, mein Herr!«, rief er eines um das andere Mal.

»Sie?«

»Ja, ich!«

»Nun gut! Wenn das so ist, dann auf zum Hafen!«

Mr Fogg und Mrs Aouda, die ihn begleitet hatte, und Passepartout eilten durch die Gänge des Hauses in Richtung Ausgang. Der Ehrenwerte Batulcar erwartete sie dort schon. Wutschnaubend verlangte er eine Abfindung. Phileas Fogg drückte ihm eine Hand voll Banknoten in die Hand, um ihn zu besänftigen. Um 6 Uhr 30, pünktlich zur Abfahrtszeit, erreichten Mr Fogg und Mrs Aouda das amerikanische Postschiff, gefolgt von Passepartout mit seinen Flügeln und der sechs Fuß langen Nase, welche er noch gar nicht ablegen konnte.

DAS VIERUNDZWANZIGSTE KAPITEL

in welchem die Fahrt über den Pazifischen Ozean stattfindet

Man vermag sich vorzustellen, was sich in der Hafeneinfahrt von Shanghai zugetragen hatte. Das Postschiff aus Yokohama hatte die Notsignale der *Tankadère* bemerkt und auf den kleinen Schoner zugehalten. Phileas Fogg händigte John Bunsby den vereinbarten Lohn von 550 Pfund für die Überfahrt aus und kurze Zeit später gingen Mr Fogg, Mrs Aouda und Mr Fix an Bord des Dampfers, der sich auf der Weiterreise nach Nagasaki und Yokohama befand. Am Morgen, es war der 14. November, hatte das Schiff sein Reiseziel fahrplanmäßig erreicht. Ohne Mr Fix suchten Mr Fogg und Mrs Aouda die *Carnatic* auf und dort erfuhren sie zu ihrer großen Freude, oder jedenfalls zu Mrs Aoudas Freude – denn Mr Fogg war wie immer keine Gefühlsregung anzusehen –, dass der Franzose Passepartout am Vortag in Yokohama eingetroffen war. Mr Fogg begab sich sofort auf die Suche nach seinem Diener, denn er musste noch am Abend nach San Francisco weiterfahren. Doch seine Erkundungen in den englischen und französischen Konsulaten ergaben nichts, auch auf den Straßen blickte er sich vergeblich um. War es Zufall oder Vorahnung, jedenfalls hatte es ihn schließlich in jene Vorstellung des Ehrenwerten Batulcar gezogen.

Phileas Fogg hätte seinen Diener in dem Heroldskostüm gewiss nicht wieder erkannt, Passepartout selbst aber erspähte Mr Fogg oben auf der Galerie, während er auf dem Rücken lag. Die Nase hatte zu zittern begonnen, die Pyramide geriet aus dem Gleichgewicht – und was dann geschah, ist bereits bekannt.

Dies alles erfuhr Passepartout von Mrs Aouda. Sie erzählte ihm auch, auf welche Weise sie die Überfahrt von Hongkong nach Yokohama hinter sich gebracht hatten und dass sie sich auf der *Tankadère* in Begleitung eines gewissen Mr Fix befanden.

Passepartout verzog keine Miene, als jener Name fiel. Seiner Ansicht nach war es noch nicht der geeignete Moment, seinem Herren zu berichten, was es mit Fix auf sich hatte. Und als Passepartout seinerseits seine abenteuerliche Geschichte erzählte, erwähnte er nur, dass er in Hongkong völlig überraschend in einen Opiumrausch gefallen war. Schweigend hörte Mr Fogg Passepartouts Bericht an. Dann gewährte er ihm einen Kredit, der für neue ordentliche Kleidung ausreichend war. Und nach weniger als einer Stunde – Passepartout hatte sich auch von Nase und Flügeln befreit – erinnerte nichts mehr an den ehemaligen Anhänger des Gottes Tingu.

Das Dampfschiff, auf welchem sie nun die Überfahrt von Yokohama nach San Francisco unternahmen, gehörte der Pacific Mail Steam Company an und trug den Namen *General Grant*. Es war ein mächtiger Raddampfer mit einem Gewicht von 2 500 Bruttoregistertonnen, ein Schiff von hervorragender Technik, mit deren Hilfe es hohe Geschwindigkeiten erreichen konnte. Ein enormer Hebelarm hob und senkte sich über dem Deck. Am einen Ende war er mit einer Kolbenstange verbunden, am anderen mit einer Kurbelwelle. Auf diese Weise wurden die Bewegungen des Hebelarmes direkt auf die Schaufelräder übertragen. Drei Masten mit großzügiger Segelbespannung unterstützten wirkungsvoll die Maschinen. Der Dampfer würde, bei einer Geschwindigkeit von zwölf Meilen, nicht mehr als 21 Tage benötigen, um den Pazifik zu überqueren. Phileas Fogg hatte also allen Anlass zu der Hoffnung am 2. Dezember in San Francisco einzutreffen, am 11. in New York und womöglich bereits am 20. Dezember, also noch vor dem vereinbarten Stichtag des 21. Dezember, wieder in London zu sein.

Unter den zahlreichen Passagieren an Bord befanden sich Engländer, einige Amerikaner, ein ganzes Heer chinesischer Auswanderer und Offiziere der indischen Armee, die ihren Urlaub dazu nutzten, um in die Welt zu fahren.

Die Überfahrt verlief vollkommen reibungslos. Der Dampfer, von Maschinenkraft und Segeln vorangetrieben, lag ruhig im Wasser. Der Stille Ozean, wie der Pazifik ebenfalls genannt wird, hielt, was sein Name verspricht. Mr Fogg war so ruhig und wenig mitteilsam wie eh und je. Seine junge Begleiterin fühlte sich ihm indessen auch aus anderen Gründen denn der Dankbarkeit verbunden. Seine ruhige, aber so großzügige Art hatte bereits einen stärkeren Eindruck bei ihr hinterlassen, als sie sich eingestehen wollte. Ohne dass sie selbst es bemerkt hatte, war ihre Seele doch von tieferen Empfindungen berührt. Der rätselhafte Mr Fogg jedoch schien dies nicht einmal zur Kenntnis zu nehmen.

Mrs Aouda nahm nun regen Anteil an des Gentlemans Reiseplänen. Unvorhergesehene Zwischenfälle, die den glücklichen Ausgang des Unternehmens gefährden konnten, beunruhigten sie zutiefst. Oft plauderte sie mit Passepartout, der natürlich schon längst erraten hatte, was in ihrem Herzen vorging. Der wackere Bursche war seinem Herrn uneingeschränkt ergeben und wurde nicht müde dessen Ehrlichkeit und großzügigen Sinn zu loben. Mrs Aoudas Befürchtungen, dass die Reise unglücklich enden könnte, bemühte er sich zu zerstreuen. Er versicherte ihr, dass der weitaus schwierigere Teil bereits hinter ihnen lag, dass man jene undurchschaubaren Länder, wie es China und Japan nun einmal waren, ja schon geschafft hatte und man nun bald schon wieder ein zivilisiertes Land beträte. Dann wären nur noch eine Bahnfahrt nach New York und eine Schifffahrt nach London zu absolvieren und schon sei diese Reise um die Welt zu einem glücklichen und pünktlichen Abschluss gekommen.

Neun Tage nach der Abfahrt aus Yokohama hatte Phileas Fogg exakt den halben Erdball umkreist. Am 23. November nämlich passierte die *General Grant* den 180. Längengrad. Das ist jener, auf welchem London liegt, aber auf der gegenüberliegenden Seite des Erdballs. Von den 80 Tagen, die Mr Fogg für seine Reise zur Verfügung standen, waren 52 zwar bereits verbraucht, sodass nur noch 28 Tage übrig blieben. Es verhielt sich aber so, dass, obwohl erst die Hälfte der Längengrade hinter ihm lagen, schon über zwei Drittel der Strecke absolviert waren. Denn von London nach Aden, von Aden nach Bombay, von Kalkutta nach Singapur und von Singapur nach Yokohama hatte er beträchtliche Umwege auf sich nehmen müssen. Wenn er schnurgerade von London aus den 50. Breitengrad entlanggefahren wäre, hätte die gesamte Erdumrundung nur eine Strecke von 12 000 Meilen betragen. Das aber war ja nicht möglich, denn die Verkehrswege folgten einem ganz anderen Verlauf und so musste Phileas Fogg ganze 26 000 Meilen zurücklegen, von welchen er am jenem 23. November bereits 17 500 geschafft hatte. Jetzt aber lag der direkte Weg vor ihm und auch Mr Fix würde ihm keine Hindernisse mehr bescheren.

Und so begab es sich, dass dieser 23. November noch eine freudige Überraschung für Passepartout parat hielt. Man wird sich erinnern, dass er hartnäckig daran festgehalten hatte, auf seinem berühmten Familienerbstück die Londoner Uhrzeit beizubehalten, da er der Ansicht war, alle anderen Uhren, die ihm unterwegs begegnet waren, hätten die falsche Zeit gezeigt.

An jenem 23. November also stimmte seine Uhr mit den Uhren an Bord wieder vollkommen überein, und das, obwohl er sie weder vor- noch zurückgestellt hatte.

Er hätte zu gern gewusst, was Mr Fix wohl dazu gesagt hätte, wenn er hier gewesen wäre.

»Was hat er mir nicht alles von Meridianen, der Sonne, dem Mond und den Sternen vorgequatscht«, schimpfte er. »Wenn man all diesen Unsinn glauben wollte, dann käme die Zeit aber wirklich völlig durcheinander!«

Eines aber wusste Passepartout nicht. Wäre sein Ziffernblatt in 24 Stunden unterteilt gewesen, wie dies bei italienischen Uhren der Fall ist, dann hätte er keinen Grund für seinen Jubel gehabt. Die Zeiger seiner Uhr zeigten zwar neun Uhr, weil es an Bord neun Uhr morgens war. In London aber war es 21 Uhr abends.

Fix wäre sicher in der Lage gewesen die physikalischen Ursachen für das Phänomen zu erklären, Passepartout aber verstand sie nicht oder besser: Er wollte sie nicht verstehen. Und wenn nun Mr Fix unvermutet an Bord erschienen wäre, hätte er, da sein Zorn noch keineswegs verraucht war, ohnehin ein vollkommen anderes Thema angeschlagen.

Wo steckte nun eigentlich Mr Fix? Schlicht und ergreifend an Bord der *General Grant*. In Yokohama hatte er sich kurzzeitig von Mr Fogg losgeeist, um das britische Konsulat aufzusuchen. Und nun hatte ihn der Haftbefehl endlich eingeholt! Seit Bombay war das inzwischen 40 Tage alte Schriftstück hinter dem Detektiv hergereist, von Hongkong ab sogar auf der *Carnatic*, denn man hatte Mr Fix ja an Bord vermutet.

Man vermag sich seine Enttäuschung lebhaft vorzustellen. Jetzt hatte er endlich den Haftbefehl, aber es war zu spät. Fogg befand sich nicht mehr auf britischem Hoheitsgebiet. Nun musste ein Auslieferungsantrag gestellt werden.

Nun gut, sagte sich Fix, nachdem der erste Wutanfall vorüber war, der Haftbefehl nutzt mir jetzt also nichts mehr, erst wieder in England. Und es sieht ganz so aus, als wollte dieser Schuft tatsächlich nach England zurückkehren, da er wohl meint, er hätte die Polizei endgültig hinters Licht geführt. Umso besser! Ich jedenfalls bleibe ihm auf den Fersen. Aber das Geld! Wenn überhaupt noch etwas davon übrig bleibt! Für Reisekosten, Belohnungen, Prozesskosten, Geldstrafen, den Elefanten und ich weiß nicht, für was noch alles hat der Kerl doch schon an die 5 000 Pfund verschleudert! Die Bank von England kann sich's ja leisten!

Nachdem er diesen Entschluss gefasst hatte, buchte Fix einen Platz auf der *General Grant*. Als Mr Fogg und Mrs Aouda auf das Schiff kamen, befand er sich bereits an Bord. Zu seinem allergrößten Erstaunen erkannte er auch Passepartout in seinem Heroldskostüm. Sofort zog er sich in seine Kabine zurück, denn er wollte auf jeden Fall eine Begegnung mit dem Franzosen, die all seine Pläne zunichte machen konnte, vermeiden. Er verließ sich darauf, dass er in der Menge der Passagiere von seinem Geg-

ner unentdeckt bleiben würde – doch da geschah es: Just an diesem 23. November fand er sich Passepartout an Deck gegenüber wieder.

Passepartout ging ihm ohne jegliche Vorwarnung an die Gurgel und zum großen Vergnügen einiger Amerikaner, die sogleich Wetten auf ihn abzuschließen begannen, verabreichte er dem Inspektor eine solche Abreibung, dass sich die Überlegenheit der französischen Boxkunst über die englische eindeutig unter Beweis stellte.

Als Passepartout sich ausgetobt hatte, war er beruhigt und erleichtert. Fix, der übel zugerichtet war, erhob sich, blickte seinem Gegner in die Augen und sagte kühl: »Fertig?«

»Für den Moment schon.«

»Dann kommen Sie mit. Ich will mit Ihnen reden.«

»Ich soll ...«

»Es geht um Ihren Herrn.«

So viel Kaltblütigkeit beeindruckte Passepartout dann doch. Er ging mit und setzte sich mit Fix aufs Vorderdeck.

»Sie haben mich verprügelt. Nun gut. Aber jetzt hören Sie mir zu. Bis hierher habe ich Mr Fogg als Gegner betrachtet. Aber jetzt spiele ich mit.«

»Na endlich!«, rief Passepartout. »Jetzt sind Sie also auch von seiner Ehrbarkeit überzeugt?«

»Nein«, entgegnete Fix kühl, »ich halte ihn für einen Gauner... Ganz ruhig! Jetzt bleiben Sie hier und lassen mich ausreden. Solange sich Mr Fogg noch auf britischem Hoheitsgebiet befand, war es natürlich mein Ziel, ihn bis zum Eintreffen des Haftbefehls aufzuhalten. Ich habe wahrhaftig alles versucht. Ich habe ihm die Priester aus Bombay auf den Hals gehetzt, in Hongkong habe ich Ihnen zu Ihrem Rausch verholfen, ich habe Sie von Ihrem Herrn getrennt und dafür gesorgt, dass er den Dampfer nach Yokohama verpasste ...«

Passepartout hörte diese Rede mit geballten Fäusten an.

»Und jetzt will dieser Fogg wohl nach England zurückkehren. Meinetwegen. Ich werde ihn nicht aus den Augen lassen. Aber von nun an werde ich ebenso viel Sorgfalt und Eifer darauf verwenden, ihm alle möglichen Hindernisse aus dem Weg zu räumen, wie zuvor, um sie ihm zu bereiten. Wie Sie sehen, ändere ich mein Vorgehen, weil die Bedingungen sich verändert haben. Und ich weise Sie darauf hin, dass wir beide durchaus gleiche Interessen verfolgen, denn erst in England werden Sie erfahren, ob Sie in den Diensten eines Verbrechers oder eines Ehrenmannes stehen.«

Passepartout hatte Fix sehr genau zugehört. Er hatte keinen Zweifel, dass er aufrichtig ernst meinte, was er sagte.

»Sind wir also wieder Freunde?«, fragte Fix.

»Nein. Nur Verbündete. Und unter Vorbehalt. Bei dem geringsten Anzeichen von Verrat drehe ich Ihnen den Hals um.«

»Einverstanden«, sagte der Polizei-Inspektor ganz ruhig.

Elf Tage später, also am 3. Dezember, fuhr die *General Grant* in die Golden-Gate-Bucht ein und ging im Hafen von San Francisco vor Anker.

Mr Fogg hatte weder einen Tag eingebüßt noch gewonnen.

DAS FÜNFUNDZWANZIGSTE KAPITEL

in welchem San Francisco und ein Meeting beschrieben werden

Es war sieben Uhr früh, als Mr Fogg, Mrs Aouda und Passepartout den Fuß auf amerikanischen Boden setzten – wenn man den schwimmenden Kai, den sie betraten, überhaupt so nennen kann. Diese Kais, die sich Ebbe und Flut anpassen, erleichtern das Be- und Entladen der Schiffe. Hier gingen Schiffe aller Größen, Dampfer aller Nationalitäten und jene mehrstöckigen Fluss-Schiffe vor Anker, welche auf dem Sacramento und seinen Nebenflüssen verkehrten. Handelswaren aus Mexiko, Peru, Chile, Brasilien, Europa, Asien und sämtlichen pazifischen Inseln standen auf den Kais zu Stapeln aufgetürmt.

Passepartout war so froh endlich in Amerika zu sein, dass er meinte seiner Freude durch einen gewagten, aber eleganten Sprung auf den Kai Ausdruck verleihen zu müssen. Die Planken der Landungsbrücke waren aber so morsch, dass er beinahe hindurchgebrochen wäre. Vollkommen verstört über die Art und Weise, wie der amerikanische Kontinent ihn begrüßte, stieß er einen Schrei aus, der allerlei Kormorane und Pelikane auffahren ließ, welche die Landungsbrücke bevölkerten.

Kaum von Bord gegangen, erkundigte sich Mr Fogg bereits, wann der nächste Zug nach New York abfuhr. Da er erst um sechs Uhr abends gehen sollte, stand also ein ganzer Tag zur Verfügung, um die kalifornische Hauptstadt zu besichtigen. Er bestellte eine Droschke für Mrs Aouda und sich selbst, Passepartout saß vorne beim Kutscher und für drei Dollar ging die Fahrt zum Hotel *International*.

Von seinem erhöhten Platz aus besah sich Passepartout neugierig die große amerikanische Stadt: ihre langen Straßen, die niedrigen, aneinander gereihten Häuser, die Kirchen und Tempel, welche im Stil der angelsächsischen Gotik erbaut waren, weite Dockanlagen und Lagerhallen in der Größe von Palästen, die einen aus Holz, die anderen aus Stein gebaut; in den Straßen herrschte ein Gewühl von zahlreichen Wagen, Omnibussen und Straßenbahnen und auf den Gehsteigen drängten sich nicht nur Amerikaner und Europäer, sondern auch Chinesen und Inder – kurz, was man eben so benötigt, um eine Bevölkerung von mehr als 200 000 Einwohnern zu erreichen.

Passepartout versetzte all das in Staunen. Er hatte geglaubt, die legendäre Stadt noch so vorzufinden, wie sie sich 1849 präsentierte – als Stadt der Banditen, Brandstifter und Mörder, welche vom Goldrausch dort hingetrieben wurden, eine Rumpelkammer aller Gestürzten, die hier um Goldstaub pokerten, einen Revolver in der einen und ein Messer in der anderen Hand. Doch jetzt waren diese »schönen« Zeiten vorüber. San Francisco präsentierte sich als eine große Handelsstadt. Das Stadtbild wurde von dem hohen Turm des Rathauses beherrscht, auf welchem ständig Wachen patrouillierten. Die Straßen und Avenuen waren im rechten Winkel wie ein Gitter angelegt, dazwischen gab es immer wieder kleine Parks und einmal erblickte Passepartout sogar einen chinesischen Stadtteil, der aussah, als wäre er in einer Spielzeugschachtel aus dem Reich der Mitte herbeigebracht worden. Von den Sombreros und den roten Hemden der Goldgräber aber fehlte jede Spur. Keine Indianer mit Kopfschmuck aus Federn mehr, dafür aber Männer in Zylinder und schwarzem Anzug, die eilig ihren Geschäften nachgingen. Manche Straßen waren von herrlichen Kaufhäusern gesäumt, deren Auslagen Waren aus der ganzen Welt anboten. So war es etwa in der Montgommery Street. Sie stand der Regent Street in London, dem Boulevard des Italiens in Paris oder dem Broadway in New York in nichts nach.

Schließlich betrat Passepartout das Hotel *International* und ihm war, als hätte er England niemals verlassen.

In der Halle war eine riesige Bar wie ein Buffet aufgebaut, das alle Gäste gratis benutzen konnten. Getrocknetes Fleisch, Austernsuppe, Gebäck und Käse wurden dort für jedermann zugänglich angeboten. Nur das Getränk musste bezahlt werden, das Bier, der Porter oder der Sherry, den man als Erfrischung zu sich genommen hatte. Dies erschien Passepartout allerdings recht »amerikanisch«.

Das Hotelrestaurant war sehr komfortabel eingerichtet. Mr Fogg und Mrs Aouda nahmen einen der Tische ein. Neger von ebenholzschwarzer Hautfarbe trugen in winzigen Schüsseln die köstlichsten Gerichte auf.

Nach dem Essen begab sich Mr Fogg in Begleitung von Mrs Aouda in das englische Konsulat, um das Visum in seinen Pass eintragen zu lassen. Dabei stieß er auf seinen Diener. Passepartout gab zu bedenken, ob es nicht angeraten sei, einige Karabiner oder Colts anzuschaffen, bevor man die Fahrt mit der Pazifik-Eisenbahn antrete. Er habe gehört, dass solche Züge gelegentlich von Sioux-Indianern und Pawnees überfallen würden. Mr Fogg entgegnete, ihm scheine dies eine übertriebene Vorsichtsmaßnahme zu sein, Passepartout solle aber tun, was er für richtig halte. Dann wandte er sich ab, um das Konsulat aufzusuchen. Mr Fogg hatte noch keine 200 Schritte zurückgelegt, als ihm durch einen »unglaublichen Zufall« Mr Fix über den Weg lief. Der Inspektor legte das allergrößte Erstaunen an den Tag. Was! Er und Mr Fogg hatten zusammen den Pazifik überquert und waren sich kein einziges Mal an Bord begegnet! Jedenfalls empfand er es als tiefe Ehre, nun jenem Gentleman wieder zu begegnen, welchem er so viel zu verdanken habe. Und da er nun geschäftlich nach Europa reisen müsse, sei er hocherfreut, die Weiterfahrt in so angenehmer Gesellschaft bestreiten zu dürfen.

Mr Fogg entgegnete, die Ehre sei ganz auf seiner Seite, woraufhin Fix, der Mr Fogg ja keinesfalls aus den Augen verlieren wollte, fragte, ob er sich der Besichtigung jener so überaus einzigartigen Stadt anschließen dürfe, und man fand nichts dagegen einzuwenden.

So flanierten also Mrs Aouda, Phileas Fogg und Mr Fix durch die Straßen und erreichten bald die Montgomery Street, auf der ein unglaublicher Menschenandrang herrschte. In den Straßen, auf den Bürgersteigen und selbst zwischen den Straßenbahnschienen, obwohl ständig Straßenbahnen und Omnibusse verkehrten, überall drängten sich die Menschen. Auch in Häusereingängen, vor den Schaufenstern der Kaufhäuser, ja sogar auf Dächern sah man noch Leute stehen. Reklame-Männer bahnten sich einen Weg durch die Massen. Fahnen und Spruchbänder flatterten im Wind. Von allen Seiten vernahm man hitzige Rufe.

»Hurra für Kamerfield!«

»Hurra für Mandiboy!«

Dies war ein Meeting. Fix jedenfalls behauptete dies und teilte Mr Fogg seine Auffassung mit: »Ich denke, es wäre klüger, wenn wir dieser Menschenmenge aus dem Wege gingen. Ehe man sich's versieht, hat man sich ein paar Schläge eingefangen.«

»In der Tat«, entgegnete Phileas Fogg. »Schläge bleiben Schläge, selbst wenn es politische Schläge sind.«

Fix hielt es für angemessen, zu dieser Bemerkung zu lächeln. Mrs Aouda, Mr Fogg und Mr Fix zogen sich also auf eine Treppe zurück, die zu einer Terrasse am oberen Ende der Montgomery Street führte, um nicht allzu sehr in das Gedränge zu geraten. Vor ihnen auf der anderen Straßenseite war zwischen dem Laden eines Kohlenhändlers und einem Petroleumlager eine Art Geschäftsstelle unter freiem Himmel eingerichtet worden, die regen Zustrom fand.

Was war nun also die Ursache für dieses Meeting? Phileas Fogg konnte es nicht in Erfahrung bringen. Handelte es sich vielleicht um die Ernennung eines hohen Zivil- oder Militärbeamten, eines Staatsgouverneurs oder eines Kongressmitglieds? Von dergleichen konnte man wohl ausgehen, angesichts der Aufregung, welche das ganze Viertel ergriffen hatte.

In diesem Augenblick fuhr heftige Bewegung durch die Menge. Alle Hände flogen in die Luft, einige waren zu Fäusten geballt und wurden, von Rufen begleitet, rhythmisch in die Luft gestoßen. Es hatte den Anschein, als würde auf derart energische Weise eine Abstimmung vollzogen. Die Menge in Aufruhr geriet ins Stocken, schob gegeneinander. Fahnen begannen zu schwanken, verschwanden, um kurze Zeit später zerfetzt wieder zum Vorschein zu kommen. Mittlerweile brandeten die Wogen der Menschenmenge bis zum Fuße jener Treppe, die Köpfe der Menschen bewegten sich an der Oberfläche wie Schaumkronen im Wind. Die Zylinder wurden zusehends weniger und die wenigen Verbliebenen schienen einiges an Höhe eingebüßt zu haben.

»Es handelt sich ganz offensichtlich um ein Meeting«, ließ Mr Fix sich wieder vernehmen. »Und außer Zweifel steht wohl auch, dass ein äußerst brennendes Thema zur Debatte steht. Möglicherweise geht es noch immer um die Alabama-Affäre, obwohl die ja längst beigelegt ist.«

»Möglich«, erwiderte Phileas Fogg knapp.

»Auf jeden Fall treten hier zwei Kandidaten gegeneinander an, nämlich der Ehrenwerte Kamerfield und der Ehrenwerte Mandiboy.«

Mrs Aouda an Phileas Foggs Seite betrachtete voller Verwunderung die tumultarige Szene zu ihren Füßen. Als sich Mr Fix eben bei einem seiner Nachbarn nach der Ursache dieses hitzigen Volksauflaufs erkundigen wollte, brandete die Leidenschaft noch stärker auf. Hurra-Rufe und Flüche erschollen mit verdoppelter Kraft, Fahnenstangen wurden zu Waffen, noch mehr Hände, noch mehr Fäuste zeigten sich. In den Kutschen und Omnibussen, die stecken geblieben waren, kamen die reinsten Schlägereien in Gang. Stiefel und Schuhe flogen in hohem Bogen durch die Luft – kurz: Alles, was beweglich war, wurde zum Wurfgeschoss umfunktioniert. Auch schien es, als wären da und dort schon die ersten der in diesem Lande unvermeidlichen Revolverschüsse zu hören.

Die Menschenmenge kam der Treppe nun gefährlich nahe, flutete bereits auf die untersten Stufen. Eine der beiden Parteien wurde offensichtlich zurückgedrängt, doch es erschloss sich dem einfachen Beobachter nicht, ob es sich um die Kamerfield- oder die Mandiboy-Anhänger handelte.

»Ich hielte es für klüger, wenn wir uns zurückzögen«, sagte Fix, der vermeiden wollte, dass »sein Mann« in irgendetwas verwickelt wurde oder einen Faustschlag abbekam. »Wenn hier eine englisch-amerikanische Angelegenheit im Mittelpunkt steht und wir als Engländer erkannt werden, könnte das ein böses Ende für uns haben.«

»Ein englischer Staatsbürger …«, wollte Phileas Fogg gerade entgegnen, doch er konnte seinen Satz nicht zu Ende führen. Hinter ihm auf der Terrasse brach lärmendes Geschrei los.

»Hipp, hipp, hurra – für Mandiboy!«

Es war eine Gruppe von Mandiboy-Anhängern, welche die Kamerfield-Parteigänger von der Seite her niederrennen wollten.

Mr Fogg, Mrs Aouda und Mr Fix waren somit zwischen die Fronten geraten. Um zu fliehen, war es endgültig zu spät, zudem vermochte man gegen jene aufgebrachte Menge, die mit eisenbeschlagenen Stöcken und Keulen bewaffnet war, nicht das Geringste auszurichten. Phileas Fogg und Mr Fix handelten sich kräftige Prügel ein, doch es gelang ihnen immerhin, Mrs Aouda zu schützen. Aber Mr Fogg war selbst jetzt nicht aus der Ruhe zu bringen. Er gedachte sich mit jenen natürlichen Waffen, mit welchen die Natur einen jeden Engländer ausgerüstet hatte – sprich: seinen beiden Fäusten –, zu verteidigen, allein vergeblich. Ein hünenhafter Bursche mit rotem Kinnbart und hochrotem Gesicht, der wohl der Anführer der Gruppe war, erhob seine Faust gegen Mr Fogg und gewiss hätte er sich einen mächtigen Hieb eingehandelt, wenn Fix sich nicht opfermütig dazwischengeworfen hätte. Augenblicklich wuchs eine enorme Beule unter seinem Zylinder heran, welcher es nur mehr auf die Höhe einer einfachen Kappe brachte.

»Yankee!«, sagte Mr Fogg und warf seinem Gegner einen verächtlichen Blick zu.

»Englishman!«, entgegnete der.

»Wir werden uns wieder sehen!«

»Meinetwegen. Sie heißen?«

»Phileas Fogg. Und Sie?«

»Colonel Stamp W. Proctor.«

Und dann brach eine Sturmflut über sie herein.

Fix wurde umgestoßen. Als er sich wieder erhob, war er zwar unverletzt, seine Kleider allerdings vollkommen zerrissen. Sein Reisemantel war in zwei ungleiche Hälften getrennt und seine Hosen wiesen gewisse Ähnlichkeit mit den Hosen mancher Indianer auf, welche – einer Mode folgend – erst den Hosenboden heraustrennen, ehe sie sie anziehen. Mrs Aouda war immerhin überhaupt nichts geschehen. Einzig Fix, mit seinem Faustschlag, hatte etwas abbekommen.

»Danke«, sagte Mr Fogg zu dem Inspektor, als die Menge über sie hinweggewalzt war.

»Nicht der Rede wert«, entgegnete Fix, »aber kommen Sie bitte.«

»Wohin?«

»In ein Bekleidungsgeschäft.«

Dieser Besuch war tatsächlich angebracht. Phileas Foggs und Mr Fix' Kleider waren derart zerrissen, als hätten sich die beiden Gentlemen persönlich für die Herrn Kamerfield und Mandiboy geschlagen.

Eine Stunde später waren sie frisch gekleidet und gekämmt. Sie begaben sich in das Hotel *International* zurück.

Dort wartete Passepartout bereits auf seinen Herrn. Er hatte sich unterdessen mit einem halben Dutzend Revolver bewaffnet. Als er Fix in Mr Foggs Schlepptau bemerkte, stieg Groll in ihm auf. Der legte sich aber sogleich wieder, als Mrs Aouda ihm erzählte, was sich soeben zugetragen hatte. Offenbar hielt sich Fix an sein Versprechen und war ein Verbündeter.

Sobald das Dinner beendet war, ließ Mr Fogg eine Kutsche kommen, die Gepäck und Reisende zum Bahnhof befördern sollte. Als er in den Wagen stieg, wandte er sich an Mr Fix:

»Diesen Colonel Proctor haben Sie nicht zufällig noch einmal gesehen?«

»Nein.«

»Dann komme ich später noch einmal nach Amerika, um ihn aufzusuchen«, erklärte Mr Fogg kühl. »Es kann nicht hingenommen werden, dass ein englischer Staatsbürger auf derartige Weise behandelt wird.«

Der Polizei-Inspektor lächelte nur. Es zeigt sich aber, dass Mr Fogg zu jener Sorte Engländern gehörte, die ein Duell auf eigenem Boden ablehnen, aber doch ins Ausland reisen, um sich zu schlagen, wenn es die Ehre verlangte.

Um Viertel vor sechs kamen die Reisenden am Bahnhof an. Der Zug stand bereits zur Abfahrt bereit am Gleis. Vor dem Einsteigen sprach Mr Fogg noch einen Beamten an:

»Sagen Sie, warum gab es heute diesen Aufruhr in der Stadt?«

»Das war ein Meeting«, antwortete er.

»Es schien aber doch allerlei Aufregung gegeben zu haben.«

»Nur eine Wahlversammlung.«

»Wer wurde denn gewählt? Wohl der Kommandierende General?«

»Nein, mein Herr, der Friedensrichter.«

Darauf stieg Mr Fogg in den Waggon und der Zug verließ mit Volldampf den Bahnhof.

DAS SECHSUNDZWANZIGSTE KAPITEL

in welchem in einem Expresszug der Pazifik-Eisenbahnlinie die Reise fortgesetzt wird

Von Ozean zu Ozean« – so sagen die Amerikaner. Mit diesen wenigen Worten wird die beeindruckende Eisenbahnlinie bezeichnet, welche quer durch die gesamten Vereinigten Staaten von Amerika verläuft. Eigentlich besteht die Pazifik-Bahnlinie aus zwei großen Teilstücken: Die Zentral-Pazifik-Linie von San Francisco nach Ogden und die Union-Pazifik-Linie von Ogden nach Omaha. Von dort gehen dann fünf verschiedene Eisenbahnlinien nach New York ab. New York und San Francisco sind also über eine durchgehende Eisenbahnstrecke miteinander verbunden, welche nicht weniger als 3 786 Meilen Länge aufzuweisen hat. Dabei wurden, besonders in dem Streckenabschnitt zwischen dem Pazifik und Ohama, Gebiete durchquert, wo noch Indianer und wilde Tiere lebten. Um 1845 haben die Mormonen, die aus Illinois vertrieben worden waren, begonnen das weite Land zu besiedeln.

Früher benötigte man sechs Monate, um von San Francisco nach New York zu gelangen, und auch nur dann, wenn beste Reisebedingungen herrschten. Nun legt man dieselbe Strecke in nur mehr sieben Tagen zurück.

Im Jahre 1862 war der Bau der Eisenbahnlinie, über den Widerstand der Südstaaten hinweg, mit ihrem Verlauf zwischen dem 41. und dem 42. Breitengrad beschlossen worden. Die Abgeordneten der Südstaaten hatten für eine Streckenführung durch ihre eigenen Gebiete plädiert. Schließlich war es Präsident Lincoln, an welchen die Welt sich noch lange erinnern wird, selbst, der die Stadt Omaha im Staate Nebraska als Kopfstation für die neue Eisenbahnlinie festlegte. Unverzüglich kamen die Bauarbeiten in Gang und wurden mit ebenjenem amerikanischen Schwung betrieben, der sich von Formalitäten und Bürokratie nicht lahm legen lässt. Die Geschwindigkeit, mit welcher die Bauarbeiten ausgeführt wurden, tat der Sorgfältigkeit keinen Abbruch. Tagtäglich wurde der Schienenstrang in der Prärie um anderthalb Meilen verlängert, wobei eine Lokomotive jeden Tag über die neu verlegten Schienen Nachschub für den folgenden Abschnitt heranschaffte.

Verschiedene Abzweigungen der Pazifik-Linie bedienen die Staaten Iowa, Kansas, Colorado und Oregon. Hinter Omaha verläuft die Bahnlinie entlang des Platte-Flusses, bis dieser in den Nord-Platte-Fluss mündet, dann geht es weiter mit dem Süd-Platte-Fluss nach Süden. Die Gebiete von Laramie und den Wasatch-Bergen werden durchfahren, im weiten Bogen führt die Trasse am Salzsee vorbei in die Mormonenstadt Salt Lake City. Danach bahnt sie sich ihren Weg durch das Tuilla-Tal, zieht sich an der Wüste entlang, passiert das Cedar- und Humboldt-Bergland, den Humboldt-Fluss und die Sierra Nevada. Schließlich, bei Sacramento, nimmt sie den Weg hinab zum Pazifik. An keinem Punkt der Strecke ist mit einem stärkeren Gefälle als 112 Fuß pro Meile zu rechnen.

Dies ist also der Verlauf jener Schienenader, welche es dem ehrenwerten Phileas Fogg ermöglichte, innerhalb von sieben Tagen New York zu erreichen und dort am 11. November – so hoffte er zumindest – an Bord des Postschiffs nach Liverpool zu gehen.
Der Eisenbahnwaggon, in welchem Phileas Fogg seine Reise fortsetzte, hatte gewisse Ähnlichkeit mit einem lang gestreckten Omnibus, der auf zwei Gestellen mit jeweils vier Rädern abgestellt war. Eine solche Bauweise ermöglichte es, auch enge Kurven problemlos zu durchfahren. Abteile gab es im Wageninneren nicht. Zwischen den Sitzen in der Mitte des Wagens war Platz für einen Gang freigelassen. So konnten Reisende die Toiletten und übrigen Einrichtungen, die jeder Waggon besaß, aufsuchen. Die einzelnen Waggons waren durch Laufstege miteinander verbunden. Wer wollte, konnte also durch den ganzen Zug spazieren und sich in den Salonwagen, den Aussichtswagen, den Restaurant- oder Caféwagen begeben. Eigentlich fehlte nur noch ein Theaterwagen – aber gewiss wird auch der eines Tages eingerichtet werden.
Außerdem waren unablässig Händler im ganzen Zug unterwegs. Sie boten Bücher, Zeitschriften, aber auch alkoholische Getränke, Tabak und Esswaren an und ihre Waren erfreuten sich sehr guter Nachfrage.
Um sechs Uhr abends hatte die Reise im Bahnhof von Oakland begonnen. Es war bereits dunkel – und es war kalt unter dem wolkenverhangenen Himmel. Vermutlich würde es Schnee geben. Der Zug kam mit relativ geringer Geschwindigkeit voran. Die Aufenthalte in den Stationen mitgerechnet, brachte er es auf nicht mehr als etwa 20 Meilen in der Stunde. Dies sollte allerdings genügen, um die Vereinigten Staaten fahrplanmäßig zu durchfahren.
Die Reisenden in den Waggons waren schweigsam und müde. Im Übrigen rückte die Schlafenszeit heran. Passepartout saß neben dem Polizei-Inspektor, doch er legte keinen Wert darauf, mit ihm zu plaudern. Seit jenen letzten Ereignissen war ihr Verhältnis merklich abgekühlt. Fix verhielt sich zwar wie immer, Passepartout aber hielt sich sehr zurück, bereit seinem ehemaligen Freund schon beim geringsten Anlass an die Gurgel zu gehen.
Eine Stunde nach Abfahrt setzte tatsächlich Schneefall ein. Die feinen Flocken konnten der Lokomotive aber nichts anhaben. Hinter den Fensterscheiben lag bald eine geschlossen rein weiße Schneedecke, vor welcher die Dampfwolken der Lokomotive sich grau abhoben.
Um acht Uhr kam ein »Steward« in den Waggon und verkündete, dass nun Zeit zur Nachtruhe sei. Es handelte sich bei dem Waggon um einen Schlafwagen, der im Handumdrehen in einen Schlafsaal verwandelt werden konnte. Rückenlehnen wurden umgeklappt, Bettzeug, zu kleinen praktischen Päckchen verschnürt, kam durch eine Automatik zum Vorschein – und schon waren Schlafkabinen aus den Sitzbänken entstanden. Jedem Reisenden stand ein komfortables Bett zur Verfügung. Ein fester Vorhang sorgte dafür, dass man sich vor den Blicken der anderen verbergen konnte, während man es sich bequem machte. Die Wäsche war weiß, das Kissen flauschig – man musste sich lediglich ausstrecken und einschlafen, was dann auch jedermann tat, nicht weniger angenehm gebettet als in der Kabine eines Dampfers, während der Zug durch Kalifornien ratterte.
Zwischen San Francisco und Sacramento ist das Land so gut wie eben. Dieser Stre-

ckenabschnitt ist ein Teil der so genannten Zentral-Pazifik-Linie. Von Sacramento aus verläuft sie Richtung Osten bis nach Omaha.

Von San Francisco bis zur kalifornischen Hauptstadt hält der Streckenverlauf die nordöstliche Richtung ein und folgt dem Lauf des American River, welcher in die San-Pablo-Bucht mündet. Der Zug legt die 120 Meilen zwischen den beiden großen Städten innerhalb von sechs Stunden zurück und gegen Mitternacht passierten die Fahrgäste Sacramento, während sie im ersten tiefen Schlummer lagen. So entging ihnen der Blick auf diese durchaus sehenswerte Stadt, den Regierungssitz Kaliforniens, mit ihren schönen Kais, breiten Straßen, Plätzen, Tempeln und Kirchen.

Nachdem der Zug noch die Stationen Junction, Roclin, Auburn und Colfax durchfahren hatte, nahm er seinen Weg durch die Sierra Nevada. Um sieben Uhr am Morgen erreichte der Zug den Bahnhof Cisco. Eine Stunde später hatte der Schlafwagen von neuem das Aussehen eines gewöhnlichen Waggons angenommen. Nun konnten die Fahrgäste wieder aus den Fenstern blicken und den malerischen Anblick der vorüberziehenden Berglandschaft genießen. Die Trasse gehorchte der Landschaftsform der Sierra. Mal verliefen die Schienen eng an eine Bergflanke gepresst, mal über tiefe Abgründe hinweg, bald schlängelte sich der Zug durch lang gestreckte enge und tiefe Schluchten, dann beschrieb er wieder weite, elegante Bögen, um allzu jähe Kurven zu vermeiden. Die Lokomotive funkelte wie ein Reliquienkästchen; ihr enormes Warnlicht warf wilde Strahlen auf die Schienen, sie trug eine versilberte Warnglocke und einen »Kuhfänger«, den sie wie einen Sporn vor sich her über die Schienen walzte. Ihr Schornstein stieß Rauch aus, der sich um die dunklen Tannen am Bahndamm kräuselte, das Getöse und das Pfeifen der Maschine vermischte sich mit dem Tosen der Wasserfälle und Wildbäche.

Brücken oder Tunnel gab es auf diesem Streckenabschnitt so gut wie keine. Man hatte es vorgezogen, die Schienen entlang der Bergflanken zu verlegen, um die natürliche Landschaft nicht allzu sehr zu verletzen.

Gegen neun Uhr überquerte der Zug, durch das Carson-Tal, die Grenze nach Nevada. Man hielt sich noch immer in nordöstlicher Richtung. Mittags verließ der Zug die Station Reno, wo die Fahrgäste während eines 20-minütigen Aufenthalts Zeit hatten, um ein Mittagessen einzunehmen. Nun machte die Strecke einen Knick nach Norden, denn sie folgte für einige Meilen dem Verlauf des Humboldt-Flusses. Dann gab es noch eine Biegung nach Osten und von nun an rollte der Zug weiter in diese Richtung bis fast zur Quelle des Flusses im Humboldt-Bergland, das sich im äußersten Osten des Staates Nevada erstreckt.

Mr Fogg, Mrs Aouda und die beiden anderen Reisegefährten hatten nach dem Mittagessen ihre Plätze wieder eingenommen. Bequem in die Sitze gelehnt, betrachteten sie die abwechslungsreiche Landschaft, welche vorüberzog, die weiten Prärien, die Bergketten am Horizont und die Creeks mit ihren schäumenden Wassern. Von Zeit zu Zeit erblickten sie riesige Bisonherden in der Ferne, die dahinzogen wie bewegliche Dämme. Oft bilden diese Herden mit ihren tausenden von Tieren unüberwindliche Hindernisse für die Eisenbahn, wenn sie die Schienen überqueren. Die Züge müssen anhalten und mitunter stundenlang warten, bis die Strecke wieder frei ist.

Und genau das geschah. Um drei Uhr nachmittags versperrte eine Herde von 10 000 bis

12 000 Bisons den Weg. Erfolglos hatte der Lokomotivführer bei gedrosselter Fahrt versucht die Tiere mittels des Kuhfängers beiseite zu schieben.

Die Reisenden besahen sich jene Wiederkäuer – welche die Amerikaner fälschlicherweise Büffel nennen –, die in aller Ruhe ihres Weges zogen und dabei ein eindrucksvolles Brüllen hören ließen. Diese Tiere sind den europäischen Stieren an Größe überlegen, haben kurze Beine und einen kurzen Schwanz, dafür einen mächtigen, buckligen Nacken. Ihre Hörner sind gespreizt, über Kopf, Hals und Schultern fällt eine zottelige Mähne. Es war überhaupt nicht daran zu denken, dieser Wanderung Einhalt zu gebieten. Waren Bisons erst einmal unterwegs, so konnte sie nichts mehr vom Wege abbringen. Sie gleichen einem Strom, welchen kein Staudamm der Welt aufzuhalten vermag. Die Reisenden hatten sich auf den Laufstegen zwischen den Wagen eingefunden, um das einzigartige Schauspiel zu betrachten. Doch ebenjener, welcher es von allen am eiligsten haben musste – Phileas Fogg – war an seinem Platz verblieben. Mit stoischer Ruhe wartete er, bis die Büffel geruhten die Strecke wieder freizugeben. Passepartout hingegen geriet ob dieser Verzögerung, verursacht durch eine Ansammlung von Tieren, in Rage. Am liebsten hätte er sein gesamtes Waffenarsenal auf die Tiere abgefeuert.

»Was für ein Land!«, rief er. »Rindviecher halten hier ganze Züge auf und spazieren auch noch so gemächlich herum, als ob es überhaupt keinen Verkehr gäbe! Meine Güte! Das hat Mr Fogg gewiss nicht eingerechnet. Und dieser Lokomotivführer sieht auch noch in aller Ruhe zu statt einfach weiterzufahren!«

Der Lokomotivführer wusste sehr genau, warum. Zweifelsohne wäre er in der Lage gewesen, mittels des Kuhfängers einige der Tiere zu zermalmen. Doch weit wäre er nicht gekommen. Das Entgleisen des Zuges wäre unvermeidbar und die Reise beendet gewesen.

Man musste eben einfach warten. Später konnte der Zeitverlust durch eine höhere Geschwindigkeit wieder ausgeglichen werden. Die Bisonherde brauchte drei volle Stunden, bis sie die Schienen passiert hatte. Es begann bereits zu dämmern, als die letzten Bisons die Schienen überquert hatten und die Fahrt fortgesetzt werden konnte, während die ersten Tiere der Herde bereits am südlichen Horizont verschwanden.

Um acht Uhr abends dann nahm der Zug die Überquerung des Humboldt-Berglandes auf und um 9 Uhr 30 erreichte man Utah, das Gebiet des Großen Salzsees in jenem bemerkenswerten Land der Mormonen.

DAS SIEBENUNDZWANZIGSTE KAPITEL

in welchem Passepartout bei zwanzig Meilen in der Stunde eine Unterweisung in mormonischer Geschichte erhält

In der Nacht vom 5. auf den 6. Dezember hielt sich der Zug in südöstlicher Richtung und legte etwa 50 Meilen zurück. Dann schwenkte er Richtung Nordwest auf den Großen Salzsee zu.

Gegen neun Uhr früh trat Passepartout auf den Laufsteg seines Waggons hinaus, weil er ein wenig Luft schnappen wollte. Es war kalt und der Himmel grau, aber es schneite nicht mehr. Die Sonne sah durch den Nebelschleier hindurch vergrößert aus und hing am Himmel wie ein riesiges Goldstück. Passepartout vertrieb sich gerade die Zeit damit, ihren Wert in Pfund Sterling zu berechnen, als das Erscheinen einer merkwürdigen Person seine Aufmerksamkeit ablenkte.

Diese Person, die in Elko zugestiegen war, war ein hoch gewachsener Mann von dunkler Gesichtshaut und einem schwarzen Bart. Er war mit schwarzen Strümpfen, einem schwarzen Zylinder, einer schwarzen Weste, schwarzen Hosen, einer weißen Krawatte und Handschuhen aus Hundeleder bekleidet. Man hätte ihn leicht für einen Pfarrer halten können. Er durchquerte den ganzen Zug und an jeder Waggontüre befestigte er mittels einer Oblate eine handgeschriebene Mitteilung.

Passepartout ging näher heran und erfuhr, dass der ehrenwerte »Älteste« William Hitch, ein mormonischer Missionar, seine Anwesenheit im Zug Nr. 48 zwischen elf Uhr und zwölf Uhr mittags dazu nutzen wolle, im Wagen Nr. 117 einen Vortrag über das Mormonentum zu halten. Ein jeder Gentleman, der Sorge trug, mehr über das Mysterium der Religion der »Heiligen der Letzten Tage« zu erfahren, sollte willkommen sein.

»Da gehe ich aber hin«, sagte Passepartout, der vom Mormonentum überhaupt nichts wusste, abgesehen davon, dass in der mormonischen Gesellschaft die Vielehe galt.

Die Nachricht sprach sich unter den etwa 100 Fahrgästen schnell herum und gegen elf Uhr fanden sich an die 30 Reisenden, welche das Thema angelockt hatte, im Wagen 117 ein. Passepartout saß in der ersten Reihe unter den Gläubigen. Fix und Mr Fogg hatten sich nicht bequemen können.

Pünktlich erhob sich der »Älteste« William Hitch. Gereizt, so als ob er sich bereits gegen heftigen Einspruch verteidigen müsste, erhob er die Stimme: »Und ich sage euch, dass Joe Smith ein Märtyrer ist und dass sein Bruder Hyram ein Märtyrer ist, und dass die Unionsregierung mit ihrer Prophetenverfolgung auch Brigham Young zum Märtyrer machen wird! Wer wagt es, das Gegenteil zu behaupten?«

Niemand erkühnte sich dem Missionar zu widersprechen, dessen leidenschaftliche Rede so gar nicht zu seinem ruhigen Gesicht passen wollte. Zweifelsohne fand sein wütendes Auftreten aber eine Erklärung darin, dass das Mormonentum zum gegebenen Zeitpunkt schweren Prüfungen ausgesetzt war. Die Regierung der Vereinigten Staaten hatte einen weit reichenden Schritt gegen die Unabhängigkeit der Fanatiker unternommen: Utah war Bundesstaat geworden und Brigham Young unter der Anschuldigung der Rebellion und der Vielweiberei hinter Gitter gebracht worden, denn der Bundesstaat unterstand ja nun den Gesetzen der amerikanischen Regierung. Seitdem kämpften die Anhänger des Propheten mit verdoppelten Anstrengungen gegen die Anordnungen des Kongresses.

Und so kam es, dass William Hitch selbst noch in diesem Eisenbahnzug seine Bekehrungsversuche unternahm.

Er legte nun die ganze Geschichte der Mormonen seit ihren biblischen Anfängen dar, wobei er seine leidenschaftliche Rede mit heftigen Gesten unterstrich: »Und in Israel war ein mormonischer Prophet; einer aus dem Stamme Josephs brachte die neue Religion unter das Volk und gab deren Gesetze weiter an seinen Sohn Morom. Und es begab sich, dass Jahrhunderte später, im Jahre 1825, Joseph Smith jun., Farmer aus dem Staate Vermont, berufen ward jenes Gesetzesbuch aus dem Ägyptischen zu übertragen; denn ein himmlischer Sendbote ward ihm erschienen und übergab ihm die Schrift.«

Die ersten Zuhörer, welche der historische Rückblick eher langweilte, verließen jetzt den Wagen. William Hitch jedoch ließ sich nicht beirren.

»Und weiter begab es sich, dass Smith jun. seinen Vater, seine Brüder und weitere Anhänger um sich scharte, um die Religion der ›Heiligen der Letzten Tage‹ zu begründen. Eine Religion, die nicht nur in Amerika, nein, auch in England, Skandinavien und Deutschland ihre Anhänger gefunden hat. Eine Religion, der nicht nur Handwerker anhängen, sondern Menschen aus allen Berufen. Und es begab sich, dass in Ohio eine Mormonenkolonie gegründet wurde; und es begab sich, dass ein Kirchenbau zum Preise von 200 000 Dollar in Kirkland errichtet wurde; und es begab sich weiter, dass Smith jun. ein erfolgreicher Bankier wurde; und es begab sich, dass Smith jun. eine alte Schrift-

rolle in die Hände fiel, auf der in der Handschrift Abrahams und anderer berühmter Ägypter eine Geschichte verzeichnet war, denn es hatte sich begeben, dass ein Museumswärter aus der Mumienabteilung Smith jun. die Schriftrolle überreicht hatte.«

Immer mehr Zuhörer verließen den Raum, je länger sich der Vortrag hinzog. Es waren nur noch an die zwanzig übrig geblieben. Der »Älteste« William Hitch fuhr ungerührt fort: »Und dann begab es sich, dass Smith jun. 1837 Bankrott machte, er ward geteert und gefedert von Aktionären; und dann begab es sich, dass er Jahre später in Independence in Missouri wieder an die Öffentlichkeit trat, ein ehrenwerter Mann, ehrenwerter denn je zuvor; und es begab sich, dass er zum Oberhaupte einer blühenden Gemeinde ward, die 3 000 Anhänger zählte; und es begab sich, dass der Hass der Heiden ihn traf; und es begab sich, dass er fliehen musste in den Wilden Westen Amerikas.«

Zehn Zuhörer waren noch da. Passepartout war unter ihnen. Er hörte aufmerksam zu und erfuhr im Weiteren, wie jener Smith, trotz jahrelanger Verfolgung, von neuem an der Öffentlichkeit erschien, diesmal im Staate Illinois, dass er im Jahre 1839 Nauvoo-la-Belle am Mississippi gründete, dessen Bevölkerung bis auf 25 000 Einwohner anwuchs, dass er zum Bürgermeister gewählt wurde und sich 1843 für die Präsidentschaftswahl der Vereinigten Staaten aufstellen ließ, und schließlich dass er in einen Hinterhalt geriet und in Carthago ins Gefängnis geworfen und von einer Bande maskierter Männer umgebracht wurde.

Nunmehr war Passepartout als einziger Zuhörer im Wagen verblieben. Der »Älteste« blickte ihm in die Augen. Was er zu sagen hatte, fesselte Passepartout. Der »Älteste« gemahnte ihn, dass zwei Jahre, nachdem Smith ermordet worden war, ihm in dem erleuchteten Propheten Brigham Young ein Nachfolger erwachsen war. Dieser verließ Nauvoo, um sich am Salzsee niederzulassen. Dort, in jenem fruchtbaren Landstrich in Utah, an der Auswandererstraße nach Kalifornien, gründete er eine neue Kolonie, welche sich dank der Vielehe rasch vergrößerte.

»Und das ist der Grund«, fügte William Hitch noch an, »warum der Kongress uns beneidet. Das ist auch der Grund, warum die Unionssoldaten die Erde von Utah beschmutzen, und das ist der Grund, warum sie unser Oberhaupt, den Propheten Brigham Young, aller Gerechtigkeit zum Trotz ins Gefängnis geworfen haben. Werden wir uns der Gewalt beugen? Niemals! Sie haben uns aus Vermont vertrieben, aus Ohio, aus Missouri und aus Utah – doch wir werden eines Tages ein unabhängiges Gebiet finden, wo wir uns niederlassen können... Und Sie, mein Getreuer«, schloss der »Älteste«, indem er Passepartout stechenden Blickes in die Augen sah, »werden auch Sie in unserer Mitte sein?«

»Nein«, versetzte Passepartout tapfer und machte, dass er davonkam. Den fanatischen Prediger ließ er in der Wüste allein.

Unterdessen hatte der Zug eine gute Strecke zurückgelegt. Gegen halb eins war er an der Nordwestspitze des Salzsees angelangt. Von dieser Stelle aus bot sich ein herrlicher Blick über dieses Binnenmeer, das auch »Totes Meer« genannt wird und in welches ein amerikanischer Jordan mündet. Es ist ein prächtiger See! Felsen, von Salz überkrustet und zerklüftet, umrahmen die stolze Wasserfläche, welche früher sogar ein noch größeres Gebiet bedeckte. Mit der Zeit aber rückten die Ufer aufeinander zu, der See wurde tiefer, seine Oberfläche kleiner.

Der Salzsee liegt auf einer Höhe von 3 800 Fuß über dem Meeresspiegel. Er ist etwa 70 Meilen lang und 35 Meilen breit. Vom Toten Meer in Palästina unterscheidet er sich deutlich, denn dieses liegt 1 200 Fuß unter dem Meeresspiegel. Der Salzgehalt des Salzsees ist erstaunlich hoch. Das Wasser ist so reich an Inhaltsstoffen, dass diese ein Viertel seines Eigengewichts ausmachen; sein spezifisches Gewicht beträgt 1 170 im Verhältnis zu 1 000 bei destilliertem Wasser. In solchem Wasser können Fische nicht leben. Fische, die vom Jordan, dem Weber-Fluss oder anderen Creeks in den Salzsee gespült werden, verenden innerhalb kurzer Zeit. Was aber nicht stimmt, ist die Behauptung, dass Menschen in diesem Wasser nicht untergehen können.

Das Land um den See war vorbildlich kultiviert, denn die Mormonen sind gute Bauern. Jetzt lag das Land noch von Schnee bedeckt. Wären die Reisenden aber sechs Monate später hier vorbeigekommen, dann hätten sie die gepflegten Koppeln mit ihren Tieren, die Felder, den Mais- und Hirseanbau, satte Weiden, blühende Wildrosen und Akazienbäume sowie Euphorbien bewundern können.

Um zwei Uhr machte der Zug in Ogden Station. Erst um sechs Uhr sollte er weiterfahren. Mr Fogg, Mrs Aouda und ihre Begleiter hatten also Zeit genug, um sich mittels einer Bahn, welche auf einer Nebenstrecke verkehrte, in die Stadt der Heiligen zu begeben. Zwei Stunden waren für die Besichtigung dieser durch und durch amerikanischen Stadt vollauf genug. Auch diese Stadt war im Schachbrettmuster angelegt. Dort herrschte, um mit Victor Hugo zu sprechen, »die dumpfe Trauer rechter Winkel«, wie sie die kühlen, endlos langen und geraden Häuserzeilen ausstrahlten. Offensichtlich hatte auch der Gründer jener Stadt der Heiligen sich nicht dem angelsächsischen Zwang zur Symmetrie entziehen können. In jenem sonderbaren Land, wo noch nicht der hohe Standard der öffentlichen Einrichtungen erreicht war, wurde alles »im Quadrat« vollbracht: Städte, Häuser und Torheiten.

Um drei Uhr flanierten die Reisegefährten also durch die Straßen jener Stadt, die sich vom Ufer des Jordan bis hin zum Fuße des Wasatch-Gebirges erstreckte. Kirchen gab es dort kaum, aber das Haus des Propheten, das Gericht und das Zeughaus präsentierten sich als Sehenswürdigkeiten. Die Häuser waren aus bläulichen Ziegelsteinen erbaut, hatten Veranden und Galerien und waren umgeben von Gärten, wo Akazien, Palmen und Johannisbrot-Bäume standen. Eine Steinmauer, im Jahre 1853 errichtet, umgab die ganze Stadt. Dann gab es in der Hauptstraße noch den Markt und einige Hotels, vor denen Fahnen wehten, zu sehen.

Die Straßen der Stadt waren ruhig, außer im Kirchenbezirk, in welchen Mr Fogg und seine Begleiter gelangten, nachdem sie schon einige Straßenviertel durchwandert hatten, und dort zeigten sich auffallend viele Frauen. Dies erklärt sich durch die besondere Zusammensetzung der mormonischen Haushalte. Dass man aber nicht glaube, alle Mormonen lebten mit mehreren Frauen! Es verhält sich lediglich so, dass diese Möglichkeit besteht. Tatsächlich ist es aber so, dass die Bürgerinnen von Utah großen Wert darauf legen, verheiratet zu sein. Denn ihrer Religion zufolge bleibt ledigen Frauen der Zutritt zum mormonischen Himmel verwehrt. Die armen Geschöpfe schienen nicht sehr glücklich und aufgeräumt. Einige, sie mochten zu den wohlhabenderen zählen, trugen Jacken aus schwarzer Seide, die in der Taille offen getragen wurden, dazu eine Haube oder ein bescheidenes Tuch. Die Übrigen waren mit einfacheren Stoffen angetan.

Passepartout, welcher aus Überzeugung Junggeselle war, betrachtete die Mormoninnen, die also die Aufgabe hatten zu mehreren einen einzigen Mormonen glücklich zu machen, nicht ohne Entsetzen. Genau genommen beklagte er aber das Schicksal der Männer, denn es schien ihm eine schier übermenschliche Bürde zu sein, gleich mehrere Damen durch die Wechselfälle des Lebens geleiten und sie gleich herdenweise ins mormonische Paradies führen zu müssen! Ganz abgesehen davon, dass man in jenen himmlischen Gefilden auf ewig mit ihnen vereint blieb, und das noch in Gesellschaft des glorreichen Smith, der höchsten Zier dieses Elysiums! Nein, Passepartout wollte wahrhaftig nicht berufen sein und er fand – aber möglicherweise täuschte er sich da –, dass die Damen von Great Lake City ihm beunruhigende Blicke schenkten.

Zum Glück musste er nicht länger in der Stadt der Heiligen verweilen. Kurz vor vier Uhr fanden sich die Reisenden wieder am Bahnhof ein und stiegen in ihre Bahn.

Der Schaffner pfiff zur Abfahrt, die Räder setzten sich in Bewegung, der Zug gewann an Fahrt. Da plötzlich ertönte eine Stimme: »Anhalten! Anhalten!«

Man stoppt nicht einfach einen fahrenden Zug. Der Herr, welcher diese Rufe ausstieß, war offenbar ein verspäteter Mormone. Er lief, so schnell er konnte. Zum Glück gab es an der Station weder Zäune noch Türen. Er rannte zwischen den Schienen entlang, sprang auf den letzten Waggon und warf sich vollkommen erschöpft auf eine der Sitzbänke.

Passepartout hatte mit Sorge die gymnastischen Bemühungen des Nachzüglers verfolgt, aber wahrhaftiges Interesse entwickelte er, als er erfuhr, dass dieser Bürger Utahs wegen häuslichen Auseinandersetzungen auf und davon wollte.

Als der Mormone sich von der Anstrengung erholt hatte, fragte ihn Passepartout rundheraus, wie viele Ehefrauen er denn habe, denn so fluchtbesessen, wie er war, billige ihm Passepartout mindestens 20 zu.

Er reckte die Arme in den Himmel und rief: »Eine, mein Herr, nur eine! Aber die ist mir vollauf genug!«

DAS ACHTUNDZWANZIGSTE KAPITEL

in welchem es Passepartout nicht gelingt, die Vernunft sprechen zu lassen

Nach der Abfahrt in Ogden verließ der Zug die Gegend um den Salzsee und hielt sich eine Stunde lang in nördlicher Richtung, bis die Trasse auf den Weber-Fluss traf. Bis hierher hatte der Zug bereits 900 Meilen zurückgelegt. Nun folgte eine Biegung nach Osten, auf das zerklüftete Wasatch-Gebirge zu. In dem folgenden Streckenabschnitt bis hin zu den Rocky Mountains hatten die amerikanischen Ingenieure mit den größten Schwierigkeiten zu kämpfen. Hier musste die Regierung nicht 16 000 Dollar pro Meile für den Eisenbahnbau zur Verfügung stellen, wie sie in ebenen Gebieten gebraucht wurden, sondern ganze 48 000. Da die Ingenieure, wie bereits gesagt, stets bemüht waren den Streckenverlauf der Natur anzupassen, gab es auf der ganzen weiten Strecke zwischen dem Pazifik und der großen Ebene nur einen einzigen, 1 400 Fuß langen Tunnel.
Am Salzsee hatte die Trasse ihren höchsten Punkt erreicht. Nun beschrieb sie eine weite Kurve abwärts auf das Bitter-Creek-Tal zu, um dann wieder an der Wasserscheide zwischen Pazifik und Atlantik aufwärts zu steigen. Es gab zahlreiche Flussläufe in dieser Gebirgsregion. Um den Muddy, den Green und andere zu überqueren, passierte der Zug kleine Brücken.
Passepartout war umso ungeduldiger geworden, je näher das Reiseziel rückte. Und Fix wäre es überhaupt am liebsten gewesen, wenn sie dieses schwierige Land bereits hinter sich gelassen hätten. Er befürchtete Verspätungen, hatte Angst vor Zwischenfällen – kurz, er hatte es eiliger als Phileas Fogg selbst, wieder englischen Boden zu berühren!
Um zehn Uhr abends hielt der Zug kurz in der Station von Fort Bridger. Nach weiteren 20 Meilen wurde die Grenze zu Wyoming, dem ehemaligen Dakota, überquert. Nun ging es das Tal des Bitter Creek entlang, in welchem einige der Flüsse, die Colorado bewässern, ihren Ursprung haben.

Es folgte ein viertelstündiger Aufenthalt in der Station Green River am folgenden Tag. In der Nacht hatte es anhaltenden Schneeregen gegeben, der für das Fortkommen des Zuges aber kein Hindernis bildete. Passepartout aber war in ständiger Sorge wegen des schlechten Wetters, denn es ist wahr, dass größere Schneemassen die Räder eines Zuges blockieren können, und ein derartiger Zwischenfall hätte den Reiseplan gewiss ernstlich gefährdet.

»Was hat sich mein Herr nur dabei gedacht, ausgerechnet im Winter auf eine solche Reise zu gehen?«, schimpfte Passepartout. »Hätte er nicht bis zum Sommer warten können? Da wären die Chancen auch besser gewesen!«

Doch während der aufrichtige Bursche sich noch um Klima und sinkende Temperaturen Gedanken machte, wurde Mrs Aouda von weit schlimmeren Befürchtungen gequält.

Einige Fahrgäste waren in Green River aus dem Zug gestiegen, um sich auf dem Bahnsteig ein wenig die Beine zu vertreten. Und da erkannte die junge Frau jenen Colonel Stamp W. Proctor wieder, welcher sich während des Meetings in San Francisco so ungebührlich gegen Mr Fogg verhalten hatte. Augenblicklich lehnte sich Mrs Aouda in ihren Sitz zurück, um nicht gesehen zu werden.

Dies beschäftigte die junge Frau zutiefst. Mittlerweile fühlte sie sich jenem Mann, der ihr tagtäglich – wenn auch auf kühle und zurückhaltende Weise – die umsichtigste Aufmerksamkeit zukommen ließ, sehr verbunden. Zweifelsohne war ihr selbst noch nicht bewusst, wie diese Gefühle für ihren Retter beschaffen waren. Sie nannte es Dankbarkeit, doch unbemerkt gingen ihre Empfindungen weit darüber hinaus. Und so war es nicht weiter verwunderlich, dass es ihr ganz eng ums Herz wurde, als sie jenen ungeschlachten Kerl wieder erkannte, den Mr Fogg früher oder später herausfordern wollte. Und zufällig befand er sich nun hier in diesem Zug. Es musste unter allen Umständen verhindert werden, dass Mr Fogg ihn bemerkte.

Mrs Aouda nutzte einen Augenblick, als Phileas Fogg ein wenig schlummerte, und zog Mr Fix und Passepartout in ihr Vertrauen. Der Zug war bereits abgefahren.

»Was? Dieser Proctor hier im Zug?«, rief Fix. »Machen Sie sich keine Sorgen, Madame. Ehe er es mit diesem... mit Mr Fogg zu tun bekommt, bekommt er es erst einmal mit mir zu tun! Denn ich bin es ja wohl, der die gröbsten Beleidigungen hat über sich ergehen lassen müssen!«

»Und ich«, versetzte Passepartout, »ich nehme ihn mir auch noch vor, den Herrn Colonel.«

»Mr Fogg wird niemandem die Aufgabe der Rache überlassen«, seufzte Mrs Aouda. »Er gedenkt sogar noch einmal nach Amerika zu reisen, um diesen ungehobelten Kerl zu suchen. Wenn er den Colonel jetzt also bemerkt, dann wird es sicher zu einer Begegnung mit sehr beklagenswerten Folgen kommen. Wir sollten verhindern, dass Mr Fogg ihm begegnet.«

»Sie haben Recht, Madame«, entgegnete Fix. »Eine solche Begegnung könnte fatale Folgen haben. Sieger oder Besiegter, Mr Fogg wird sich auf jeden Fall einen Zeitverlust einhandeln und...«

»Und dann«, ergänzte Passepartout, »hätten die Herren vom Reform Club gewonnen. Vier Tage fehlen noch bis New York. Wenn mein Herr den Wagen so lange nicht verlässt, wird ihm der vermaledeite Amerikaner kaum über den Weg laufen. Das werden wir schon…«

Passepartout verstummte, denn Mr Fogg hatte die Augen aufgeschlagen. Durch das schneegesprenkelte Fenster blickte er hinaus. Später aber sagte Passepartout so leise zu Fix, dass weder sein Herr noch Mrs Aouda es hören konnten: »Würden Sie sich wirklich für ihn schlagen?«

»Ich würde alles tun, um ihn lebendig nach England zu bringen«, entgegnete Fix in einem Ton, der keinen Zweifel zuließ.

Bei diesen Worten lief Passepartout ein Schauer über den Rücken, doch er war weiterhin von der Ehrbarkeit seines Herrn überzeugt.

Wie also sollte man Mr Fogg nun in seinem Eisenbahnwaggon halten? Allzu schwierig konnte das nicht sein, denn es war ja bekannt, dass Mr Fogg ohnehin jede unnötige Bewegung vermied und auch nicht allzu viel Interesse hegte für das, was um ihn herum vorging. Mr Fix jedenfalls hatte eine Idee. Er wandte sich an Mr Fogg: »Die Stunden ziehen sich endlos hin bei solch einer Eisenbahnfahrt.«

»In der Tat«, antwortete der Gentleman, »aber sie vergehen.«

»Spielten Sie auf dem Schiff nicht die eine oder andere Partie Whist?«

»Doch«, sagte Phileas Fogg. »Aber hier wird das kaum möglich sein. Ich habe weder Karten noch Partner.«

»Oh, das sollte kein Problem sein! Karten kann man in amerikanischen Eisenbahnen gewiss käuflich erwerben. Und was die Partner betrifft – vielleicht könnte ja Madame…?«

»Aber gewiss, Monsieur!«, entgegnete die junge Frau lebhaft. »Das Whist-Spiel ist Bestandteil der englischen Erziehung!«

»Und was mich selbst betrifft… auch ich darf mich rühmen kein ganz schlechter Spieler zu sein«, schloss Mr Fix. »Dann wären wir schon drei. Mit einem Strohmann dazu…«

»Gern«, antwortete Phileas Fogg. Er freute sich sogar in der Eisenbahn wieder sein Lieblingsspiel aufnehmen zu können.

Passepartout wurde geschickt einen Steward aufzusuchen. Kurze Zeit später kam er mit Karten, Notizzetteln, Spielmarken und einem Spieltischchen wieder. Es war alles da und das Spiel konnte beginnen. Mrs Aouda zeigte sich sehr geschickt. Selbst der gestrenge Mr Fogg zollte ihr gelegentlich Lob. Und Mr Fix war tatsächlich ein hervorragender Spieler und Mr Fogg ein würdiger Gegner.

Jetzt, dachte Passepartout, haben wir ihn. Er wird sich nicht mehr wegbewegen.

Um elf Uhr vormittags hatte der Zug mit der Station Passe Bridger die Wasserscheide zwischen den beiden Ozeanen erreicht. Sie lag in 7 524 Fuß Höhe und war somit zugleich einer der höchstgelegenen Punkte der Eisenbahntrasse durch die Rocky Mountains. Als weitere 200 Meilen talwärts zurückgelegt waren, fuhr der Zug schließlich in jene weite Ebene ein, welche sich bis zum Atlantik erstreckt und dem Eisenbahnbau keinerlei Hindernisse mehr in den Weg legte.

In den Abhängen des Atlantischen Beckens entspringen zahlreiche direkte oder indirekte Nebenflüsse des Nord-Platte-Flusses. Der Nordteil der Rocky Mountains mit seinem Laramie Peak nahm nun den gesamten nördlichen und östlichen Horizont wie ein Festungsgürtel ein. Zwischen der gewaltigen Bergkette und der Eisenbahnlinie erblickten die Reisenden eine weite, von Wasserläufen durchzogene Ebene. Rechter Hand türmten sich die untersten Stufen jenes Bergmassivs, welches sich südlich bis hinunter zum Arkansas-Quellgebiet erstreckte, jenem Fluss, der sich schließlich in den Mississippi ergießt.

Mittags um halb ein Uhr zeigte sich den Reisenden einen Augenblick lang das die Gegend beherrschende Fort Hallek am Horizont. Binnen weniger Stunden würden die letzten Gebirgsausläufer der Rocky Mountains passiert sein. Dann, wenn jener schwierige Abschnitt überwunden war, war kaum mehr mit Hindernissen und Zwischenfällen auf der Strecke zu rechnen. Es schneite nun auch nicht mehr und kaltes, aber trockenes Wetter hatte sich eingestellt. Man sah große Vögel in der Ferne, durch die Lokomotive aufgeschreckt, sich in die Lüfte erheben, aber andere Tiere, wie Wölfe oder Bären, ließen sich in der Ebene nicht blicken. Hier war nur Wüste, nackte, karge Wüste. Nach einem reichlichen Mittagessen, welches direkt im Wagen aufgetragen worden war, hatten Mr Fogg und seine Partner wieder ihr Whist-Spiel aufgenommen. Da ertönte plötzlich ein gellender Pfiff und der Zug blieb stehen.

Passepartout streckte den Kopf hinaus. Nichts war zu sehen, was diesen plötzlichen Halt gerechtfertigt hätte. Keine Station war in Sicht.

Einen Augenblick lang befürchteten Mrs Aouda und Mr Fix, Mr Fogg wolle vielleicht aussteigen, doch der Gentleman sagte lediglich zu Passepartout: »Sehen Sie nach, was geschehen ist.«

Passepartout sprang aus dem Wagen. Etwa 40 Fahrgäste hatten sich draußen versammelt, unter ihnen befand sich auch Colonel Stamp W. Proctor.

Ein rotes Signal hatte den Zug zum Halten veranlasst. Mit erhobenen Stimmen stritten sich der Lokomotivführer und der Zugführer des Zuges mit einem Streckenwärter. Er war von Medicine Bow, der nächsten Station, geschickt worden. Einige Reisende, unter ihnen auch der polternde Colonel, mischten sich in das Gespräch ein.

Passepartout schnappte ein paar Brocken auf und hörte den Streckenwärter sagen: »Sie kommen da auf keinen Fall drüber! Die Brücke ist nicht mehr stabil, unter dem Zug würde sie einstürzen.«

Die fragliche Brücke war eine Hängebrücke über einen Wildbach. Sie war noch etwa eine Meile entfernt. Den Worten des Streckenwärters zufolge würde sie in Kürze zusammenbrechen, da einige Tragseile gerissen waren. Es sei unverantwortlich, zu versuchen die Brücke zu passieren. Und nachdem die Amerikaner in der Regel eher sorglos sind, war es angezeigt, seine Warnung sehr ernst zu nehmen.

Passepartout wagte nicht seinem Herrn das eben Gehörte zu berichten. Mit zusammengebissenen Zähnen stand er da, reglos wie eine Statue hörte er zu.

»Jetzt reicht es aber!«, schrie der Colonel. »Wir können ja wohl kaum hier im Schnee sitzen bleiben, bis wir Wurzeln geschlagen haben!«

»Colonel«, entgegnete der Zugführer, »wir haben der Station von Omaha bereits eine telegrafische Nachricht zukommen lassen und darum gebeten, uns einen Zug entgegenzuschicken, aber ich fürchte, er wird erst gegen sechs Uhr in Medicine Bow eintreffen.«

»Um sechs Uhr!«, rief Passepartout.

»Nun ja«, sagte der Zugführer, »abgesehen davon werden wir Medicine Bow zu Fuß auch nicht vorher erreichen.«

»Zu Fuß!«, ertönte es von allen Seiten.

»Wie weit ist es denn bis zur Station?«, erkundigte sich einer der Reisenden.

»Etwa zwölf Meilen vom anderen Flussufer ab.«

»Zwölf Meilen! Im Schnee!«, rief Stamp W. Proctor.

Der Colonel ließ eine Flut von Schimpfwörtern ertönen, er fluchte über die Eisenbahngesellschaft und den Zugführer, und Passepartout, wütend wie er war, hätte am liebsten mitgeschimpft. Man hatte es hier mit einem Hindernis zu tun, vor welchem die Banknoten seines Herrn vollkommen machtlos waren.

Unter den Fahrgästen machte sich allgemeine Enttäuschung breit. Nicht genug damit, dass man mit immensen Verspätungen zu rechnen hatte. Zu allem Überfluss sollte man auch noch einen Fußmarsch von 15 Meilen durch den Schnee zurücklegen. Der ganze Zug hallte wider von entrüsteten Rufen, die zweifelsohne Phileas Foggs Aufmerksamkeit auf sich gezogen hätten, wäre er nicht so sehr in sein Kartenspiel versunken gewesen.

Es half alles nichts, Passepartout musste seinem Herrn Bescheid sagen. Er ließ den Kopf hängen, als er sich zu dem Waggon begab, doch da hörte er, wie der Lokomotivführer, welcher durch und durch ein Yankee war und Forster hieß, mit tönender Stimme verkündete: »Meine Herrschaften, es gibt vielleicht eine Möglichkeit.«

»Um über die Brücke zu kommen?«, fragte ein Reisender.

»Jawohl.«

»Mit diesem Zug?«, fragte der Colonel.

»Jawohl.«

Passepartout verschlang jedes einzelne Wort.

»Aber die Brücke droht einzustürzen!«, rief der Zugführer.

»Na und?«, versetzte Forster. »Wenn wir mit Volldampf drüberpreschen, kommen wir vielleicht rüber.«

»Meine Güte!«, rief Passepartout.

Aber nicht wenige Fahrgäste fanden den Vorschlag ausgezeichnet, allen voran Colonel Proctor. Der alte Haudegen tönte, dies sei eine sehr vernünftige Idee, und betonte, dass Ingenieure ohnehin bereits geplant hätten Züge ohne Brücken, aber mit Höchstgeschwindigkeit über Flüsse hinwegrasen zu lassen. Jedenfalls war es am Ende so, dass alle Reisenden sich dem Vorschlag des Lokomotivführers anschlossen.

»Wir haben eine Chance von 50 Prozent«, meinte ein Fahrgast.

»60«, ein anderer.

»Ach was, 80!«, tönte ein dritter.

Passepartout war bestürzt. Zwar wollte er gerne alles tun, um den Fluss, auf welche Weise auch immer, zu überqueren, aber was der Lokomotivführer vorhatte, schien ihm doch ein wenig zu »amerikanisch« zu sein.

Außerdem, so dachte er, gibt es ja noch eine Möglichkeit. Und keiner denkt daran!

»Mein Herr«, sprach er einen der Fahrgäste an, »der Vorschlag des Lokomotivführers scheint mir doch allzu gewagt zu sein...«

»80 Prozent!«, versetzte dieser und drehte sich nicht einmal zu Passepartout um.

»Mag ja sein«, sagte Passepartout und wandte sich einem anderen der Herren zu, »aber man sollte vielleicht darüber nachdenken...«

»Ach was, nachdenken«, antwortete der angesprochene Amerikaner und zuckte die Schultern. »Vollkommen überflüssig. Der Lokomotivführer sagt doch, dass wir es schaffen.«

»Gewiss doch, wir werden es schaffen, aber vielleicht wäre es trotzdem klüger...«

»Klüger! Ha!«, polterte Colonel Proctor, der das Wort aufgeschnappt hatte und darüber außer sich geraten war. »Mit Volldampf, jawohl! Mit Volldampf, verstanden?«

»Natürlich, ich weiß, ich verstehe auch«, entgegnete Passepartout, den niemanden ausreden lassen wollte, »und wenn Sie das Wort ›klüger‹ nicht mögen, dann nennen wir es einfach ›natürlicher‹, aber...«

Und wieder brachte er seinen Satz nicht zu Ende.

»Wie? Was? ›Natürlicher‹? Was hat der bloß andauernd mit seinem ›natürlicher‹?«, hörte man nun von allen Seiten.

Der arme Bursche war verzweifelt. Niemand wollte ihn anhören.

»Sie haben doch nur Angst«, versetzte der Colonel.

»Ich und Angst?«, rief Passepartout. »Na gut. Ich werde Ihnen allen beweisen, dass ein Franzose ebenso ›amerikanisch‹ sein kann wie die Amerikaner selbst.«

»Alles einsteigen!«, rief der Zugführer.

»Alles einsteigen, alles einsteigen, jawohl, und zwar auf der Stelle«, wiederholte Passepartout. »Aber Sie werden doch wohl zugeben, dass es natürlicher wäre, wenn die Fahrgäste erst einmal zu Fuß über die Brücke gingen und der Zug erst hinterherkäme...«

Aber niemand nahm diesen weisen Gedanken zur Kenntnis.

Die Reisenden hatten ihre Plätze wieder aufgesucht. Auch Passepartout hatte sich wieder zu seinem Herrn begeben. Von all dem, was soeben vorgefallen war, sagte er nichts. Die Herrschaften waren ohnehin vollkommen in ihr Whist-Spiel vertieft.

Die Lokomotive ließ ein durchdringendes Signal ertönen. Dann setzte sie sich rückwärts in Bewegung. Gleich einem Springer, der Anlauf nehmen will, setzte sie eine Meile zurück.

Sodann folgte ein zweites Signal. Der Zug rollte vorwärts, er wurde schneller und schneller und erreichte ein Schwindel erregendes Tempo. Den Fahrgästen hallte der lang gezogene Signalton in den Ohren, die Kolben machten 20 Schläge in der Sekunde, aus den Radachsen drang Rauch. Bei einer Geschwindigkeit von 100 Meilen in der Stunde flog der Zug förmlich über die Schienen.

Und es gelang! Der Zug raste über die Brücke wie der Blitz. Die Fahrgäste hatten die Brücke nicht einmal bemerkt. Der Zug war geradezu von einem Ufer zum anderen gesprungen und noch fünf Meilen über die Bahnstation hinausgeschossen, ehe es dem Lokomotivführer gelang, das Tempo zu drosseln.

Kaum dass der Zug das gegenüberliegende Ufer des Medicine Bow erreicht hatte, aber war die Brücke mit ohrenbetäubendem Lärm zusammengestürzt.

DAS NEUNUNDZWANZIGSTE KAPITEL

in welchem von einigen Zwischenfällen berichtet wird, wie man sie nur auf Eisenbahnlinien der Vereinigten Staaten erleben kann

Im weiteren Tagesverlauf kam es zu keinen neuerlichen Zwischenfällen mehr. Am Abend passierte der Zug Fort Saunders, dann den Cheyenne-Pass und gelangte schließlich zum Evans Pag. Dort erreicht die Trasse mit 8 091 Fuß über dem Meeresspiegel ihre allerhöchste Erhebung. Nun ging es über die endlos weite Ebene immer weiter hinab bis zum Atlantik.

Am Cheyenne-Pass mündete die Nebenstrecke aus Denver, der Hauptstadt von Colorado, in die Hauptstrecke ein. Das Gebiet ist reich an Gold- und Silberminen. Über 50 000 Menschen haben sich dort niedergelassen.

An diesem Punkt waren seit San Francisco 1 382 Meilen zurückgelegt worden. Um diese Strecke zu bewältigen, war der Zug drei Tage und Nächte unterwegs gewesen. Aller Voraussicht nach würden vier weitere Tage und Nächte genügen, um New York zu erreichen. Phileas Fogg lag genau im Zeitplan.

Im Laufe der Nacht ließ der Zug Camp Walbah zur Linken zurück. Die Bahnstrecke sowie der Lodge Pole Creek verliefen nun genau an der schnurgeraden Grenze zwischen Wyoming und Colorado entlang, bis um elf Uhr der Staat Nebraska erreicht war. In der Ferne erblickten die Reisenden Sedgwick, in Julesburgh aber, das am Südarm des Platte-Flusses gelegen war, gab es einen Aufenthalt.

Das war der Ort, wo am 23. Oktober 1867 die Union-Pazifik-Linie eingeweiht worden war. General J. M. Dodge hatte die technische Leitung des Unternehmens innegehabt. In neun Waggons, von zwei mächtigen Lokomotiven gezogen, trafen die Ehrengäste, unter ihnen Thomas C. Durant, der Vizepräsident der Vereinigten Staaten ein. Es gab ein Feuerwerk und Festreden, Sioux und Pawnies zeigten indianische Schaukämpfe. Dort war es auch, wo mittels einer fliegenden Druckerei die erste Nummer des *Railway Pioneer* veröffentlicht wurde. Derart war also die Eröffnung jener großen Eisenbahnlinie gefeiert worden, denn sie verkörperte Fortschritt und Zivilisation. Die Trasse war durch weite, menschenleere Gebiete gezogen worden, doch bald schon würde das Pfeifen der Lokomotive, dessen Zauber stärker war als Amphions Lyra, dort Dörfer und Städte entstehen lassen. Und die Eisenbahn würde sie miteinander verbinden.

Früh um acht Uhr hatte der Zug Fort McPherson hinter sich gelassen. Es fehlten nun noch 357 Meilen bis Omaha. Auf dem folgenden Teilstück verlief die Strecke am linken Ufer des sehr windungsreichen Südarms des Platte-Flusses entlang. Dann, um neun Uhr, hatte der Zug die wichtige Stadt North Platte erreicht, wo Nord- und Südarm des Flusses zusammenfließen und sich zu einem mächtigen Strom vereinen, welcher seinerseits südlich von Omaha in den Missouri mündet. Der 101. Längengrad wurde überschritten.

Mr Fogg und seine Partner hatten das Whist-Spiel wieder aufgenommen. Keiner von ihnen beklagte sich über die Länge der Reise, am allerwenigsten der Strohmann. Unterdessen hatte Fix einige Guineen gewonnen, die er zwar eben wieder zu verlieren schien, doch er betrieb dies Spiel nicht weniger leidenschaftlich als Mr Fogg. Den ganzen Morgen über war das Glück auf des Gentlemans Seite gewesen und hatte ihm einen wahren Reigen an Trümpfen beschert. Soeben hatte Mr Fogg einen besonders kühnen Zug ersonnen. Er griff gerade nach der Pik-Karte, um sie auszuspielen, als hinter ihm eine Stimme ertönte: »Ich würde Karo ausspielen.«

Mr Fogg, Mrs Aouda und Mr Fix blickten auf. Es war Colonel Proctor, der vor ihnen stand.

Stamp W. Proctor und Phileas Fogg erkannten sich augenblicklich wieder.

»Ah, der Herr Engländer!«, polterte der Colonel los. »Und er will Pik ausspielen!«

»So ist es«, entgegnete Phileas Fogg frostig und warf die Pik-Zehn auf den Tisch.

»Karo ist besser«, rief Colonel Proctor mit gereiztem Unterton in der Stimme, griff nach der Pik-Karte und fügte hinzu: »Sie verstehen ja überhaupt nichts von diesem Spiel.«

»Mag sein, dass ich mich auf etwas anderes tatsächlich besser verstehe«, versetzte Phileas Fogg und stand auf.

»Na, dann versuchen Sie es doch mal, Sie Sohn des John Bull«, rief dieser ungehobelte Mensch.

Mrs Aouda wurde blass. Bang legte sie ihre Hand auf Mr Foggs Arm, doch er schüttelte sie sanft wieder ab. Passepartout war jederzeit bereit sich auf den Amerikaner zu stürzen, welcher seinem Gegner frech und herausfordernd ins Gesicht blickte, und auch Mr Fix war aufgestanden. Er schritt auf den Colonel zu und sagte:

»Scheinbar haben Sie völlig vergessen, dass ich derjenige bin, mit dem Sie es zu tun haben. Denn mich haben Sie nicht nur beleidigt, sondern geschlagen!«

»Mr Fix«, warf Mr Fogg ein, »ich möchte Sie bitten diese Angelegenheit mir zu überlassen. Sie betrifft ganz allein mich. Mit der Behauptung, dass es falsch sei, Pik auszuspielen, hat der Colonel mich von neuem beleidigt und ich verlange Genugtuung.«

»Wann und wo Sie wollen! Sie wählen die Waffe«, entgegnete der Amerikaner.

Vergeblich versuchte Mrs Aouda Mr Fogg zurückzuhalten. Auch Mr Fix gelang es nicht, die Aufmerksamkeit wieder auf sich zu ziehen. Passepartout hätte den Colonel am liebsten auf der Stelle aus dem Zug geworfen, doch sein Herr machte ihm ein Zeichen sich zu beruhigen. Phileas Fogg verließ den Waggon, der Amerikaner folgte ihm auf den Laufsteg.

»Mein Herr«, sagte Phileas Fogg zu seinem Gegner, »ich bin gezwungen, so schnell wie möglich nach Europa zurückzukehren. Jede auch noch so geringe Verzögerung würde meinen Interessen sehr schaden.«

»Na und? Was kümmern mich Ihre Interessen!«, versetzte Colonel Proctor.

»Nun«, fuhr Phileas Fogg in aller Höflichkeit fort, »nach unserer Begegnung in San Francisco hatte ich den Entschluss gefasst umgehend nach Amerika zurückzukehren, um Sie aufzusuchen, sobald meine Angelegenheiten in der Alten Welt geregelt wären.«

»Was Sie nicht sagen!«

»Würden Sie mir sechs Monate Aufschub gewähren?«

»Warum nicht gleich sechs Jahre?«

»›Sechs Monate‹ habe ich gesagt. Ich werde pünktlich sein.«

»Das sind doch nichts als Ausreden!«, polterte Colonel Stamp W. Proctor. »Jetzt gleich oder überhaupt nicht.«

»Nun gut«, entgegnete Phileas Fogg. »Fahren Sie nach New York?«

»Nein.«

»Nach Chicago?«

»Nein.«

»Nach Omaha?«

»Was geht Sie das an! Kennen Sie Plum Creek?«

»Nein«, sagte Phileas Fogg.

»So heißt die nächste Station. In einer Stunde werden wir dort sein. Der Zug hat dort zehn Minuten Aufenthalt. Das genügt, um ein paar Revolverschüsse auszutauschen.«

»Nun gut«, sagte Phileas Fogg. »Ich werde dort aussteigen.«

»Und ich bin sogar überzeugt, dass Sie dort bleiben werden!«, entgegnete der Amerikaner mit einer Frechheit, die ihresgleichen suchte.

»Wer weiß, mein Herr?«, entgegnete Phileas Fogg und begab sich, ebenso ungerührt wie immer, in den Wagen zurück. Dort versuchte er Mrs Aouda zu beruhigen. Von solchen Angebern sei am allerwenigsten zu befürchten, so versicherte er ihr. Dann bat er Mr Fix, die Rolle des Sekundanten zu übernehmen, was der Detektiv nicht abzulehnen wagte, und schließlich griff er wieder zu den Karten und spielte endlich die Pik aus, als ob nichts gewesen wäre.

Um elf Uhr ertönte ein Pfeifsignal – das Zeichen, dass der Zug nun in die Station von Plum Creek einfahren würde. Mr Fogg erhob sich und gefolgt von Fix begab er sich auf den Laufsteg hinaus. Auch Passepartout begleitete ihn, er hatte zwei Revolver in der Hand. Nur Mrs Aouda blieb im Waggon zurück. Sie war äußerst blass.

Im selben Augenblick wurde auch die Tür des Nachbarwaggons geöffnet. Colonel Proctor erschien. Ihn begleitete ein Yankee seines Schlages. Als aber die beiden Herrn aussteigen wollten, kam der Zugführer herbeigelaufen. »Bitte hier nicht aussteigen!«, rief er.

»Und warum?«, fragte der Colonel.

»Wir haben 20 Minuten Verspätung. Der Zug hat keinen Aufenthalt.«

»Ich muss mich aber mit diesem Herrn duellieren.«

»Bedaure«, entgegnete der Zugführer, »aber wir fahren sofort weiter. Das ist schon das Abfahrtssignal.«

Eine Glocke ertönte und der Zug setzte sich wieder in Bewegung.

»Es tut mir aufrichtig Leid«, versicherte der Zugführer noch einmal, »selbstverständlich wäre ich Ihnen gerne behilflich gewesen, aber unter diesen Umständen... Allerdings – warum möchten sich die Herren nicht einfach unterwegs duellieren?«

»Das wird dem Herrn dort nicht behagen«, sagte der Colonel mit einem spöttischen Lächeln.

»Das behagt mir durchaus«, erwiderte Phileas Fogg.

Jetzt ist der allerletzte Zweifel beseitigt, dachte sich Passepartout. Wir können nur in Amerika sein! Und der Zugführer ist ein Mann von Welt. Mit diesem Gedanken folgte er seinem Herrn.

Der Zugführer schritt voran und führte die beiden Herrn samt deren Sekundanten und Passepartout zum letzten Waggon. Dieser war mit etwa zehn Fahrgästen besetzt. Der Zugführer fragte sie, ob es ihnen etwas ausmachen würde, den Wagen für ein paar Minuten jenen Herren zu überlassen, damit sie eine Frage der Ehre klären konnten.

Aber gewiss doch! Alle waren hoch erfreut den beiden Herrn behilflich sein zu können und zogen sich auf die Laufstege zurück.

Der Waggon war mit seiner Länge von 50 Fuß bestens für ein Duell geeignet. Im Mittelgang konnten die Herrn bequem in Positur schreiten und dann einander nach Belieben umbringen. Einfacher war ein Duell niemals gewesen! Mr Fogg und Colonel Proctor betraten den Wagen. Sie hielten jeweils zwei Revolver zu sechs Schüssen in der Hand. Die Sekundanten blieben draußen und schlossen die Tür. Beim nächsten Pfeifsignal der Lokomotive sollte der Schusswechsel beginnen – und nach etwa zehn Minuten würde man einfach den aus dem Wagen herausholen, der von den beiden Gentlemen noch übrig war.

Nichts einfacher als das! Und ebendies war es, was Mr Fix und Passepartout das Herz bis zum Hals schlagen ließ.

Man wartete also auf das vereinbarte Signal. Plötzlich ertönten wilde Schreie, gefolgt von Schüssen – doch die Geräusche drangen nicht aus dem Waggon, sondern aus einem anderen Abschnitt des Zuges und breiteten sich aus. Bald hallte der ganze Zug wider von Angstgeschrei.

Die Revolver in der Hand, stürzten Colonel Proctor und Mr Fogg aus dem Waggon, um zum vorderen Zugteil zu eilen, von wo offensichtlich die meisten Schüsse und Schreie kamen. Es war wohl so, dass der Zug von Sioux-Indianern überfallen wurde. Dies kam durchaus nicht selten vor. Schon öfter hatten jene kühnen Indianer, die sich bestens auf ihr Handwerk verstanden, solche Anschläge auf Züge verübt. Der Zug musste dazu nicht einmal zum Halten gebracht werden. Etwa 100 Mann schwangen sich auf die Trittbretter der Wagen, wie ein Clown ein Pferd im Galopp besteigt.

Die Sioux waren mit Gewehren bewaffnet. Daher die Schüsse, welche von den Fahrgästen, die fast alle bewaffnet waren, mit Revolverschüssen beantwortet wurden.

Zuerst hatten die Indianer die Lokomotive gestürmt. Mit Keulenschlägen hatten sie Lokomotivführer und Heizer niedergestreckt und nun raste die Maschine mit erschreckender Geschwindigkeit dahin: Der Häuptling hatte den Zug anhalten wollen, aber aus Versehen die Maschine unter Volldampf gesetzt, weil er sich mit den Hebeln nicht auskannte.

Zugleich nahmen weitere Sioux die Wagen ein. Sie rannten wie wütende Affen über die Dächer, brachen Türen ein und rangen Mann gegen Mann mit den Fahrgästen. Aus dem Gepäckwagen wurden Kisten und Koffer hinaus auf den Bahndamm geschleudert. Schüsse und Gebrüll rissen nicht ab.

Tapfer kämpften die Reisenden. Sie hatten einige Wagen zu fahrbaren Festungen verbarrikadiert und umfunktioniert, denn der Zug raste mit 100 Meilen in der Stunde dahin.

Vom ersten Augenblick an hatte sich auch Mrs Aouda mutig verteidigt. Sie hielt einen Revolver aus dem zerborstenen Fenster und schoss auf jeden Sioux, der ihr ins Visier kam. Etwa 20 der Sioux hatten ihr Leben eingebüßt. Einige hatten tödliche Schüsse ge-

troffen und blieben rechts und links neben den Geleisen liegen, andere waren von den Laufstegen zwischen die Wagen auf die Schienen gestürzt und überfahren worden.

Aber auch einige Reisende waren durch Schüsse oder Axthiebe schwer verletzt worden und lagen auf den Sitzen. Der Kampf war schon viel zu lange im Gange. Wenn es nicht bald gelang, den Zug zum Stehen zu bringen, würden die Sioux gewinnen. An der nächsten Station, Fort Kearny, lag ein amerikanischer Militärposten. Bis dorthin fehlten nur noch zwei Meilen. Wenn der Zug an Fort Kearney vorüberraste, waren die Reisenden den Sioux rettungslos ausgeliefert.

Der Zugführer kämpfte gerade an Mr Foggs Seite, als ihn eine Kugel traf. Noch im Niedersinken sagte er: »Wir sind alle verloren, wenn der Zug nicht innerhalb der nächsten fünf Minuten zum Halten gebracht wird!«

»Der Zug wird halten«, sagte Mr Fogg. Er wollte schon aus dem Wagen stürzen, da hielt Passepartout ihn zurück: »Bleiben Sie hier, gnädiger Herr. Das erledige ich!«

Phileas Fogg konnte den wackeren Burschen nicht mehr zurückhalten. Von den Indianern unbemerkt, öffnete dieser eine Tür. Während der Kampf mit seinem Kugelhagel oben weitertobte, glitt er unter den Waggon. Er musste die Spitze des Zuges erreichen. Mit einem Mal war all die Geschicklichkeit und Geschmeidigkeit seiner Jugend wieder da. Er hangelte sich mit wunderbarer Gewandtheit von Waggon zu Waggon, hielt sich an Ketten und Bremsklötzen fest, stützte sich am Fahrgestell ab, wo immer es gerade möglich war, und gelangte tatsächlich an das vordere Ende des Zuges. Niemand hatte ihn gesehen. Niemand konnte ihn sehen.

Mit einer Hand klammerte er sich fest, mit der anderen versuchte er die Wagenkopplung zu lösen. So hing er zwischen Gepäckwagen und Kohletender. Doch es hätte unmöglich gelingen können, die Sicherungskette zu lösen – die Spannung war einfach zu stark –, wenn nicht ein plötzlicher Ruck den Haken in die Höhe geschoben hätte. Die Reisewagen waren abgehängt. Die Waggons blieben zurück und verlangsamten ihr Tempo, während die Lokomotive nun mit noch höherer Geschwindigkeit weiterraste. Die Wagen rollten noch einige Minuten, bis schließlich jemand die Bremse betätigte. Der Konvoi blieb endlich stehen, knapp 100 Schritte vor der Station von Kearney.

Die Soldaten kamen herbeigelaufen. Schon von weitem hatten sie die Schießerei gehört. Doch die Sioux hatten diese Begegnung gar nicht erst abgewartet und waren beizeiten abgesprungen.

Als die Reisenden auf dem Bahnsteig der Station zusammengekommen waren, stellte sich heraus, dass einige Fahrgäste vermisst wurden. Unter anderen auch jener mutige Franzose, dessen Selbstaufopferung sie ihre Rettung zu verdanken hatten.

DAS DREISSIGSTE KAPITEL

in welchem Phileas Fogg lediglich seine Pflicht erfüllt

Drei Reisende, Passepartout mitgerechnet, fehlten also. Waren sie im Kampf getötet worden? Oder hatten die Sioux sie entführt? Niemand vermochte es zu sagen. Es hatte zahlreiche Verletzte gegeben, doch niemand schwebte in Lebensgefahr. Unter den schwerer Verletzten befand sich auch Colonel Proctor, der tapfer gekämpft hatte. Ein Bauchschuss hatte ihn niedergestreckt. Zusammen mit anderen Fahrgästen, die der ärztlichen Hilfe bedurften, wurde er in die Bahnstation getragen.

Mrs Aouda war nichts geschehen und Phileas Fogg hatte, obwohl er sich schonungslos in den Kampf gestürzt hatte, nicht einmal einen Kratzer davongetragen. Fix erlitt eine leichte Verletzung am Arm. Doch Passepartout wurde vermisst und Mrs Aoudas Augen standen voller Tränen.

Die Reisenden auf dem Bahnsteig sahen nun, dass die Räder blutig waren, an den Radnaben hingen Hautfetzen. Über die ganze weite schneebedeckte Ebene hinweg zogen sich lange rote Spuren. Die letzten Indianer verschwanden gerade im Süden, Richtung Republican-Fluss.

Mr Fogg stand starr am Bahndamm. Die Arme gekreuzt, dachte er nach. Er hatte eine schwer wiegende Entscheidung zu treffen. Mrs Aouda, die bei ihm war, blickte ihn schweigend an… Er verstand ihren Blick. Wenn sein Diener von den Sioux gefangen worden war, musste er dann nicht alles tun, um ihn zu retten?

»Tot oder lebend, ich werde ihn finden«, sagte er schlicht.

»Oh Mr Fogg«, rief die junge Frau und ergriff die Hände ihres Begleiters, welche sie mit Tränen bedeckte.

»Lebend, natürlich«, fügte er hinzu, »aber nur, wenn wir keine Zeit mehr verlieren!«

Mit dieser Entscheidung hatte Mr Fogg alles geopfert. Soeben hatte er das Scheitern seines Unternehmens verkündet, denn er konnte sich nicht einen einzigen Tag Verzögerung erlauben. Wenn er das Postschiff in New York nicht pünktlich erreichte, war die Wette verloren. Doch er musste seine Pflicht tun und er zögerte nicht.

Der Kommandant von Fort Kearney hatte sich eingefunden. 100 seiner Männer waren zur Verteidigung aufgestellt worden, für den Fall, dass die Sioux die Bahnstation angriffen.

»Mein Herr«, wandte sich Phileas Fogg an ihn, »drei Reisende werden vermisst.«

»Tot?«, fragte der Kommandant.

»Tot oder gefangen genommen«, entgegnete Phileas Fogg. »Ebendies gilt es in Erfahrung zu bringen. Haben Sie die Absicht die Sioux zu verfolgen?«

»Das ist ein schwieriges Problem«, versetzte der Kommandant. »Vielleicht ziehen sich diese Indianer bis nach Arkansas zurück! Ich kann mein Fort nicht so lange allein lassen.«

»Mein Herr«, sagte Phileas Fogg, »es geht um das Leben dreier Menschen.«
»Gewiss – aber kann ich denn 50 Menschenleben aufs Spiel setzen, um drei zu retten?«
»Ob Sie das können, vermag ich nicht zu sagen. Jedenfalls ist es Ihre Pflicht.«
»Mein Herr«, sagte der Kommandant, »mich hat niemand darüber zu belehren, was meine Pflicht ist.«
»Nun gut«, sagte Phileas Fogg knapp, »dann gehe ich allein.«
»Sie wollen die Indianer doch nicht im Ernst allein verfolgen?«, rief Mr Fix, der näher getreten war.
»Soll ich den unglücklichen Burschen, dem alle hier ihr Leben zu verdanken haben, vielleicht umkommen lassen? Ich werde ihn suchen.«
»Also gut, ich lasse Sie nicht alleine gehen! Auf keinen Fall!«, lenkte der Kommandant nun ein. Ob er wollte oder nicht, so viel Opfermut berührte ihn doch. »Sie sind ein tapferer Mann. – Ich brauche 30 Männer. Freiwillige vortreten!«
Die Kompanie trat geschlossen vor. Der Hauptmann suchte die besten Männer aus und bestimmte einen Sergeanten zum Führer.
»Danke, Herr Hauptmann!«, sagte Phileas Fogg.
»Darf ich Sie begleiten?«, fragte Mr Fix.
»Tun Sie, was Sie für richtig halten. Wenn Sie mir aber wirklich einen Dienst erweisen wollen, dann bleiben Sie bei Mrs Aouda. Wenn mir etwas zustoßen sollte...«
Mit einem Mal wurde Mr Fix blass. Er sollte nun jenen Mann aus den Augen lassen, den er bis hierher auf Schritt und Tritt verfolgt hatte? Zusehen, wie er sich in solch ein Abenteuer stürzte? Fix sah dem Gentleman aufmerksam ins Gesicht. Er kämpfte mit sich. Trotz aller Befürchtungen schlug er vor Mr Foggs offenem Blick die Augen nieder.
»Ich bleibe«, sagte er.
Mr Fogg drückte Mrs Aouda rasch die Hand. Er übergab ihr seine kostbare Reisetasche und schon wenige Augenblicke später machte er sich mit dem Sergeanten und der kleinen Truppe auf den Weg. Doch zuvor rief er den Soldaten noch zu: »Meine Freunde, 1 000 Pfund für euch, wenn es gelingt, die Gefangenen zu retten!«
Es war kurz nach zwölf Uhr mittags.
Mrs Aouda hatte sich in das Stationsgebäude zurückgezogen. Dort setzte sie sich nieder, ganz allein, um zu warten. Sie dachte an Phileas Fogg. Wie tapfer, wie großmütig er doch war! Er hatte sein gesamtes Vermögen geopfert und setzte nun auch noch sein Leben aufs Spiel und hatte dabei nicht eine Sekunde gezögert oder große Worte gemacht. Phileas Fogg war ein Held.
Mr Fix war da ganz anderer Meinung. Er konnte seine Anspannung nur schwer verbergen. Nervös lief er am Bahnsteig auf und ab. Vorhin hatte er sich Gefühlsduseleien ergeben – aber jetzt war er wieder er selbst. Fogg war fort und ihm wurde nun klar, welche Dummheit es gewesen war, ihn entwischen zu lassen. Wie hatte er das nur tun können! Wie hatte er diesen Mann, dem er schon um mehr als die halbe Erde nachgereist war, einfach so gehen lassen können? Der Detektiv in ihm gewann wieder die Oberhand. Er erging sich in Selbstvorwürfen, überhäufte sich mit Anschuldigungen, als wäre er der Londoner Polizeipräsident persönlich und gerade dabei, einen Beamten wegen dummdreister Pflichtverletzung zur Rechenschaft zu ziehen.

Ich habe versagt!, dachte er. Der andere hat ihm verraten, wer ich bin. Jetzt ist er fort! Auf Nimmerwiedersehen fort! Wie kann ich ihn jemals wieder zu fassen kriegen? Wie konnte ich mich nur so von ihm einwickeln lassen, ich, Fix, wo ich doch seinen Haftbefehl in der Tasche habe! Ich bin wirklich ein Rindvieh!

So sinnierte der Polizei-Inspektor, während die Zeit unendlich langsam verstrich. Was also sollte er tun? Fast wollte er Mrs Aouda die ganze Geschichte erzählen, doch er vermochte sich lebhaft vorzustellen, was Mrs Aouda ihm darauf erwidern würde. Vielleicht sollte er einfach in die Schneewüste hinausstürzen und Fogg folgen? Das wäre gar nicht so aussichtslos, denn die Spuren im Schnee waren immer noch sichtbar... Aber es würde nicht lange dauern und Neuschnee deckte sie zu.

Fix war nun vollends entmutigt. Er verspürte plötzlich unbändige Lust aus diesem Spiel auszusteigen. Denn vollkommen unerwartet bot sich die Möglichkeit Kearney zu verlassen und diese beschwerliche Reise zu ihrem Abschluss zu bringen.

Gegen zwei Uhr nachmittags, es schneite in dicken Flocken, ertönte von Osten her ein lang gezogenes Pfeifsignal. Ein riesiger Schatten, dem ein wild flackerndes Licht voranging, schob sich langsam heran. Durch den Nebel schien er unheimlich vergrößert. Dabei wurde um diese Zeit kein aus dem Osten kommender Zug erwartet. Auch der angeforderte Ersatzzug konnte auf keinen Fall schon hier sein und der Zug von Omaha nach San Francisco würde erst am folgenden Tag hier durchkommen. Bald herrschte jedoch Klarheit.

Die Lokomotive, welche zwar langsam, aber dampfend heranschnaubte, war keine andere als jene, die zuvor mit rasendem Tempo davongebraust war. Da Heizer und Lokomotivführer bewusstlos waren, war die Maschine noch etliche Meilen weitergerast, bis der Brennstoff endlich erschöpft und das Feuer allmählich erloschen war. Zwanzig Meilen hinter Kearney kam die Lokomotive schließlich zum Stehen.

Nach langer Ohnmacht erlangten auch die beiden Männer im Führerstand wieder ihr Bewusstsein.

Dem Lokomotivführer war klar geworden, was sich ereignet hatte, als er die Lokomotive allein, irgendwo auf freier Strecke wieder fand. Wie es zugegangen war, dass die Lokomotive abgekoppelt war, konnte er sich zwar nicht erklären, doch es stand außer Frage, dass sich die zurückgebliebenen Waggons in allerhöchster Gefahr befanden.

Der Lokomotivführer wusste sofort, was er zu tun hatte. Nach Omaha weiterzufahren wäre klug; zu den Waggons zurückzufahren, die vermutlich gerade von den Indianern geplündert wurden, wäre gefährlich. Und dennoch! Einige Schaufeln Kohle wurden in den Kessel geworfen, das Feuer loderte von neuem auf, der Dampfdruck begann zu steigen und gegen zwei Uhr nachmittags hatte die Lokomotive die Station Kearney wieder erreicht. Es waren ihre Pfeifsignale, die man dort vernommen hatte.

Die Reisenden waren über alles erfreut, als die Lokomotive wieder vor die Waggons gekoppelt war. Die Reise konnte nach dem unglücklichen Zwischenfall fortgesetzt werden. Als die Lokomotive eingefahren war, hatte Mrs Aouda das Stationsgebäude verlassen. Sie wandte sich an den Zugführer:

»Sie fahren weiter?«

»Auf der Stelle, Madame.«

»Und die Gefangenen? Unsere unseligen Reisegefährten...«

»Ich kann hier nicht warten. Wir haben bereits drei Stunden Verspätung!«
»Wann kommt der nächste Zug aus San Francisco?«
»Morgen Abend, Madame.«
»Morgen Abend! Das ist zu spät! Sie müssen warten!«
»Das ist völlig unmöglich«, erwiderte der Zugführer. »Wenn Sie mitfahren möchten, dann müssen Sie jetzt einsteigen.«
»Ich fahre nicht mit.«
Fix hatte das Gespräch belauscht. Kurz zuvor, als noch keine Möglichkeit bestand weiterzufahren, wollte er Kearney um jeden Preis verlassen, und jetzt, da der Zug abfahrtsbereit vor ihm stand und er nur seinen Platz wieder einzunehmen brauchte, hielt ihn eine unbezwingbare Kraft zurück. Der Boden brannte unter seinen Sohlen, doch er konnte sich nicht losreißen. Sein innerer Kampf fachte wieder auf. Die Wut über seine Erfolglosigkeit schnürte ihm die Kehle zu. Nein, er würde bis zum bittern Ende weiterkämpfen!
Unterdessen waren die Reisenden eingestiegen und die Verwundeten, unter ihnen Colonel Proctor, dessen Zustand Besorgnis erregend war, untergebracht worden. Der Kessel der Lokomotive zischte unter der übergroßen Hitze. Der Heizer gab ein Pfeifsignal, der Zug setzte sich in Bewegung und bald verlor sich seine weiße Dampfwolke im Schnee.
Detektiv Fix war geblieben.
Langsam verrannen die Stunden. Das Wetter war schlecht, die Kälte schneidend. Fix saß reglos auf einer Bank im Bahnhofsgebäude. Man hätte meinen können, dass er schlief. Mrs Aouda war ein Raum angeboten worden, in welchem sie sich aufhalten konnte. Ungeachtet des Schneesturms trat sie alle Augenblicke hinaus, lief den ganzen Bahnsteig entlang und starrte in die Wand aus Schnee und Nebel hinaus, lauschte, ob vielleicht etwas zu hören war. Doch alles blieb still. Steif und durchgefroren lief sie wieder zurück, um nur wenige Augenblicke später von neuem hinauszugehen. Doch stets war ihr Bemühen vergeblich.
Es wurde Abend. Der kleine Suchtrupp war nicht zurückgekommen. Wo mochten die Männer sein? Ob sie die Indianer gefunden hatten? Waren sie vielleicht in neue Kämpfe verwickelt worden? Oder hatten die Männer die Spur verloren und irrten nun hilflos im Nebel umher? Der Kommandant von Fort Kearney war zutiefst beunruhigt, auch wenn er sich bemühte seine Besorgnis zu verbergen.
Dann war es Nacht. Es schneite nun nicht mehr so sehr, doch es wurde immer kälter. Selbst dem Unerschrockensten hätte beim Anblick jener schwarzen Unendlichkeit geschaudert. Dort draußen in der Ebene war es absolut still. Kein Vogel, kein wildes Tier – kein Laut durchdrang die Stille.
Die ganze Nacht über irrte Mrs Aouda am Rande der Prärie umher. Sie war erfüllt von bösen Vorahnungen, Angst wühlte in ihrem Herzen. Im Geiste war sie weit draußen und dort lauerten tausend Gefahren. Es lässt sich nicht beschreiben, welche Qualen sie in dieser Nacht durchlitt.
Fix saß noch immer unbeweglich da. Doch gleich Mrs Aouda fand er keinen Schlaf. Einmal hatte sich ihm jemand genähert und ihn etwas gefragt, doch Fix hatte nur abgewinkt.

So ging die Nacht dahin. In der Morgendämmerung erhob sich die matte Sonnenscheibe aus dem nebelverhangenen Horizont. Nun konnte man die Ebene immerhin zwei Meilen weit überblicken. Mr Fogg und der Suchtrupp waren Richtung Süden aufgebrochen… Doch der Süden war menschenleer. Es war jetzt sieben Uhr morgens. Der Kommandant, der sich mittlerweile äußerste Sorgen machte, war ratlos. Sollte er etwa einen zweiten Trupp aussenden, um dem ersten zu Hilfe zu kommen? Durfte er tatsächlich noch mehr Menschenleben aufs Spiel setzen, in einem Rettungsversuch für jene, für die vielleicht schon jede Hilfe zu spät kam? Doch bald schon war sein Entschluss gefasst. Er rief einen seiner Leutnants herbei und gab Befehl, mit einem Spähtrupp nach Süden aufzubrechen – als plötzlich Schüsse hallten. Ein Signal? Die Soldaten stürzten ins Freie. Aus etwa einer halben Meile Entfernung näherte sich eine kleine Truppe in Marschformation.

Mr Fogg marschierte an der Spitze, gefolgt von Passepartout und den beiden anderen Vermissten. Sie waren den Sioux entrissen worden.

Es hatte zwei Meilen von Kearney entfernt einen Kampf gegeben, als der Suchtrupp die Indianer eingeholt hatte. Schon bevor die Männer eingetroffen waren, waren Passepartout und seine beiden Gefährten in eine Schlägerei mit ihren Bewachern verstrickt gewesen und Passepartout hatte drei von ihnen mit einem Faustschlag niedergestreckt. Dann kamen ihm sein Herr und die Soldaten zu Hilfe.

Retter und Gerettete wurden unter lautem Jubel empfangen und Phileas Fogg überreichte den Soldaten die versprochene Belohnung. Passepartout wollte gar nicht aufhören zu klagen:

»Ich komme meinem Herrn aber wirklich teuer, das muss ich gestehen!«

Fix sah Mr Fogg nur schweigend an. Man hätte nicht zu sagen vermocht, was in ihm vorging. Und Mrs Aouda? Sie hatte Mr Foggs Hand ergriffen und hielt sie wortlos fest in der ihren.

Gleich bei ihrer Ankunft hatte sich Passepartout nach dem Zug umgesehen. Er hatte fest damit gerechnet, dass er zur Weiterfahrt nach Omaha am Bahnsteig bereitstehen würde, denn er hoffte über alle Maßen, dass sich der Zeitverlust noch ausgleichen ließ. Und er rief: »Der Zug! Wo ist denn der Zug?«

»Abgefahren«, sagte Mr Fix.

»Und wann kommt der nächste Zug?«, fragte Mr Fogg.

»Erst heute Abend.«

»Ah!«, sagte der Gentleman schlicht.

DAS EINUNDDREISSIGSTE KAPITEL

in welchem Detektiv Fix sich Phileas Foggs Interessen sehr zu Herzen nimmt

Phileas Fogg hatte einen Zeitverlust von 20 Stunden erlitten. Passepartout, der die Verzögerung, ohne es zu wollen, verursacht hatte, war am Boden zerstört. Er hatte seinen Herrn rundheraus ruiniert!
Da kam der Polizei-Inspektor auf Phileas Fogg zu und fragte ihn:
»Haben Sie es allen Ernstes so eilig weiterzukommen?«
»Allen Ernstes«, antwortete Phileas Fogg.
»Nun, ist es so, dass Sie am 11. vor neun Uhr abends in New York sein wollen, um das Postschiff nach Liverpool zu erreichen?«
»So ist es.«
»Und wenn Ihre Reise durch den Indianer-Überfall nicht unterbrochen worden wäre, hätten Sie New York bereits am 11. morgens erreicht?«
»Ja, noch zwölf Stunden vor Abfahrt des Dampfers.«
»Dann haben Sie also 20 Stunden Verspätung. 20 minus zwölf macht acht. Acht Stunden gilt es also aufzuholen. Möchten Sie es versuchen?«
»Zu Fuß?«, fragte Phileas Fogg.
»Nein, auf einem Schlitten«, antwortete Fix, »auf einem Segelschlitten. Man würde mir jenes Transportmittel zur Verfügung stellen.«
Der Mann, welcher Fix in der Nacht angesprochen hatte, hatte diesen Vorschlag unterbreitet.
Mr Fogg hatte noch gar nichts gesagt, doch als Fix ihm jenen Mann zeigte, der vor dem

Stationsgebäude auf und ab lief, ging er zu ihm hinüber. Kurz darauf betraten Mr Fogg und der Mann – er war Amerikaner und hieß Mudge – eine Hütte unterhalb des Forts. Dort nahm Mr Fogg ein höchst eigenartiges Vehikel in Augenschein, das im Grunde nichts weiter war als ein Brett auf zwei vorne wie Büffelhörner nach oben gebogenen Kufen, welches Platz für fünf bis sechs Personen bot. Im vorderen Bereich des Brettes war ein hoher Mast angebracht, an welchem ein riesiges Segel bereits aufgezogen und eine Vorrichtung für ein zweites vorhanden war. Im Heck hatte man einen Riemen befestigt. Er diente als Ruder.

Es handelte sich also um einen Schlitten, der wie ein Schiff zu handhaben war. Wenn die Züge im Winter in den Schneemassen stecken blieben, verkehrten diese Schlitten zwischen den Stationen. Auf der vereisten Ebene erreichten sie erstaunliche Geschwindigkeiten. Bei Rückenwind überboten sie bisweilen sogar noch einen Expresszug, hatten sie doch größere Segel als jeder Fischkutter gesetzt!

Im Handumdrehen wurden sich Mr Fogg und der Besitzer des »Erdenschiffes« einig. Der Wind war günstig, er blies kräftig aus West. Mudge war zuversichtlich, dass er Mr Fogg auf dem harten Schnee innerhalb weniger Stunden nach Omaha bringen konnte. Von dort aus gab es dann zahlreiche Züge und mehrere Strecken nach Chicago und New York. Es war also möglich, den Zeitverlust aufzuholen. Sie durften allerdings keinen Augenblick mehr zögern.

Mr Fogg wollte Mrs Aouda nicht der Reise in einem offenen Fahrzeug aussetzen. Der Fahrtwind würde die Kälte noch unerträglicher erscheinen lassen. Deshalb schlug er ihr vor in Begleitung Passepartouts in Fort Kearney zu bleiben. Zusammen könnten sie dann auf bequemere Weise nach Europa zurückreisen.

Mrs Aouda aber lehnte es rundheraus ab, sich von Mr Fogg zu trennen, und Passepartout war darüber sehr glücklich. Um keinen Preis hätte er jetzt seinen Herrn verlassen wollen, denn Fix wäre auf jeden Fall an Phileas Foggs Seite geblieben.

Was der Polizei-Inspektor dachte – das ist schwer zu sagen. Hatte die Tatsache, dass Mr Fogg zurückgekehrt war, ihn mit Zweifel erfüllt? Hielt er Mr Fogg vielleicht doch für unschuldig? Oder sah er im Gegenteil nun einen noch durchtriebeneren Schurken in ihm, der allen Ernstes überzeugt war nach seiner Reise um die Welt in England vollkommen sicher zu sein? Mag sein, dass sich seine Einstellung Mr Fogg gegenüber geändert hatte. Und doch würde Mr Fix vor allem seine Pflicht tun und die Rückkehr nach England, soweit es in seiner Macht stand, vorantreiben.

Um acht Uhr war der Schlitten abfahrtbereit. Die Reisenden – fast wäre man versucht sie ›Passagiere‹ zu nennen – nahmen Platz. Sie saßen dicht aneinander gedrängt und fest in ihre Reisedecken gewickelt. Die beiden riesigen Segel waren gehisst. Vom kräftigen Wind vorangetrieben, glitt der Schlitten mit einer Geschwindigkeit von 40 Meilen in der Stunde über die vereiste Schneedecke dahin.

In Luftlinie – oder im ›Bienenflug‹, wie die Amerikaner sagen – beträgt die Entfernung zwischen Fort Kearney und Omaha knapp 200 Meilen. Wenn nichts dazwischenkam, konnte man um halb ein Uhr nachmittags in Omaha eintreffen.

So eine Fahrt! Die Reisenden, wenngleich so nah aneinander gelehnt, konnten nicht einmal miteinander sprechen. Der Fahrtwind war so eisig, dass die Kälte ihnen buchstäblich die Worte abgeschnitten hätte. Leicht wie ein Schiff, das durch das

Wasser pflügt, flog der Schlitten über das Eis. Wenn die Segel von einer starken Böe erfasst wurden, schien es, als würde der Schlitten in die Luft gehoben, um wie ein großer Vogel dahinzufliegen. Mudge hielt das Steuer, bemüht einen gradlinigen Kurs zu halten. Sämtliche Segel waren gesetzt und auf größtmögliche Wirksamkeit ausgerichtet.

»Wenn alles hält, schaffen wir's!«, sagte Mudge.

Auch ihm war sehr daran gelegen, denn Mr Fogg hatte ihm, nach seiner altbewährten Methode, eine satte Belohnung versprochen. Die Prärie, die der Schlitten schnurgerade durchschnitt, war eben wie das Meer. Sie sah aus wie ein weiter, vereister See. Die Eisenbahntrasse, welche von Südwest nach Nordost verlief, überquerte in diesem Streckenabschnitt noch einmal einen Höhenzug und verband die Städte Grand Island, Columbus in Nebraska, Schuyler, Fremont und Omaha. Auf dem gesamten Streckenverlauf folgte sie dem Platte-Fluss an seinem rechten Ufer. Der Schlitten nahm den direkten Weg. Er fuhr an der Sehne des Bogens entlang, welchen die Eisenbahntrasse zog. Kurz vor Fremont machte der Fluss eine Krümmung, doch Mudge brauchte seine Überquerung nicht zu fürchten, er war ja zugefroren. Frei von Hindernissen lag die Strecke also vor ihnen, nichts konnte geschehen – es sei denn, der Schlitten brach oder der Wind flaute ab.

Doch der Wind wurde nicht schwächer. Im Gegenteil, er frischte so stark auf, dass sich der Mast bog. Die Stahlseile klangen im Wind, als ob sie ein Bogen gestrichen hätte. Unter seltsamen eindringlichen Klagelauten flog der Schlitten über die weite Ebene.

»Die Seile erklingen in Quinten und Quarten«, stellte Phileas Fogg fest.

Und dies waren die einzigen Worte, welche er während der Fahrt sprach. Mrs Aouda war fest in Pelze und Decken gehüllt und so weit wie möglich vor der frostigen Kälte geschützt.

Und Passepartout? Sein Gesicht war rot wie die Sonne, die im Nebel versinkt. Mit tiefen Zügen atmete er die eiskalte Luft. Seine unerschütterliche Zuversicht war ihm zurückgekehrt und er hoffte nun wieder. Man würde eben nicht morgens in New York ankommen, wo man ohnehin erst auf den Abend warten musste, sondern gleich am Abend selbst. Auf jeden Fall bestand doch noch die Chance das Postschiff nach Liverpool pünktlich zu erreichen.

Fast war Passepartout versucht gewesen seinem »Verbündeten« Fix die Hand zu drücken. Er war es schließlich, dem man diese Schlittenfahrt und somit die einzige Möglichkeit, vorzeitig nach Omaha zu kommen, verdankte. Doch ein unüberwindliches Misstrauen hielt ihn zurück. Nein, es war besser, wenn er reserviert blieb.

Doch eines würde Passepartout sein Lebtag nicht vergessen: Dass Mr Fogg, ohne zu zögern, ein solches Opfer gebracht hatte, um ihn aus den Händen der Sioux zu befreien. Er hatte sein Vermögen und sein Leben aufs Spiel gesetzt... Das würde er wahrhaftig niemals vergessen!

So hing jeder der Reisenden seinen Gedanken nach. Unterdessen flog der Schlitten auf der Schneefläche weiter voran. Man bemerkte nicht einmal, wenn er Flüsschen und Nebenflüsschen des Little Blue River überquerte, obwohl dies häufig der Fall war. Der Schnee hatte Wasserläufe und Felder eingeebnet.

Die Ebene war vollkommen menschenleer. Sie glich einer großen unbewohnten Insel,

eingerahmt von der Union-Pazifik-Bahnlinie auf der einen und der Nebenstrecke von Kearney nach Saint Joseph auf der anderen Seite. Es gab kein Dorf, keine Bahnstation, ja noch nicht einmal ein Fort. Ab und zu tauchte gespenstisch ein Baum auf, die kahlen Äste bizarr vereist. Oder ein Vogelschwarm, Raubvögel zumeist, stob auf. Auch kam es vor, dass ein ganzes Rudel Präriewölfe, mager und ausgehungert, hinter dem Schlitten herjagte. Da griff Passepartout zum Revolver, bereit einen Angriff mit Schüssen abzuwehren. Hätte der Schlitten gerade jetzt einen Schaden erlitten und wäre zum Halten verurteilt gewesen – die Reisenden wären den hungrigen Wölfen rettungslos ausgeliefert gewesen. Doch der Schlitten blieb ganz und bald war das Rudel abgehängt. Gegen Mittag bemerkte Mudge, dass der Schlitten soeben den Platte-Fluss überquerte. Zwar sagte er nichts, doch er war zuversichtlich, dass nach weiteren 20 Meilen die Bahnstation von Omaha erreicht sein würde.

Und wirklich. Nicht eine Stunde später musste er die Segel reffen, denn der Schlitten hatte so viel Schwung, dass er noch eine halbe Meile aus eigener Kraft dahinschoss. Dann endlich blieb er stehen. Mudge wies auf eine Hand voll schneebedeckter Dächer und sagte:

»Wir sind da.«

Es war geschafft! Die Bahnstation, welche täglich durch zahlreiche Züge mit dem Osten der Vereinigten Staaten verbunden war, war erreicht worden.

Fix und Passepartout sprangen als Erste auf die Erde und reckten ihre steifen Glieder. Mr Fogg regelte sein Geschäft mit Mudge auf großzügige Weise. Und Passepartout schüttelte dem Schlittenbesitzer so herzlich die Hand, als sei er ein alter Freund. Dann begab sich die Reisegesellschaft eilig in die Bahnstation.

Hier in Omaha, einer der bedeutendsten Städte Nebraskas, endet die eigentliche Pazifik-Eisenbahnlinie, welche das Mississippi-Becken mit dem Ozean verbindet. Von Omaha nach Chicago führte die Chicago-Rock-Island-Linie über 50 Stationen geradewegs nach Osten.

Am Bahnsteig stand zur Abfahrt bereit ein Schnellzug. Phileas Fogg und seine Begleiter konnten gerade noch einsteigen. Von Omaha bekamen sie nichts zu sehen, doch Passepartout fand das nicht weiter bedauerlich, denn man hatte nun wirklich Besseres zu tun. Mit hoher Geschwindigkeit fuhr der Zug durch den Staat Iowa, ließ Council Bluffs, Des Moines und Iowa City hinter sich. In der Nacht überquerte er bei Davenport den Mississippi und bei Rock-Island die Grenze zu Illinois. Am 10. Dezember, nachmittags um vier war Chicago erreicht. Die Stadt war bereits wieder aufgebaut, schöner denn je erstrahlte sie am Ufer des Michigan-Sees.

Zwischen Chicago und New York lagen noch 900 Meilen. Doch es gab verschiedene Zugverbindungen und Mr Fogg konnte sofort umsteigen. Forsch fuhr die Lokomotive der Pittsburg-Fort-Wayne-Chicago-Linie ab, als hätte sie verstanden, dass der ehrenwerte Gentleman keine Zeit zu verlieren hatte. Wie der Blitz durchquerte sie Indiana, Ohio, Pennsylvania und New Jersey, schließlich kam der Hudson in Sicht und am 11. Dezember um Viertel nach elf Uhr abends fuhr der Zug in den Bahnhof ein, der am rechten Flussufer lag, hielt direkt vor der Anlegestelle der Cunard- oder auch British and North American Royal Mail Steam Packet Co.-Linie.

Die *China*, der Dampfer nach Liverpool, hatte vor 45 Minuten abgelegt!

DAS ZWEIUNDDREISSIGSTE KAPITEL

in welchem Phileas Fogg direkt gegen das Pech antritt

Die *China* nahm Phileas Foggs letzte Hoffnung mit sich. Weder die französischen Transatlantik-Linien noch die Schiffe der White-Star-Linie oder die Dampfer der Compagnie Imman oder der Hamburger Schifffahrtsgesellschaft konnten Phileas Fogg nützen. Die *Pereire* der französischen Transatlantik-Linie – deren Schiffe allen anderen Linien in Geschwindigkeit gleichkam, sie dabei im Komfort aber bei weitem übertraf – legte erst am übernächsten Tag, dem 14. Dezember, ab. Zudem lief sie nicht Liverpool oder London an, sondern ebenso wie die Hamburger Schiffe Le Havre. Die zusätzliche Reise von Le Havre nach Southampton hätte ohnehin den Reiseplan zunichte gemacht.

Auch die *City of Paris*, ein Dampfer der Imman-Linie, stand gar nicht erst zur Diskussion. Zwar sollte dieses Schiff bereits am nächsten Tag auslaufen. Da es aber vor allem zum Transport von Auswanderern gebraucht wurde, besaß es nur schwache Maschinen. Eine Überfahrt mit diesem Schiff würde auf jeden Fall mehr Zeit beanspruchen, als laut Reiseplan verfügbar war, wollte Mr Fogg die Wette doch noch gewinnen.

So die Auskünfte des Bradshaw. Mr Fogg hatte ihn zu Rate gezogen, weil er sämtliche Transatlantik-Fahrpläne enthielt.

Passepartout war verzweifelt. Um 45 Minuten hatten sie den Dampfer verpasst! Diese Tatsache brachte ihn um den Verstand. Er war schuld daran! Er ganz allein! Statt seinem Herren zu helfen hatte er ihm ein Hindernis nach dem anderen in den Weg gelegt! Wenn er an all die Zwischenfälle der letzten Wochen dachte und überschlug, welche Unsummen Mr Fogg seinetwegen hatte ausgeben müssen; dazu noch die unnützen Reisekosten und der verlorene Wetteinsatz… Mr Fogg war rundheraus ruiniert. Passepartout überhäufte sich mit Selbstvorwürfen.

Mr Fogg jedoch machte ihm nicht die geringsten Vorwürfe. Als er von der Anlegestelle der Transatlantik-Schiffe zurückkam, sagte er lediglich: »Morgen sehen wir weiter. Kommen Sie.«

Mr Fogg, Mrs Aouda, Fix und Passepartout stiegen in eine Fähre und überquerten den Hudson. In einer Droschke ließen sie sich zum *Saint Nicholas Hotel* am Broadway bringen, wo sie sogleich ihre Zimmer aufsuchten. Mr Fogg schlief ausgezeichnet, doch Mrs Aouda und ihre Reisegefährten fanden vor Aufregung keinen Schlaf.

Der nächste Tag, es war der 12. Dezember, brach an. Von diesem 12. Dezember, sieben Uhr morgens an wären noch neun Tage, 13 Stunden und 45 Minuten Zeit gewesen, um pünktlich am 21. Dezember um 8 Uhr 45 abends in London zu erscheinen. Dies hätte vollauf genügt – wenn Mr Fogg die *China* erreicht hätte.

Mr Fogg wies Passepartout an im Hotel zu warten, bis er wieder zurück sei, und Mrs Aouda bat er sich für einen sofortigen Aufbruch bereitzuhalten. Dann verließ er das Hotel.

Er begab sich zum Ufer des Hudson. Sorgfältig ließ er den Blick über die vielen Schiffe schweifen, die dort festgemacht hatten, und überprüfte, ob ein zur Abfahrt bereites dabei war. In dem riesigen Hafen von New York verkehrten täglich an die 100 Schiffe. Mehrere Schiffe hatten tatsächlich den Abfahrtswimpel gehisst und warteten nur noch das Morgenhochwasser ab, um die Anker zu lichten. Die meisten waren jedoch Segler und für Mr Foggs Vorhaben vollkommen ungeeignet.

Fast schien es, als würde auch dieser allerletzte Versuch fehlschlagen, als er ein Handelsschiff erblickte. Nahe der Battery lag es vor Anker. Es war ein eleganter Schraubendampfer, der bereits unter Dampf stand. Er schien zur Abfahrt bereit.

Mr Fogg winkte ein Boot heran, sprang an Bord und ließ sich hinüberbringen. Wenige Ruderschläge später kletterte er bereits an Bord der *Henrietta*, deren Schiffsrumpf aus Eisen, die Aufbauten aber aus Holz gearbeitet waren.

Der Kapitän des Schiffes befand sich an Bord. Er war ein Mann von etwa 50 Jahren und sah aus wie ein rechter Seebär, mit dem umzugehen nicht eben bequem war: Er hatte hervorquellende Augen, fuchsrotes Haar und eine kupferbraune Gesichtsfarbe.

»Herr Kapitän?«, fragte Phileas Fogg.

»Jawohl.«

»Ich bin Phileas Fogg aus London.«

»Andrew Speedy aus Cardiff.«

»Legen Sie bald ab?«

»In einer Stunde.«

»Und fahren nach...?«

»Bordeaux.«

»Ihre Ladung?«

»Wertloser Plunder. Kein Frachtgut.«

»Befördern Sie Passagiere?«

»Keine Passagiere. Machen nur Scherereien.«

»Ihr Schiff ist schnell?«

»Elf bis zwölf Knoten. Die *Henrietta* kennt man.«

»Würden Sie mich und drei weitere Personen nach Liverpool bringen?«

»Nach Liverpool? Warum nicht gleich nach China?«

»Ich sagte: nach Liverpool.«

»Nein.«

»Nein?«

»Nein. Ich will nach Bordeaux und ich fahre nach Bordeaux.«

»Um jeden Preis?«

»Um jeden Preis.«

Der Kapitän sagte das so entschieden, dass jede weitere Diskussion ausgeschlossen war.

»Die Reeder der *Henrietta* würden vielleicht...«, setzte Phileas Fogg von neuem an.

»Reeder, welche Reeder! Ich bin der Reeder. Mir gehört das Schiff.«

»Ich chartere es.«

»Nein.«

»Ich kaufe es.«

»Nein.«

Phileas Fogg zuckte nicht mit der Wimper, obwohl es für ihn alles andere als gut aussah. New York war nicht Hongkong, der Kapitän der *Henrietta* nicht der Kapitän der *Tankadère*. Bisher hatten Phileas Foggs Banknoten immer gesiegt, hier jedoch schienen sie zu versagen.

Es musste aber ein Schiff zur Atlantiküberquerung gefunden werden. Sonst wäre höchstens noch ein Ballon als letzte Rettung verblieben, aber das wäre dann doch zu abenteuerlich und ohnehin undurchführbar gewesen.

Phileas Fogg schien einen Einfall zu haben:

»Na gut. Würden Sie mich nach Bordeaux mitnehmen?«

»Nein. Nicht einmal für 200 Dollar.«

»Ich biete Ihnen 2 000.«

»Pro Person?«

»Pro Person.«

»Sie sind zu viert?«

»Zu viert.«

Kapitän Speedy kratzte sich heftig am Kopf. 8 000 Dollar, ohne die Reiseroute zu ändern – dafür lohnte es sich vielleicht, seine Abneigung gegen Passagiere einmal zu überwinden. Passagiere für 2 000 Dollar pro Kopf... im Grunde waren sie eher kostbare Fracht.

»Um neun Uhr ist Abfahrt«, sagte Kapitän Speedy knapp. »Wenn Sie und die Ihren rechtzeitig kommen...«

»Um neun Uhr werden wir an Bord sein«, sagte Phileas Fogg ebenso knapp.

Es war jetzt 8 Uhr 30. Mr Fogg ging von Bord der *Henrietta*, stieg in einen Wagen, begab sich zum Hotel und holte Passepartout, Mrs Aouda und den unentbehrlichen Mr Fix ab, welchem er die gemeinsame Weiterreise anbot. All dies erledigte Mr Fogg mit jener Ruhe und Gelassenheit, die ihn niemals verließ.

Als die *Henrietta* in See stach, befanden sich alle vier an Bord.

Passepartout erfuhr, was diese letzte Überfahrt nun kostete. Da stieß er einen seiner lang gezogenen Oh-Rufe aus, die sämtliche Stufen einer fallenden chromatischen Tonleiter durchliefen.

Mr Fix dagegen stellte fest – wie schon so oft –, dass die Bank von England in dieser Angelegenheit nicht ungeschoren davonkommen würde. Vorausgesetzt, dass dieser Fogg nicht auch noch einige Hand voll Banknoten ins Meer warf, würde seine Reisetasche um beinahe 8 000 Pfund leichter sein.

DAS DREIUNDDREISSIGSTE KAPITEL

in welchem Mr Fogg die Oberhand behält

Eine Stunde später passierte die *Henrietta* das Leuchtschiff, welches die Einfahrt in den Hudson River markiert. Sie umfuhr die Landspitze von Sandy Hook und hielt dann mit östlichem Kurs in das offene Meer hinaus.
Am nächsten Tag, dem 13. Dezember, stieg um die Mittagszeit ein Mann auf die Kommandobrücke, um die Position festzustellen. Es stünde zu vermuten, dass es sich hierbei um Kapitän Speedy handelte. Doch der war es nicht. – Es war Phileas Fogg.
Und Kapitän Speedy? Der saß eingeschlossen in seiner Kabine und stieß so furchtbares Wutgeheul aus, dass man befürchten musste, ihn würde der Schlag treffen. Das allerdings war verständlich, wenn man wusste, was sich zuvor zugetragen hatte.
Das war sehr einfach. Phileas Fogg wollte eigentlich nach Liverpool und der Kapitän weigerte sich ihn dorthin zu bringen. Phileas Fogg hatte sich also mit der Überfahrt nach Bordeaux einverstanden erklärt. In den folgenden 30 Stunden an Bord aber hatte Mr Fogg es verstanden, seine Banknoten so geschickt anzuwenden, dass er Matrosen und Heizer ohne große Umstände für sich gewann; die insgesamt etwas fragwürdige Mannschaft stand mit dem Kapitän ohnehin auf schlechtem Fuß. So also ging es zu, dass Phileas Fogg Kapitän Speedys Stelle eingenommen hatte und jener eingesperrt in seiner Kabine saß. Es erstaunt nun auch nicht mehr, dass die *Henrietta* nach Liverpool fuhr. Eines aber hat sich deutlich erwiesen: Mr Fogg war irgendwann einmal ein Seemann gewesen.

Welches Ende dieses Abenteuer nahm, wird man später noch erfahren. Mrs Aouda jedenfalls war zutiefst beunruhigt, auch wenn sie kein Wort sagte, Fix war vollständig verblüfft und Passepartout fand die ganze Sache einfach phantastisch.

»Elf bis zwölf Knoten«, hatte Kapitän Speedy gesagt und tatsächlich hielt die *Henrietta* diese Durchschnittsgeschwindigkeit.

Wenn nun – noch immer gab es ein »Wenn«! –, wenn der Seegang nicht zu unruhig wurde oder der Wind auf Ost drehte und wenn das Schiff keinen Maschinenschaden erlitt und es keine sonstigen Pannen gab, dann konnte es die *Henrietta* schaffen, innerhalb der zwölf Tage zwischen dem 12. und dem 21. Dezember die 3 000 Meilen zwischen New York und Liverpool zurückzulegen. Allerdings war es durchaus möglich, dass die *Henrietta*-Sache zusammen mit der Bankraubgeschichte Mr Fogg nach seiner Ankunft sogar noch um einiges weiterbrachte, als er gewünscht hätte.

In den ersten Tagen hätten die Umstände gar nicht besser sein können. Der Seegang war gemäßigt, der Wind schien sich auf Nordost eingeschossen zu haben. Man hisste die Segel und die *Henrietta* glitt wie ein wahrer Transatlantikdampfer dahin.

Passepartout war durch und durch angetan. Die letzte Heldentat seines Herrn versetzte ihn in Begeisterung, wenn er auch nicht an die möglichen Folgen denken wollte. Lieber vergnügte er sich mit der Besatzung. Niemals hatten sie einen lustigeren und flinkeren Burschen gesehen. Er ging ihnen zur Hand, wo immer es möglich war, verblüffte sie mit seinen artistischen Kunststücken, besorgte ihnen die köstlichsten Getränke und spornte sie an, indem er den »Gentlemen« und »Helden« schmeichelnde Namen gab. Seine Fröhlichkeit war ansteckend und verbreitete sich unter der ganzen Besatzung. Die Sorgen und bösen Zwischenfälle der letzten Wochen hatte er vergessen. Er dachte nur noch an das Ziel, das schon so nahe vor Augen stand, und bisweilen kochte er vor Ungeduld, als ob er selbst es gewesen wäre, den der Kessel der *Henrietta* angeheizt hätte.

Oft strich er auch um Fix herum und warf ihm sprechende Blicke zu. Aber dieser sagte nichts. Zwischen den einstigen Freunden gab es keine Verbundenheit mehr.

Im Übrigen verstand Fix ohnehin überhaupt nichts mehr. Fogg hatte die *Henrietta* erobert, die Mannschaft bestochen und nun kommandierte er auch noch das Schiff wie ein abgefeimter Seemann. Dies alles verwirrte Mr Fix zutiefst. Aber warum sollte ein Gentleman, der in der Lage war 55 000 Pfund zu stehlen, nicht auch ein Schiff kapern können! Natürlich war Fix davon überzeugt, dass Mr Fogg alles andere im Sinn hatte als nach Liverpool zu fahren. Oh nein! Der Bankräuber und Pirat steuerte in irgendeine abgelegene Ecke der Welt, wo er sicher wäre. Man musste doch zugeben, dass dies unumstößlich auf der Hand lag! Mr Fix begann allmählich ernsthaft zu bereuen, dass er sich überhaupt mit diesem Fall abgegeben hatte.

Kapitän Speedy war immer noch in seiner Kabine eingeschlossen, wo er ohne Unterlass tobte. Passepartout hatte die Aufgabe ihm zu essen zu bringen und erledigte dies nur mit der allergrößten Vorsicht, so stark er selbst auch war. Mr Fogg hingegen tat, als ob es nie einen Kapitän Speedy an Bord gegeben hätte.

Am 13. umsegelte das Schiff das äußerste Ende der Neufundlandbank. Es befand sich nun in gefährlichem Gewässer. Vor allem im Winter musste dort mit Nebel und starken Stürmen gerechnet werden. Am Vorabend war das Barometer jäh gefallen, ein si-

cheres Anzeichen für einen bevorstehenden Wettersturz. Und wirklich war es im Laufe der Nacht merklich kälter geworden, dazu hatte der Wind auf Südwest gedreht.
Das war Pech. Mr Fogg, der unter keinen Umständen von seinem Kurs abweichen wollte, ließ die Segel reffen und dafür stärker heizen. Dennoch kam das Schiff nun langsamer voran. Lange Brecher prallten seitlich gegen den Bug. Die *Henrietta* geriet ins Schlingern, sodass sie schließlich kaum noch vorwärts kam. Doch das Wetter steigerte sich bis zum Orkan. Man musste befürchten, dass die *Henrietta* kentern würde. Was sollte man tun? In ruhigere Gewässer ausweichen? Doch niemand vermochte zu sagen, mit welchen Gefahren dort nun wieder zu rechnen war.
Passepartouts Laune sank mit dem Barometerstand. Zwei Tage lang stand er Todesängste aus. Doch Phileas Fogg war ein kühner Seefahrer, der dem Meer die Stirn zu bieten wusste. Er wich nicht einen Grad von seinem Kurs ab, nicht einmal den Dampfdruck ließ er vermindern. Immer wieder wurde das Deck der *Henrietta* von hereinbrechenden Wogen überspült, die Wellen warfen sie derart umher, dass zuweilen das Heck aus dem Wasser ragte und die Schraube sich im Leerlauf drehte. Doch das Schiff hielt, die *Henrietta* fuhr weiter.
Zum Glück handelte es sich um keinen jener Orkane, welche mit 90 Meilen in der Stunde daherfegen, doch er blies hartnäckig aus Südost, sodass die Segel weiterhin gerefft bleiben mussten. Dabei wäre es dringend notwendiger gewesen, als die Dampfkraft zu unterstützen! Wir werden erfahren, warum.
Am 16. Dezember war der 75. Tag seit der Abreise aus London. Wenn man es genau besah, lag die *Henrietta* noch immer halbwegs passabel in der Zeit. Die Hälfte der Strecke war überstanden, zudem lagen die gefährlichen Gewässer bereits hinter ihr. Wäre Sommer gewesen, so hätte man jetzt schon mit einem glücklichen Ende der Reise rechnen dürfen, doch im Winter war man dem Klima auf Gedeih und Verderb ausgeliefert. Passepartout war recht still, aber man konnte wohl doch noch hoffen. Und wenn man die Segel nicht setzen konnte, dann hielt man sich eben an die Dampfkraft.
An jenem Tag trat der Maschinist auf Mr Fogg zu. Lebhaft redete er auf Mr Fogg ein. Passepartout hätte den Grund nicht zu nennen gewusst, doch ihn befiel eine heftige Unruhe. Er bemühte sich ein paar Gesprächsfetzen aufzufangen und hörte Mr Fogg sagen: »Sind Sie da wirklich vollkommen sicher?«
Der Maschinist entgegnete: »Natürlich. Sie müssen bedenken, dass wir seit unserer Abreise mit Volldampf gefahren sind. Unsere Kohlen reichen zwar aus, um mit verminderter Kraft von New York bis Bordeaux zu kommen, aber mit Volldampf von New York nach Liverpool, dafür reichen sie nicht.«
»Gut. Ich gebe Ihnen Bescheid«, antwortete Mr Fogg.
Passepartout hatte verstanden. Ihn ergriff eine mörderische Unruhe.
Die Kohlen gingen aus!
Wenn mein Herr auch damit fertig wird, dann ist er wirklich ein Übermensch, dachte er.
Als ihm Mr Fix über den Weg lief, konnte er sich nicht zurückhalten ihm den Stand der Dinge mitzuteilen.
»Sie glauben doch wohl nicht im Ernst, wir wären unterwegs nach Liverpool?«, stieß der zwischen zusammengebissenen Zähnen hervor.

»Aber natürlich!«

»Sie Dummkopf!«, antwortete der Inspektor und wandte sich mit einem Schulterzucken ab.

Passepartout wollte schon etwas auf diese Beleidigung erwidern, deren Bedeutung er überhaupt nicht verstand, doch dann sagte er sich, dass der unglückliche Fix vermutlich sehr in seinem Stolz verletzt war, weil er wohl hatte einsehen müssen, dass er auf einer völlig falschen Spur um den ganzen Erdball gejagt war. Deshalb verzichtete Passepartout darauf, ihm etwas zu entgegnen.

Und Phileas Fogg? Was würde er jetzt unternehmen? Man wusste es nicht. Es schien aber, als hätte der unerschütterliche Gentleman einen Entschluss gefasst, denn noch am Abend ließ er den Maschinisten zu sich kommen.

»Geben Sie weiter Volldampf, soweit Sie mit der Feuerung kommen.«

Kurze Zeit später spie der Schornstein der *Henrietta* dicke Rauchwolken aus.

Das Schiff fuhr also weiter mit Höchstgeschwindigkeit; aber wie der Maschinist vorausgesagt hatte, waren zwei Tage später, am 18. Dezember, alle Kohlevorräte erschöpft.

»Lassen Sie das Feuer auf keinen Fall ausgehen! Die Ventile schließen!«, ordnete Mr Fogg an.

Am selben Tag um die Mittagszeit stellte Phileas Fogg die Position des Schiffes fest. Dann trug er Passepartout auf, Kapitän Speedy aus seiner Kabine zu holen. Mit dem Gefühl, er solle einen Tiger aus dem Käfig lassen, stieg Passepartout hinab und flüsterte immer wieder vor sich hin: »Er wird ganz fürchterlich toben! Bestimmt! Er wird ganz fürchterlich toben!«

Tatsächlich schlug wenige Minuten später unter Flüchen und Heulen eine Bombe an Deck ein. Es war Kapitän Speedy.

»Wo sind wir überhaupt?«, waren die ersten Worte, die er zwischen zwei Wutausbrüchen hervorstieß. Hätte er stärker zum Schlaganfall geneigt, er wäre seinen Tobsuchtsanfällen sicher erlegen.

»Wo sind wir?«, wiederholte er mit zornesrotem Gesicht.

»770 Meilen vor Liverpool«, entgegnete Mr Fogg, ohne sich aus der Ruhe bringen zu lassen.

»Pirat!«, schrie Andrew Speedy.

»Ich habe Sie holen lassen, mein Herr…«

»Seeräuber!«

»…mein Herr«, fuhr Phileas Fogg fort, »um Sie zu bitten mir Ihr Schiff zu verkaufen.«

»Nein! Kommt überhaupt nicht in Frage!«

»Ich müsste es nämlich verbrennen.«

»Verbrennen! Mein Schiff!«

»Ja, zumindest die Aufbauten. Wir haben keinen Brennstoff mehr.«

»Mein Schiff verbrennen!«, schrie Kapitän Speedy noch einmal und war kaum mehr in der Lage deutlich zu sprechen. »Ein Schiff im Wert von 50 000 Dollar!«

»Ich biete Ihnen 60 000«, erwiderte Mr Fogg und hielt ihm ein Bündel Banknoten hin.

Dies zeitigte an Andrew Speedy wundersame Wirkung. Keinen Amerikaner vermochte der Anblick so vieler Dollars kalt zu lassen. Im Nu war Andrew Speedys Wut wie weggeblasen. Sein Schiff war bereits 20 Jahre alt. Und nun würde er sich noch eine goldene Nase daran verdienen!

»Und der eiserne Rumpf bleibt in meinem Besitz?«, fragte er überraschend sanft.

»Der eiserne Rumpf und die Maschine, mein Herr. Einverstanden?«

»Einverstanden.«

Andrew Speedy nahm die Banknoten an sich, zählte sie durch und ließ sie in seiner Tasche verschwinden.

Weiß wie die Wand, hatte Passepartout die Szene mit angesehen. Und Mr Fix traf beinah der Schlag. Fast 20 000 Pfund waren dahin und dann überließ er dem Kerl auch noch Rumpf und Maschine, welche den eigentlichen Wert des Schiffes ausmachten!

Als Andrew Speedy das Geld eingesteckt hatte, sagte Mr Fogg:

»Mein Herr, all dies wird Sie in großes Erstaunen versetzen. Es verhält sich so, dass ich bis zum 21. Dezember um 8 Uhr 45 abends in London eintreffen muss. Sonst verliere ich 20 000 Pfund. Nachdem ich das Postschiff nach Liverpool verpasst hatte und Sie sich weigerten mich dorthin zu bringen…«

»…und daran habe ich wirklich gut getan, bei sämtlichen Höllenteufeln!«, brüllte Andrew Speedy. »Ich verdiene 40 000 Dollar!« Und etwas leiser fügte er hinzu: »Wissen Sie, was, Kapitän…?«

»Fogg.«

»Kapitän Fogg, gut. Sie sind ein richtiger Yankee.«

Und nachdem er Mr Fogg dieses vermeintliche Kompliment gemacht hatte, drehte er sich um und ging. Mr Fogg vergewisserte sich noch: »Das Schiff gehört jetzt mir?«

»Natürlich. Alles, was aus Holz ist, vom Kiel bis zu den Masten!«

»Gut. Dann lassen Sie die Innenausstattung zerlegen und verfeuern.«

Es waren ungeheure Mengen dieses trockenen Holzes vonnöten, um den Dampf unter ausreichend hohem Druck zu halten. Am selben Tag noch wanderten sämtliche Kajüten, Kojen und Kabinen sowie die Hilfsbrücke klein gehackt und zerstückelt in den Heizkessel.

Am folgenden Tag, es war der 19. Dezember, wurden Masten, Stangen und Rahen umgelegt und dem Heizkessel übergeben. Die gesamte Mannschaft ging mit unglaublichem Eifer zu Werke. Passepartout hackte und sägte für zehn. An Deck sah es aus, als hätte die Zerstörungswut um sich gegriffen.

Am 20. Dezember kamen die Aufbauten des Schiffes und was entbehrlich war an die Reihe. Die *Henrietta* war inzwischen kahl wie ein Ponton.

An jenem Tag jedoch kam die irische Küste in Sicht. Um zehn Uhr abends allerdings befand sich das Schiff noch immer auf der Höhe von Queenstown. Phileas Fogg blieben nur mehr 24 Stunden, um London zu erreichen! Und so viel Zeit war bereits vonnöten, um unter Volldampf nach Liverpool zu kommen. Und eben der Dampf ging dem kühnen Gentleman allmählich aus.

»Mein Herr«, sagte Kapitän Speedy, der sich schon lange nicht mehr für Mr Foggs Pläne interessierte, »ich bedaure Sie wirklich. Alles steht gegen Sie. Wir sind noch immer vor Queenstown.«

»Ah!«, machte Mr Fogg. »Die Lichter, die wir sehen, gehören zu Queenstown?«

»Ja.«

»Können wir dort anlegen?«

»Nicht vor drei Uhr. Wir müssen die Flut abwarten.«

»Also warten wir!«, sagte Mr Fogg. Ihm war nicht anzusehen, ob ihm vielleicht eine Eingebung gekommen war, wie er sein widriges Schicksal noch einmal bezwingen konnte.

Queenstown liegt an der westirischen Küste. Transatlantikschiffe aus den Vereinigten Staaten machen hier einen kurzen Halt, um die Postsäcke auszuladen. Mit Eilzügen, die stets zur Abfahrt bereitstehen, wird die Post nach Dublin weitertransportiert, in Dublin dann wird sie in sehr schnelle Dampfer umverladen und nach Liverpool gebracht. Auf diese Weise kommt die Post sogar noch zwölf Stunden vor den Transatlantik-Dampfern in England an.

Diese zwölf Stunden wollte Phileas Fogg gewinnen. Anstatt am Abend des folgenden Tages mit der *Henrietta* in Liverpool einzutreffen wäre er dort bereits mittags und hätte noch ausreichend Zeit zur Verfügung, um vor 8 Uhr 45 abends in London zu sein.

Mit der Flut lief die *Henrietta* um ein Uhr morgens in den Hafen von Queensland ein. Kapitän Speedy drückte Phileas Fogg die Hand, dann ließ der Gentleman ihn auf seinem kahl geschlagenen Schiff, das noch immer die Hälfte seines Kaufpreises wert war, zurück.

Auch die Passagiere gingen unverzüglich von Bord. Fix fühlte in diesem Augenblick eine unbezwingbare Lust Phileas Fogg zu verhaften. Und doch tat er es nicht. Weshalb? Hatte er seinen Irrtum etwa eingesehen? Jedenfalls wich er auch jetzt nicht von Mr Foggs Seite. Mit ihm, Mrs Aouda und Passepartout, der sich kaum mehr die Zeit zum Atmen gönnte, bestieg er den Zug nach Dublin, welcher um halb zwei Uhr nachts abfuhr und im Morgengrauen in Dublin eintraf. Von dort ging es auf den Dampfer – ein Schiff aus Stahl, das bei jeder Witterung gleichermaßen durch die Wellen pflügte.

Am 21. Dezember um elf Uhr 40 ging Phileas Fogg endlich in Liverpool von Bord. Bis nach London brauchte er nur noch sechs Stunden!

In diesem Augenblick trat Fix an ihn heran. Er legte ihm die Hand auf die Schulter, hielt ihm den Haftbefehl unter die Nase und sagte:

»Sind Sie Phileas Fogg?«

»Aber natürlich.«

»Im Namen der Königin: Sie sind verhaftet!«

DAS VIERUNDDREISSIGSTE KAPITEL

welches Passepartout die Möglichkeit bietet, ein rüdes, aber originelles Wortspiel zum Besten zu geben

Phileas Fogg saß im Gefängnis. Man hatte ihn im Custom-House, dem Zollhaus von Liverpool eingesperrt, wo er die Nacht über auf seinen Abtransport nach London warten sollte. Passepartout hatte sich auf Fix stürzen wollen, als er Mr Fogg festnahm, aber er wurde von Polizisten zurückgehalten. Mrs Aouda, die nichts von alldem ahnte, war bestürzt über den jähen Überfall. Passepartout erklärte ihr, wie es dazu hatte kommen können. Allein Mrs Aouda wies dergleichen Behauptungen entschieden zurück. Mr Fogg, dieser ehrenhafte und mutige Gentleman, dem sie ihr Leben zu verdanken hatte, sollte ein Dieb sein? Ausgeschlossen. Ihre Empörung war tief und Tränen traten ihr in die Augen, als sie einsehen musste, dass es nichts gab, was sie für die Rettung ihres Retters hätte tun können.
Und Fix? Es war lediglich seine Pflicht gewesen, Mr Fogg festzunehmen, ob zu Recht oder zu Unrecht, das würde sich vor dem Richter herausstellen.
Passepartout quälte ein schrecklicher Gedanke: Er war schuld an diesem Unglück, er ganz allein! Warum hatte er Mr Fogg nicht über Fix' Absichten aufgeklärt? Hätte er ihn nicht warnen müssen? Sicher hätte er Fix seine Unschuld beweisen können und ihn von seinem Irrtum überzeugt, auf jeden Fall aber hätte er nicht so viel Geld und Mühe daran verschwendet, diesen unangenehmen Polizisten um die halbe Welt mitzunehmen, der es doch nur darauf abgesehen hatte, ihn zu verhaften, sobald er englischen Boden betrat. Als Passepartout sich alle seine Fehler und Versäumnisse vor Augen führte, fühlte er sich schrecklich elend. Er weinte hemmungslos und wollte sich am liebsten umbringen.
Obwohl es furchtbar kalt war, harrte er mit Mrs Aouda in der Säulenhalle des Zollhauses aus. Keine zehn Pferde hätten sie wegbewegt, denn sie wollten um jeden Preis noch einmal mit Mr Fogg sprechen.
Er war nun rundherum ruiniert – in dem Moment, als er das Ziel fast erreicht hatte. Denn die Stunden der Haft konnten durch nichts mehr ausgeglichen werden.
Wer nun in seine Zelle geblickt hätte, der hätte dort einen vollkommen reglosen Mr Fogg vorgefunden. Er saß auf einer hölzernen Bank. Er zeigte nicht die geringste Empörung. Man hätte auch nicht behaupten können, dass er resigniert hätte, denn auch dieser letzte Schlag schien ihn nicht seiner Fassung beraubt zu haben. Oder sammelte sich in seinem Inneren die Wut, um später nur umso heftiger auszubrechen? Das vermochte niemand zu sagen. In diesem Augenblick jedenfalls schien er ruhig und gefasst. Er wartete. Aber worauf? Hatte er doch noch Hoffnung? Hatte er auch dann nicht aufgehört an seinen Erfolg zu glauben, als die Gefängnistür hinter ihm verriegelt wurde? Auf jeden Fall hatte Mr Fogg sorgfältig seine Taschenuhr auf ein Tischchen gelegt und sah nun mit unbewegter Miene zu, wie die Zeiger vorrückten.

Man konnte es drehen und wenden, wie man wollte. Ein Außenstehender hätte folgende Schlüsse gezogen: Entweder der Gentleman Phileas Fogg war ruiniert oder der Gauner Phileas Fogg war endlich geschnappt.

Hegte Phileas Fogg vielleicht Fluchtgedanken? Möglicherweise, denn er begann nun im Raum auf und ab zu schreiten. Doch die Tür war verriegelt und das Fenster vergittert. So setzte er sich wieder. Er zog aus seiner Brieftasche den Reiseplan hervor. Unter »Samstag, 21. Dezember, Liverpool« notierte er noch: »80. Tag. 11 Uhr 40.« Dann wartete er wieder.

Als die Uhr am Zollhaus eins schlug, stellte Phileas Fogg fest, dass seine Uhr um zwei Minuten vorging.

Dann schlug es zwei. Wenn er jetzt in einen Schnellzug steigen würde, käme er noch rechtzeitig im Londoner Reform Club an. Leichte Falten zogen sich über Mr Foggs Stirn. Um 2 Uhr 33 ertönte draußen Lärm. Türen wurden geöffnet. Er hörte Passepartout, er hörte Mr Fix.

Einen Augenblick lang erschien ein Funkeln in Mr Foggs Augen.

Die Tür wurde aufgerissen, Mrs Aouda, Passepartout und Fix stürzten herein.

Fix war völlig außer Atem. In wirren Strähnen fiel ihm das Haar ins Gesicht... Er konnte nicht sprechen.

»Mein Herr!«, stammelte er. »Mein Herr... Verzeihung! Die Ähnlichkeit!... Bedauerlich! Vor drei Tagen... der Dieb... gefasst. Sie... Sie sind frei!«

Phileas Fogg war frei! Er machte einige Schritte auf den Detektiv zu und schaute ihm ruhig ins Gesicht. Dann hob er in der einzigen schnellen Bewegung seines Lebens die Arme. Mit der Präzision eines Automaten ließ er zwei Faustschläge auf Mr Fix herniederprasseln.

»Gut geschlagen!«, rief Passepartout. Und dann machte er ein Wortspiel, das eines Franzosen wahrhaft würdig war: »Na! So eine gelungene Anwendung der ›Poings d'Angleterre‹!« Dazu muss man wissen, dass ›Points d'Angleterre‹ englische Spitzen sind, ›Poings d'Angleterre‹ hingegen englische Fäuste.

Fix war der Länge nach hingestürzt. Er sagte kein Wort. Er hatte den Lohn, der ihm zustand, erhalten.

Unverzüglich verließen Mr Fogg, Mrs Aouda und Passepartout das Zollhaus, mieteten eine Droschke und fuhren zum Bahnhof. Es war 2 Uhr 40. Der Schnellzug nach London war vor 35 Minuten abgefahren.

Mr Fogg verlangte einen Sonderzug. Der wurde gewährt, doch der Fahrplan erlaubte die Abfahrt erst um drei Uhr.

Um drei Uhr schließlich waren Mr Fogg, Mrs Aouda und Passepartout auf dem Weg nach London. Zuvor hatte Mr Fogg einige Worte mit dem Lokomotivführer gewechselt, wobei von einer nicht geringen Belohnung die Rede war.

Die Strecke Liverpool – London musste in fünfeinhalb Stunden zurückgelegt werden. Dies ist nicht unmöglich, vorausgesetzt, dass die Fahrt ungehindert vonstatten gehen kann. Doch einige Aufenthalte waren nicht zu umgehen. Als Mr Fogg schließlich in London auf dem Bahnsteig stand, war es bereits zehn Minuten vor neun.

Er hatte seine Reise um die Welt mit einer Verspätung von fünf Minuten beendet.

Er hatte seine Wette verloren.

DAS FÜNFUNDDREISSIGSTE KAPITEL

in welchem Passepartout einen Auftrag seines Herrn in allergrößter Eile erledigt

Am folgenden Tag hätte keiner der Nachbarn in der Saville Row geglaubt, dass Mr Fogg wieder zurück war, denn Türen und Fenster des Hauses Nr. 7 waren verschlossen geblieben.
Nach der Ankunft hatte Mr Fogg Passepartout angewiesen einige Lebensmittel zu besorgen und war nach Hause gefahren.
Der Gentleman trug sein Schicksal mit dem gewohnten Gleichmut. Er war ruiniert und der tölpelhafte Polizei-Inspektor war schuld daran! Nachdem die lange Reisestrecke sicheren Schrittes zurückgelegt, tausend Hindernisse und Gefahren überwunden und unterwegs sogar noch gute Werke getan worden waren, hatte ihn ein grausamer Zufall, der weder vorausgesehen noch abgewendet werden konnte, so kurz vor dem Ziel zu Fall gebracht: Das war furchtbar! Von der enormen Summe, die er bei der Abfahrt mitgenommen hatte, war nur ein unbedeutendes Häufchen geblieben. Sein restliches Vermögen bestand aus jenen 20 000 Pfund, die er bei den Gebrüdern Baring deponiert hatte und nun den Mitgliedern des Reform Clubs schuldete. Zwar hätte ihn der Wetteinsatz, bei all den Kosten, welche ihm die Reise verursacht hatte, nicht zum reichen Mann gemacht – das stand ohnehin nicht in Mr Foggs Absicht, denn er hatte ja der Ehre halber gewettet –, doch der Verlust des Einsatzes war sein vollständiger Ruin. Mr Fogg wusste, was ein Gentleman in dieser Lage zu tun hat.

Ein Zimmer des Hauses Nr. 7 in der Saville Row war für Mrs Aouda bereitgestellt worden. Die junge Frau war verzweifelt, denn aus einigen Worten, die Mr Fogg gesagt hatte, musste sie schließen, dass er etwas Unheilvolles plante.

Man wusste ja, zu welch extremer Handlung mancher Engländer fähig war, wenn er von einer fixen Idee besessen war. Auch Passepartout hatte daher unauffällig ein Auge auf seinen Herrn.

Als Erstes war Passepartout allerdings in sein Zimmer hinaufgestiegen und hatte die Gasflamme abgestellt, die seit 80 Tagen gebrannt hatte. Im Briefkasten hatte er bereits die Rechnung der Gaswerke vorgefunden und es war nun allerhöchste Zeit, diese Kosten, die er selbst tragen musste, zu unterbinden.

Die Nacht verging. Mr Fogg hatte sich schlafen gelegt, aber ob er auch schlief? Mrs Aouda jedenfalls fand keinen Schlaf und Passepartout wachte wie ein Hund vor der Schlafzimmertür seines Herrn.

Am Morgen ließ Mr Fogg seinen Diener zu sich kommen. Er wies ihn an für Mrs Aouda ein Frühstück zu bereiten. Er selbst werde sich mit einer Tasse Tee und etwas Toast begnügen. Mrs Aouda solle ihn zu Frühstück und Dinner entschuldigen, denn er müsse seine Angelegenheiten regeln. Er wolle auch nicht ausgehen. Nur für den Abend bitte er darum, einige Augenblicke mit Mrs Aouda sprechen zu dürfen.

Nun war Passepartout das Tagesprogramm mitgeteilt worden und er brauchte es nur noch auszuführen. Er betrachtete seinen Herrn, der noch immer undurchdringlich ruhig aussah, und konnte sich nicht entschließen aus dem Zimmer zu gehen. Sein Herz war schwer, ihn quälten schreckliche Gewissensbisse, mehr denn je überhäufte er sich mit Selbstvorwürfen, weil er meinte, schuld an dem nicht wieder gutzumachenden Unheil zu sein. Natürlich! Hätte er Mr Fogg gewarnt! Hätte er ihm doch nur Mr Fix' Pläne enthüllt! Niemals hätte er ihn mitgeschleppt bis Liverpool!

Passepartout konnte sich nicht mehr zurückhalten.

»Gnädiger Herr! Mr Fogg!«, rief er. »Bitte, verfluchen Sie mich! Ich bin schuld, dass...«

»Niemand hat Schuld«, entgegnete Phileas Fogg ruhig. »Und nun gehen Sie!«

Passepartout verließ das Zimmer und suchte Mrs Aouda auf, der er Mr Foggs Anordnungen mitteilte.

»Madame«, fügte er hinzu, »nichts vermag ich auszurichten, gar nichts! Aber vielleicht könnten Sie...«

»Wie sollte ich denn auf ihn Einfluss nehmen!«, sagte Mrs Aouda. »Mr Fogg gestattet das niemandem! Hat er jemals begriffen, wie groß meine Dankbarkeit für ihn war? Hat er jemals in mein Herz geblickt? Mein Freund, lassen Sie ihn nicht allein, nicht einen Augenblick. Sie sagten, er habe den Wunsch geäußert mich heute Abend zu sprechen?«

»Ja, Madame. Es handelt sich vermutlich um Ihren weiteren Verbleib in England.«

»Dann warten wir also ab«, sagte die junge Frau. Passepartout ließ sie sehr nachdenklich zurück.

Den ganzen Sonntag über wirkte das Haus Nr. 7 in der Saville Row unbewohnt. Und zum ersten Mal, seit Mr Fogg dort wohnte, begab er sich nicht pünktlich mit dem Halbzwölf-Uhr-Läuten des Big Ben in seinen Club.

Wozu auch hätte sich der Gentleman im Reform Club präsentieren sollen? Seine Kollegen erwarteten ihn nicht mehr. Da er am Vorabend, jenem unseligen 21. Dezember, nicht um 8 Uhr 45 dort erschienen war, hatte er die Wette verloren. Es war nicht einmal nötig, dass er sich persönlich zu seinem Bankhaus begab, um die 20 000 Pfund abzuheben, denn er hatte seinen Wettpartnern den Scheck ja bereits übergeben. Eine einfache Mitteilung an die Herren Baring genügte und die Summe wurde ihnen gutgeschrieben.

Es gab also keinen Grund auszugehen und Mr Fogg ging auch nicht aus. Er verbrachte den Tag in seinem Zimmer und regelte seine Angelegenheiten. Passepartout lief unterdessen ohne Unterlass die Treppe auf und ab. Die Stunden zogen sich endlos hin. Er lauschte an der Zimmertür – er fand, er habe das Recht dazu! – und spähte sogar durch das Schlüsselloch, denn er fürchtete jeden Augenblick ein furchtbares Unglück. Von Zeit zu Zeit kam ihm Fix in den Sinn. Über ihn hatte er seine Meinung mittlerweile geändert. Er war dem Polizei-Inspektor nicht mehr böse. Wie jedermann hatte sich Fix in Mr Fogg geirrt. Als er ihn verfolgte und festnahm, hatte er lediglich seine Pflicht getan. Wohingegen er selbst, Passepartout... Wieder überkam ihn ein mörderisches Schuldgefühl, er fühlte sich unsäglich elend.

Er ertrug es nicht länger, allein zu bleiben. Er klopfte an Mrs Aoudas Tür, trat ein, setzte sich in eine Ecke und blickte die junge Frau, die noch immer nachdenklich war, wortlos an.

Gegen halb acht Uhr abends fragte Mr Fogg an, ob Mrs Aouda bereit wäre ihn zu empfangen. Wenige Augenblicke später befanden sich er und die junge Frau allein im Zimmer.

Mr Fogg ergriff einen Stuhl und setzte sich an den Kamin, Mrs Aouda gegenüber. Seinem Gesicht war keine Regung anzumerken. Mr Fogg gab sich gleichmütig wie eh und je. Fünf Minuten lang saß er schweigend da. Dann hob er den Blick und sagte: »Madame, verzeihen Sie mir, dass ich Sie nach England gebracht habe?«

»Aber, Mr Fogg! Ich bitte Sie!«, entgegnete Mrs Aouda, bemüht ihr heftiges Herzklopfen zu unterdrücken.

»Bitte, hören Sie mich an«, fuhr Mr Fogg fort. »Als ich den Entschluss fasste Sie aus Ihrem Land, das für sie plötzlich so gefährlich war, zu bringen, war ich reich. Ich hatte die Absicht Ihnen einen Teil meines Vermögens zur Verfügung zu stellen, damit Sie unbesorgt und unabhängig leben können. Jetzt aber bin ich ruiniert.«

»Ich weiß, Mr Fogg«, antwortete die junge Frau. »Und ich meinerseits möchte Sie nun bitten: Verzeihen Sie mir, dass ich Ihnen gefolgt bin und – möglicherweise? – zu dem Unglück beigetragen habe, indem ich Sie aufhielt?«

»Madame, Sie hätten unter keinen Umständen in Indien bleiben können. Ihr Leben wäre bedroht gewesen, solange Sie dem Zugriff jener Fanatiker ausgesetzt waren.«

»Und so, Mr Fogg«, hakte Mrs Aouda nach, »soll es also nicht genügen, dass Sie mich vor einem schrecklichen Tod gerettet haben? Sie fühlen sich sogar noch verantwortlich für mein Auskommen?«

»Ja, Madame«, antwortete Mr Fogg. »Aber die Umstände haben sich gegen mich gewendet. Wie dem auch sei, ich möchte Sie bitten über das Wenige, das noch verbleibt, frei zu verfügen.«

»Und Sie, Mr Fogg?«

»Ich brauche nichts«, sagte der Gentleman kühl.
»Was gedenken Sie nun zu tun?«
»Was ich tun muss.«
»Aber ein Mann wie Sie kann doch nicht in solches Unglück stürzen! Ihre Freunde…«
»Ich habe keine Freunde.«
»Ihre Familie…«
»Ich habe keine Familie mehr, Madame.«
»Ich bedaure Sie, Mr Fogg, denn es ist traurig, so allein dazustehen. Niemand, dem Sie Ihr Herz ausschütten könnten! Wo es zu zweit doch viel leichter ist, Unglück zu ertragen.«
»So sagt man, Madame.«
»Mr Fogg«, sagte da Mrs Aouda. Sie erhob sich und reichte ihm die Hand. »Möchten Sie, dass ich Ihnen Verwandte und Freundin zugleich bin? Möchten Sie mich zur Frau?«
Als sie dies sagte, hatte sich auch Mr Fogg erhoben. In seinen Augen lag ein ungewöhnlicher Schimmer, seine Lippen schienen zu zittern. Mrs Aouda blickte ihn an. So viel Aufrichtigkeit, Sanftmut und Entschlossenheit lag in ihrem Blick… Alles setzte sie aufs Spiel, um jenen Mann, dem sie ihr Leben zu verdanken hatte, zu retten. Mr Fogg war erstaunt, dann tief berührt. Er schloss für einen Augenblick die Augen, als wollte er ihrem Blick verwehren noch tiefer in ihn einzudringen. Als er die Augen wieder aufschlug, sagte er schlicht: »Ich liebe Sie! Ja, bei allem, was mir heilig ist auf dieser Welt, ich liebe Sie. Ich bin der Ihre.«
Mrs Aouda seufzte und führte ihre Hand zum Herzen.
Passepartout wurde gerufen und er kam sofort herbei. Noch immer hielt Mr Fogg Mrs Aoudas Hand in der seinen. Passepartout verstand. Sein rundes Gesicht strahlte wie die Mittagssonne am Tropenhimmel.
Mr Fogg fragte, ob es wohl trotz der abendlichen Stunde noch möglich sei, den Reverend Samuel Wilson der Pfarrei Mary-le-Bone aufzusuchen.
Passepartout ließ sein strahlendstes Lächeln sehen.
»Dafür ist es nie zu spät!«, sagte er. Es war erst fünf Minuten nach acht. »Für morgen, Montag?«, fragte er.
»Für morgen, Montag?«, fragte Mr Fogg und blickte die junge Frau an.
»Für morgen, Montag«, antwortete Mrs Aouda.
Passepartout verließ eilig das Haus.

DAS SECHSUNDDREISSIGSTE KAPITEL

in welchem die Phileas-Fogg-Aktie einen neuerlichen Aufschwung erfährt

Es ist an der Zeit zu erwähnen, wie die öffentliche Meinung im gesamten Vereinigten Königreich umschwang, als die Verhaftung des wahren Bankräubers – eines gewissen James Strand – bekannt wurde. Am 17. Dezember war er in Edinburgh gefasst worden.

Noch am Tage zuvor galt Phileas Fogg als ein Verbrecher, den die Polizei hartnäckig verfolgte. Nun galt er wieder als ehrenwerter Gentleman, der mit mathematischer Genauigkeit seine Reise um die Welt vollzog.

Welchen Aufruhr, welche Schlagzeilen es gab! Die ganze Heerschar derer, die damals für oder gegen ihn gewettet hatten, war mit einem Male wieder auferstanden. Der Aktienmarkt belebte sich mit frischem Schwung, neuerliche Wetten wurden abgeschlossen, wobei die Einsätze beträchtlich in die Höhe schossen. Die Aktie »Phileas Fogg« stand wieder für gute Umsätze.

Die fünf Kollegen Mr Foggs im Reform Club hatte dieser Tage eine gewisse Unruhe ergriffen. Dieser Phileas Fogg, welchen sie beinah vergessen hatten, war plötzlich wieder präsent. Wo er wohl in diesem Augenblick stecken mochte? Am 17. Dezember, dem Tag der Verhaftung jenes James Strand, war Phileas Fogg seit 76 Tagen unterwegs. Er hatte nichts von sich hören lassen. Hatte er aufgegeben? Oder befand er sich noch immer auf der vorgeschriebenen Reiseroute? Würde er am Abend des 21. Dezember um 8 Uhr 45 wie der Gott der Pünktlichkeit auf der Schwelle des Reform Clubs erscheinen?

Drei Tage lang lagen weite Teile der englischen Bevölkerung in heller Aufregung. Depeschen nach Amerika und Asien gingen ab, um nur Nachricht über Phileas Fogg zu erhalten. Das Haus in der Saville Row wurde zeitweise unter Beobachtung gestellt... Nichts. Auch über den Verbleib des unglücklichen Detektivs Fix, der sich mit so viel Elan auf eine falsche Spur gesetzt hatte, wusste man nichts. All das verlieh den Wetten nur noch mehr Aufschwung. Man setzte auf Phileas Fogg wie auf ein Rennpferd kurz vor der Zielgeraden. Phileas-Fogg-Aktien gab es nicht mehr in Bündeln zu 100 zu kaufen, sondern zu 20, zehn oder fünf. Lord Albermale, jener alte, an den Rollstuhl gefesselte Gentleman, engagierte sich ganz besonders.

Am Samstagabend gab es einen wahren Volksauflauf in der Pall Mall und den angrenzenden Straßen. Der Verkehr war zeitweise lahm gelegt. Man konnte meinen, sämtliche Börsenmakler Londons hätten sich auf den Stufen des Reform Clubs zusammengefunden, um ihren Börsengeschäften nachzugehen. Der jeweils neueste Kurs der »Phileas Fogg« wurde ausgerufen, als handele es sich um ein Staatspapier. Nur mit Mühe gelang es der Polizei, für Ruhe und Ordnung zu sorgen, und je näher Phileas Foggs vereinbarte Ankunftszeit rückte, desto stärker wurde die Erregung.

An jenem Abend hatten sich Phileas Foggs fünf Kollegen um neun Uhr im Großen Salon des Reform Clubs versammelt. Die beiden Bankiers John Sullivan und Samuel Fallentin, der Ingenieur Andrew Stewart, der Vizedirektor der Bank von England, Gauthier Ralph, und Thomas Flanagan, der Brauereibesitzer, saßen in banger Erwartung zusammen.

Es war fünf Minuten vor halb neun. Andrew Stewart erhob sich und sagte: »Meine Herren, in 20 Minuten wird die mit Phileas Fogg vereinbarte Frist verstrichen sein.«

»Wann kam der letzte Zug aus Liverpool?«, fragte Thomas Flanagan.

»Um 7 Uhr 23«, sagte Gauthier Ralph. »Der nächste Zug trifft erst zehn Minuten nach Mitternacht ein.«

»Nun, meine Herren«, gab Andrew Stewart zu denken, »wenn Phileas Fogg um 7 Uhr 23 angekommen wäre, dann wäre er wohl schon hier. Ich würde sagen, wir haben die Wette gewonnen.«

»Gemach, gemach«, entgegnete Samuel Fallentin. »Wie wir alle wissen, ist Mr Fogg ein eher exzentrischer Gentleman. Gerade seine Genauigkeit genießt einen hervorragenden Ruf. Stets erscheint er pünktlich, niemals zu früh oder zu spät. Wenn er auch hier erst in allerletzter Minute erschiene, wollte mich das überhaupt nicht verwundern.«

»Und ich«, warf Andrew Stewart ein – er war wie immer etwas nervös –, »würde selbst dann, wenn er leibhaftig vor mir stände, nicht glauben, dass er es geschafft hat.«

»In der Tat«, stimmte Thomas Flanagan zu, »das ganze Vorhaben war vollkommen unsinnig. So exakt er selbst auch handeln möge, gegen Verspätungen und Verzögerungen ist auch er nicht gefeit. Ein erzwungener Zwischenstopp von nur zwei bis drei Tagen hätte das Ganze zum Scheitern gebracht.«

»Und mich erstaunt doch sehr, dass er nichts von sich hören ließ«, fügte John Sullivan an. »Telegrafenämter gibt es doch wirklich überall.«

»Er hat eben verloren!«, behauptete Andrew Stewart noch einmal. »Ich sage Ihnen, er hat gewiss verloren. Sie werden wissen, dass die *China* gestern eingelaufen ist. Um rechtzeitig von New York nach Liverpool zu gelangen, hätte Phileas Fogg mit diesem Postschiff reisen müssen. Auf der Passagierliste der *Shipping Gazette* erscheint sein Name aber nicht. Nein, meine Herren. Günstigstenfalls kann Phileas Fogg gerade mal in Amerika eingetroffen sein. Ich schätze, dass wir in etwa 20 Tagen mit seinem Erscheinen rechnen dürfen. Auch Lord Albermale wird seine 5 000 Pfund verlieren!«

»Das liegt auf der Hand«, sagte Gauthier Ralph. »Morgen begeben wir uns zu den Gebrüdern Baring und lösen Mr Foggs Scheck ein.«

In diesem Augenblick zeigte die Uhr 20 Minuten vor neun.

»Noch fünf Minuten«, sagte Andrew Stewart.

Die fünf Kollegen schauten einander an. Vermutlich schlugen ihre Herzen in jenen Minuten beschleunigt, denn selbst für abgefeimte Spieler musste diese Partie doch ungewöhnlich aufregend sein. Die Herren ließen sich aber nichts anmerken. Auf den Vorschlag Samuel Fallentins hin nahmen sie am Spieltisch Platz.

»Nicht für 3 999 Pfund würde ich meinen Wettanteil von 4 000 Pfund geben«, sagte Andrew Stewart, als er sich setzte.

Der Zeiger rückte auf 8 Uhr 42.

Die Spieler hatten ihre Karten zur Hand genommen, doch ständig schweiften ihre Blicke zur Uhr. So überzeugt sie auch von ihrem Wetterfolg sein mochten, noch nie waren Minuten ihnen so endlos erschienen.

»8 Uhr 43«, sagte Thomas Flanagan und hob ab.

Dann herrschte einen Moment lang tiefe Stille. In dem großen Salon war es vollkommen ruhig. Nur das aufgeregte Lärmen der Menge draußen drang herein. Mit mathematischer Exaktheit tickte der Sekundenzeiger der Uhr.

»8 Uhr 44!«, sagte John Sullivan. Diesmal hörte man seiner Stimme die unterdrückte Aufregung an.

Eine knappe Minute noch und die Wette war gewonnen. Andrew Stewart und seine Kollegen hatten aufgehört zu spielen. Sie legten die Karten nieder und zählten die Sekunden!

Noch 20 Sekunden... nichts. Noch zehn Sekunden... noch nichts! Noch fünf Sekunden... Da erscholl von draußen ungeheurer Lärm. Beifallklatschen und Hurra-Rufe, durchmischt mit Flüchen und Verwünschungen rollten wie eine Lawine näher.

Die Spieler erhoben sich.

Als noch drei Sekunden fehlten, wurde die Tür zum Großen Salon geöffnet. Es hatte noch nicht Viertel vor neun geschlagen, da trat Phileas Fogg über die Schwelle. Hinter ihm tobte die Menge.

Mit wie gewöhnlich ruhiger Stimme sagte er: »Da bin ich, meine Herren.«

DAS SIEBENUNDDREISSIGSTE KAPITEL

in welchem dargelegt wird, dass Phileas Fogg mit seiner Reise um die Erde nichts gewonnen hat – außer dem Glück

Ja! Es war Phileas Fogg in Person. Was hatte sich zugetragen? Wir erinnern uns, dass Passepartout um fünf Minuten nach acht Uhr abends, etwa 23 Stunden nach der Ankunft in London, von seinem Herrn beauftragt worden war, Reverend Samuel Wilson aufzusuchen, um ihn über die bevorstehende Hochzeit, die am folgenden Tage stattfinden sollte, in Kenntnis zu setzen.

Passepartout war in heller Begeisterung zu Reverend Wilson geeilt. Der aber war nicht da. Passepartout wartete gute 20 Minuten.

Um es kurz zu machen: Als Passepartout den Reverend verließ, war es 8 Uhr 35. Aber wie stürzte er aus dem Haus! Die Haare hingen ihm wirr ins Gesicht, den Hut hatte er verloren und er rannte, rannte so schnell er nur konnte. Er fegte über den Gehsteig wie ein Wirbelwind und rempelte an, wer immer ihm in den Weg kam.

Nach drei Minuten stand er schon vor dem Haus Nr. 7 in der Saville Row. Keuchend stürzte er in Mr Foggs Zimmer.

»Was gibt es?«, fragte Mr Fogg.

»Gnädiger Herr«, stammelte Passepartout, »heiraten... geht nicht.«

»Geht nicht?«

»Geht nicht... morgen.«

»Weshalb?«

»Weil... weil, morgen ist Sonntag.«

»Montag«, erwiderte Mr Fogg.

»Nein!... Heute ist Samstag!«

»Samstag? Unmöglich.«

»Doch, doch, doch!«, rief Passepartout. »Sie haben sich um einen Tag verrechnet. Wir sind 24 Stunden früher angekommen! Aber jetzt bleiben nur noch zehn Minuten!«

Passepartout hatte seinen Herrn am Kragen gepackt und zog ihn mit aller Kraft zur Tür.

Phileas Fogg dachte keine Sekunde nach. Er stürzte aus dem Zimmer, stürzte aus dem Haus, sprang in eine Droschke, versprach dem Kutscher 100 Pfund – zwei Hunde und fünf Wagen wurden angefahren, doch die Kutsche erreichte den Reform Club.

Die Uhr zeigte 8 Uhr und 45 Minuten, als Mr Fogg den Großen Salon betrat. Er war in 80 Tagen um die Erde gereist! Phileas Fogg hatte die Wette um 20 000 Pfund gewonnen.

Und wie war es möglich, dass ein derart genauer und gewissenhafter Mann sich um einen Tag verrechnen konnte? Wie war es zugegangen, dass er bei seiner Ankunft in London überzeugt war, es sei Samstagabend und der 21. Dezember, während doch erst Freitag, der 20. Dezember und sein 79. Reisetag war?

Ganz einfach: Ohne es zu bemerken, hatte Phileas Fogg einen Tag auf seiner Reise gewonnen – weil er sich stets in östliche Richtung bewegt hatte! Wäre er stattdessen Richtung Westen gefahren, hätte er einen Tag verloren.

Nein, Phileas Fogg fuhr immer der Sonne entgegen. Für ihn wurde jeder einzelne Tag um viermal so viele Minuten länger wie Längengrade in diese Richtung überschritten wurden. Für eine ganze Erdumrundung werden 360 Längengrade gezählt. Multipliziert man also vier Minuten mit 360, erhält man exakt 24 Stunden – und dies war der gewonnene Tag. Während Phileas Fogg auf seiner Reise die Sonne 80-mal im Zenit stehen sah, sahen sie seine in London gebliebenen Kollegen nur 79-mal. Deshalb also erwarteten sie ihn an jenem Tag, dem Samstag, welchen Phileas Fogg für den Sonntag hielt, im Reform Club zurück.

Hätte Passepartouts berühmtes Familienerbstück, seine Uhr – die ja immer nach Londoner Zeit eingestellt gewesen war –, auch die Tage gezählt, dann wäre unsere Behauptung somit bestätigt.

Phileas Fogg hatte also 20 000 Pfund gewonnen. Da die Reise ihn aber ganze 19 000 Pfund gekostet hatte, war die Endbilanz eher kläglich. Doch wir sagten ja bereits: Nicht des Geldes wegen hatte der exzentrische Gentleman gewettet, die Herausforderung war es, die ihn gereizt hatte. Im Übrigen überließ er die verbleibenden 1 000 Pfund zu gleichen Teilen Passepartout und dem unseligen Mr Fix, dem er nicht einmal böse war. Allerdings rechnete er von Passepartouts Anteil ein beträchtliches Sümmchen wieder ab. Denn da war noch eine von Passepartout verursachte Gasrechnung über 1 920 Heizungsstunden zu begleichen! Und Ordnung musste sein.

Noch am selben Abend sagte Phileas Fogg in gewohntem Gleichmut zu Mrs Aouda:
»Sind Sie noch immer an einer Heirat interessiert, Madame?«
»Mr Fogg«, entgegnete Mrs Aouda, »es ist an mir, die gleiche Frage an Sie zu richten. Sie waren ruiniert. Jetzt sind Sie ein reicher Mann...«
»Verzeihen Sie mir, wenn ich Sie unterbreche, Madame, mein Vermögen gehört Ihnen. Hätten Sie nicht um meine Hand angehalten, wäre mein Diener nicht zu Reverend Wilson gelaufen, ich hätte meinen Irrtum nicht bemerkt und...«
»Lieber Mr Fogg...«, sagte Mrs Aouda.
»Liebe Aouda«, entgegnete Mr Fogg.

48 Stunden später wurde Hochzeit gehalten. Passepartout, strahlend, glücklich und fein herausgeputzt, durfte Mrs Aoudas Trauzeuge sein. Hatte er sie nicht gerettet? Man war ihm diese Ehre wirklich schuldig.

In der Morgendämmerung des nächsten Tages klopfte er aufgeregt an seines Herren Tür.

Die Tür wurde geöffnet, der unerschütterliche Gentleman erschien.
»Was gibt es, Passepartout?«
»Es gibt etwas, mein Herr. Ich habe soeben entdeckt, dass...«
»Nun, was denn?«
»...dass wir die Reise um die Erde auch in 78 Tagen hätten machen können!«
»Natürlich«, entgegnete Phileas Fogg. »Wenn wir nicht über Indien gefahren wären.

Wenn wir aber nicht über Indien gefahren wären, dann hätte ich Aouda nicht gerettet, sie wäre nicht meine Frau geworden und...«

Mr Fogg schloss leise die Tür.

So hatte Phileas Fogg seine Wette also gewonnen. Er war in 80 Tagen um die Erde gereist! Für dieses Unterfangen hatte er alle erdenklichen Transportmittel, Dampfschiffe, Eisenbahnen, Kutschen, Segelschiffe, einen Schlitten und sogar einen Elefanten in Anspruch genommen. Oft genug hatte der exzentrische Gentleman Gelegenheit gehabt seine Beherrschtheit und Genauigkeit zur Anwendung zu bringen. Doch jetzt? Was war ihm geblieben?

Nichts, könnte man meinen? Nichts, nun gut. Außer einer reizenden Frau, die – so unglaublich das auch scheinen mag – Mr Fogg zum glücklichsten Mann auf Erden machte.

Wollte nicht so mancher um weniger eine Reise um die Erde unternehmen?

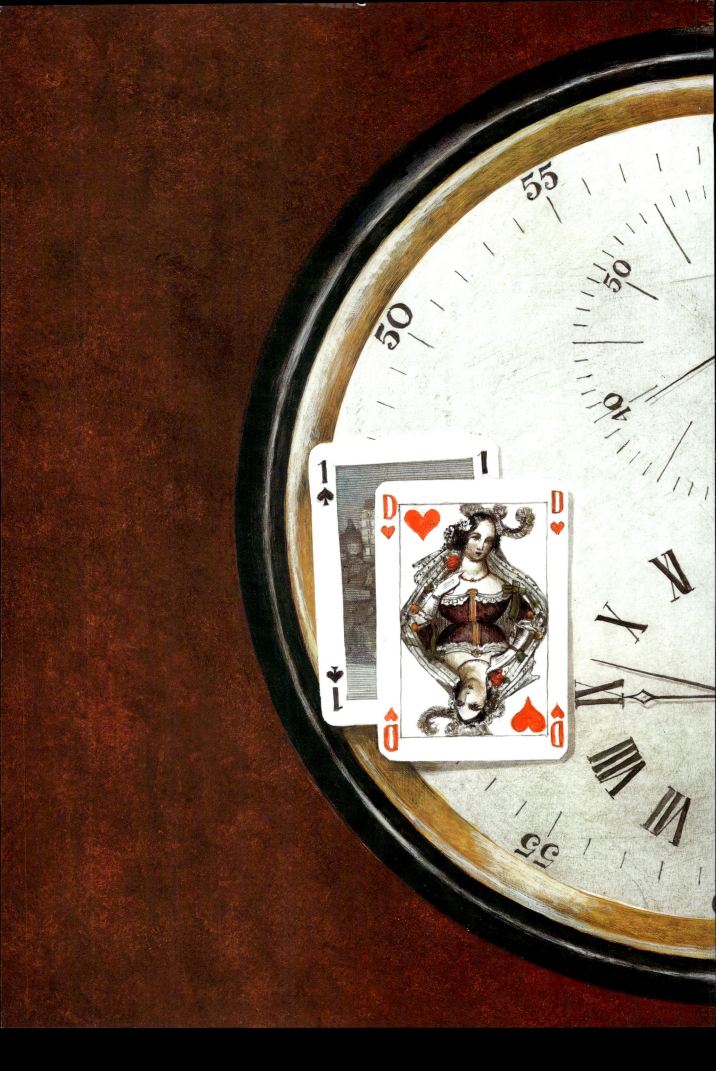